매직 스피어

김언희 장편소설

magic sphere

매직스피어

차례

*매직 스피어(Magic Sphere)란 '어떤 물체가 질량이 큰 천체를 향해 접근하다가 마음이 바뀌어도 결코 되돌아올 수 없는 한계선'을 의미한다. ―미치오 카쿠, 『평행우주』

화엄의 고리

숨이 턱에 닿도록 달린다. 오직 내뿜는 숨만 희다. 칠흑 같은 겨울밤이다. 남자라 부르기엔 앳된 얼굴, 청년과 소년의 경계에서 아직 여물지 않은 몸이다.

소년은 감각에만 의존하여 산길을 헤쳐 나갔다. 몇 번이나 나뭇가지에 긁히고 돌부리에 걸려 넘어졌다. 눈이 녹다가 얼어붙은 땅은 자비심 없이 딱딱하고 차가웠다. 다시, 얼음에 발이 주르륵 미끄러졌다. 무릎이 까지고 얼굴 살갗이 벗겨졌지만 비명을 가까스로 삼켰다. 방울방울 솟아나는 피는 추위에 얼어버린 듯 피부에 금세 엉겨 붙었다. 나뭇가지를 움켜쥐는 손바닥에는 감각이 없다. 소년의 바싹 마른 입술과 목구멍에서 쇠 맛이 났다.

이제 도로가 보인다. 헉헉 숨을 몰아쉬며 도롯가에 올라섰다. 아차, 싫어 몸을 잔뜩 웅크리고 입을 꾹 다물어 숨소리를 죽였다. 별 안간 기침이 터질 것 같아 주먹을 물었다. 사방을 조심스레 둘러보 았다.

선명한 꿈인가, 아닌가.

언젠가 이곳에 왔다. 내부의 의식 깊은 곳에서 누군가가 끝없이 속삭인다.

숨어.

뛰어.

잡히면 안 돼.

웅크려.

그래, 구할 수 있어. 이번에는. 이번에는.

여기쯤?

소년은 갑자기 선명하게 떠오른 이질적인 장면에 몸을 떤다.

비틀거리는 인영, 굉음을 내며 달려오는 트럭, 끔찍한 비명 소리. 인형처럼 날아올랐다 떨어지는 육체.

'바라야!'

소년이 비명을 지르던 순간, 자신을 향해 점점 커지며 돌진하던 헤드라이트가 마침내 소년의 눈을 삼키고 소리를 삼키고 몸을 삼 켰다.

소년은 고개를 세차게 흔들었다.

'아니야. 안 좋은 상상일 뿐. 이런 악몽은 꾼 적도 없어. 만약 상 상대로라면 여기서 바꾸면 그만이야. 내가 바라를 구하면 돼.'

소년은 추위에 맞부딪치는 이를 꽉 다물고 도로를 향해 시선을 던졌다.

거짓말처럼, 저만치서 굉음이 들린다. 완벽한 데자뷰다. 도로에 바퀴가 미끄러지는 소리. 시야를 덮어버리는 헤드라이트.

비틀거리는 인영이 눈앞에 어른거린다. 비명 소리가 귀를 찢는다. 힘없이 튕겨 나가겠지. 치마가 잎사귀처럼 바람에 날리고 꺾어진 꽃송이처럼 머리부터 바닥으로 떨어지겠지.

아니야, 아니야! 분명히 이 지점이었는데. 여기였는데!

소년은 곧바로 달려가지 못한다. 자신을 덮칠 트럭이 완전히 사라진 후 다친 다리를 절룩이며 뛰기 시작했다. 도로 밖 비탈에 아슬아슬하게 걸쳐진 소녀의 몸을 붙잡았다. 코트를 벗어 소녀를 감쌌다. 길고 윤이 나는 검은 머리칼이 어지러이 흩어졌다. 소년이 사랑했던 머리칼을 떨리는 손가락으로 조심스레 넘겼다. 파르스름하게 흰 피부 위로 소년의 울음이 쏟아졌다.

"바라, 바라야."

소년의 코트가 소녀의 피로 흠뻑 젖었다. 소년은 얼어붙은 손으로 소녀의 뺨을 감싼다. 눈썹을 더듬고 콧날을 만졌다.

"바라야."

소녀의 목 뒤로 팔을 넣어 비스듬히 제 다리 위로 눕혔다. 허벅지가 소녀의 더운 피로 적셔졌다. 눈물이 후두둑 소녀의 감은 눈 위로 떨어진다. 소년은 고개를 깊이 숙였다. 귓가에 대고 끝없이 반복하였다.

"미안해. 미안해. 미안해. 미안해. 바라야, 내가 미안해."

기적처럼 소녀가 눈을 떴다. 아니, 뜨려고 애를 쓴다고 느껴졌다.

"바라야, 바라야."

소녀의 입술이 움직였다.

"현도."

소년의 이름이다. 소년이 소녀의 입술에 귀를 가져갔다. 소녀의
말인지 기억인지 환청인지 알 수 없다.

"왜…… 왔어. 나를…… 네 생에서 지우라, 했잖아."

순간, 소년은 수만 가지의 기억과 감정의 파편들, 엉망으로 이어
붙인 패치워크 같은 장면이 함부로 뒤섞인 파도에 휩쓸리는 기분
이었다. 소년은 그 파도 속에서 고작 십수 년을 살아서는 느낄 수
없을 절실함과 죄책감, 질긴 염원으로 소녀를 보았다. 무언가 더 말
하려는 소녀의 입술이 경련하였다. 붉은 피가 뭉클뭉클 입속에서
쏟아져 나왔다. 붉던 입술은 파랗게 식어갔다.

"바라."

소년은 백 년의 염원으로 소녀의 입술에 입을 맞췄다. 차가운 입
술에서 붉은 피가 흘러나왔다. 맞닿은 두 입술 사이로 소녀의 더
운 피와 소년의 뜨거운 눈물이 뒤섞였다.

이내 심장이 멈췄다.

HD센터 앞에 멈춰 선 강 기자는 심호흡을 하였다. 손부채를 만들어 황금빛 화려한 외관을 하고 있는 건물의 꼭대기까지 올려다보았다. 고층부 창에서 반사된 햇살이 눈을 찔렀다. 주로 연예인 특종을 터뜨리는 데 탁월한 능력을 보이는, 매의 눈이라 불리는 강 기자의 눈이 가늘어졌다.

서울시 압구정동 요지에 자리 잡은 HD센터가 설립된 지는 5년이 넘었지만, HD의 실질적인 주인 '장현도' 원장이 성형수술을 전면 집도한 최근 2년 동안 이뤄낸 성과는 모든 이들의 상상을 가뿐하게 뛰어넘었다. 심지어 장현도의 의술과 스타성을 높이 평가하여 적극적인 투자와 협업을 했던 의료계 당사자들조차 두통을 느낄 만한 성공이었다. 지나친 기쁨과 흥분은 종종 두통을 일으키는 법이다. 마치 지금 이 순간 환희에 젖어 두통을 일으키는 강 기자처럼 말이다.

드디어 장현도를 만난다!

어젯밤 잠을 좀 자두어야 한다고 생각했지만 결국 한숨도 이루지 못했다. 장현도가 열아홉 살에 그룹 '지오'의 리더로 데뷔한 이후부터 HD센터 원장으로 자리 잡은 오늘까지 단 하루도 그를 생각하지 않은 날이 없다. 장현도와 인터뷰를 하는 상상은 수천 번도 더 반복하였다. 기자로 일한 지도 수년이건만 그 기회는 쉽사리 잡을 수 없었다.

지오 시절에도 장현도는 무대 외에서는 모습을 잘 드러내지 않았다. 지오에서 탈퇴하고 일반인 신분으로 돌아가 의료인 업무에 충실했던 기간의 인터뷰는 전무하다시피 했다. 지난 달 9시 뉴스에서 '의료계의 한류 열풍'이라는 주제로 한 앵커와의 대담이 유일하다.

여성지 《W》의 강도희 기자는 새삼스레 본인의 의지에 넉넉한 칭찬을 해주고 싶은 기분이었다. 오늘의 인터뷰를 위해 얼마나 비굴하게 매달렸던가.

"여성지 《W》 기자 강도희입니다. 잠시만, 아주 잠시만."

강 기자는 수화기를 들고서 HD센터 데스크에게 구걸하고 애원하고 머리를 숙였던 자신의 모습을 떠올린다.

"동남아 오지 지역 아이들을 후원하시는 건으로 잠시만 취재하고 싶습니다. 이런 후원이야말로 널리 알려져야 하지 않을까요."

데스크의 멈칫거림에 확신하였다.

이번엔 인터뷰를 딸 수 있겠다.

—후원……요? 저희는 잘 모르는 일입니다. 원장님의 개인적인 사생활에 대한 인터뷰는 원칙적으로 사절하고 있습니다.

칼은, 틈이 보일 때 민첩하게 또 깊숙이 찔러야 하는 법이다. 바닥을 박박 기어 다니면서 얻은 취재 방식이다. 비록 싸구려 기자라 비난받는 연예인 사생활 전담 기자 경력이라 할지라도.

"후원에 대해서만 여쭙겠습니다."

통화가 끊어지기 전 빠른 속도로 말하였다.

"사진은 찍지 않겠습니다. 홍보 자료로 공개된 사진으로 대체할 수 있습니다. 병원 홍보하는 9시 뉴스 인터뷰는 하시고, 후원 홍보는 거절하시다니요. 계속 거절하신다면 추측성 기사로 실을 수밖에 없습니다. 후원하신 자료는 충분히 확보했습니다."

데스크에서는 결국 원장님께 여쭈어보겠다는 답을 내놓을 수밖에 없었다.

장현도가 익명으로 정기 후원을 한다는 정황은 장현도에 대한 개인적 집착의 그물에 우연찮게 걸려든 뜻밖의 수확이었을 뿐이다.

HD센터 정문을 들어서기 전, 강도희는 유리창에 비치는 제 모습을 바라보며 빠르게 옷매무새를 다듬었다. 어깨가 넓은 체격이나 거무튀튀한 피부를 보완하는 옅은 베이지색 재킷이 그럴싸하게 어울린다. 이제, 장현도를 드디어 이 두 눈으로 볼 수 있다. 다시 어쩔한 현기증이 도희의 정수리부터 발끝까지 일시에 관통하였다.

사무적인 친절함을 담은 안내를 받아 장현도 원장의 방으로 들어섰을 때, 방만하게 뛰어오르던 심장은 이내 가라앉았다. 수만 번도 더 상상했던 만남이지만 정작 장현도와 눈이 마주치는 순간 예민한 직관이 경고했다.

'뭔가 이상해.'

강도희는 소파에 앉으며 고개를 갸웃하였다. 완벽한 블랙 슈트 차림의 장현도가 접객용 탁자를 사이에 두고 마주 앉았다. 강도희가 예상치 못한 혼란스러움에 입을 열지 못하는 동안, 장현도는 교환했던 명함을 흘끗 바라보는 것 외엔 아무런 반응이 없었다. 현도의 눈을 뚫어지게 바라보다 마침내 파리해진 안색으로 강 기자는 입을 열었다. 목소리가 자잘하게 떨렸다.

"당신은, 사기를 치고 있어요."

"그렇습니까?"

현도는 침착하게 되물었다. 먹을 들인 듯한 검은 눈동자는 자그마한 금테 안경 너머로 조용히 상대를 응시하였다. 색으로 인식되는 만물을 일시에 끌어당겨 압축해 버린 완벽한 검은빛 눈동자다. 강 기자는 쉽사리 물러서지 않을 작정이다. 짐짓 태연한 척 남자의 시선에 응수하지만, 팔에 오소소 소름이 돋았다. 상대의 기는 너무 강하다.

"에어컨 온도를 높일까요?"

현도의 물음에 강도희는 고개를 저었다.

"괜찮습니다, 장현도 원장님."

긴장한 모습이 들켰다는 사실에 자존심이 상했다. 강도희는 손을 올려 재킷 위로 팔을 서너 차례 신경질적으로 문질렀다. 그러는 동안 장현도는 침착하게 그녀를 기다렸다. 누군가는 온화하고 사려 깊은 태도라 평가했을 테지만, 강 기자는 구역질을 억지로 삼켜야만 했다. 마주 앉은 존재로부터 감당하기 어려운 어두운 기운이 뿜어져 나왔다.

'내 앞에 앉은 너는, 장현도의 껍질을 쓰고 앉은 너는 누구지?'

한 달 전, 9시 뉴스에서 의료계의 한류 열풍이라는 주제로 장현도를 인터뷰했다. 카메라 너머 장현도의 눈을 기억한다. 불과 한 달 사이, 사람이 이렇게 바뀔 수는 없다. 그녀는 장현도가 지난 주 지오 컴백 무대에 깜짝 등장한 장면을 볼 때 감지했던 미심쩍은 기운을 애써 부인했었다. 하지만 마주 앉은 지금, 의심은 확신을 넘어선다.

검은 눈동자는 소년의 눈동자가 아니며 청년 혹은 중년의 눈동자도 아니다. 이제 갓 30대 초반에 접어든 남자는 노회한 종교인처럼 무감한 눈빛으로 마주할 뿐이다. 장현도의 눈동자가 주던 애틋함, 절박함, 심장을 압박하던 고통이 분명히 변했다.

이 남자는 장현도이면서 동시에 장현도가 아니다.

강 기자가 자신에게 남들과 다른 특별한 부분이 있다는 사실을 깨달은 건 사춘기가 지나면서부터였다. 타인에 대해 남들보다 조금 더 예민하려니 했던 감각들은 직관이나 짐작으로는 설명되지 않는 특별한 능력이었다. 말하자면, 강 기자는 사람의 기를 읽는다. 온갖 만물은 모두 자신만의 기를 지니고 있다. 지문처럼 각기 다른 고유한 기로 태어나서 소멸하는 그 순간까지 버텨내는 것이다.

지문을 분별하듯이 강 기자는 타인의 기를 분별한다. 운이나 미래를 읽는 점쟁이나 역술가와는 다른 능력이다. 그러니 딱히 일상에 큰 도움이 되는 일도 없었다. 다만 기의 흐름을 읽어냄으로써 사람을 좀 더 본질적으로 가늠해 볼 수 있을 뿐이다.

눈매를 찡그리며 강도희는 장현도에게 집중하였다. 장현도에게서 상반되는 에너지가 동시에 느껴졌다.

심연의 바다처럼 고요하게 가라앉은 밀도 높은 암흑 에너지와 정수리 부근에서나 간신히 머물러 있을 법한 깃털처럼 가벼운 빛 에너지가 회오리 모양의 물결을 만들어 도희에게로 파도처럼 밀려

들었다. 에너지의 동심원 물결을 겪는 동안 숨이 가빠졌다. 간신히 숨을 고르며 강도희가 물었다.

"당신은 지금 무얼 보고 있나요?"

음성이 만드는 파장 덕분인지 에너지의 물결이 잦아들었다. 잦게 헉헉 내쉬던 강 기자의 호흡이 편안해졌다.

"기자님을 봅니다."

느긋한 답을 들으며 강 기자는 펜을 움켜쥐었다. 이제 끈질긴 연예부 기자 근성으로 상대를 도발할 준비가 완료되었다.

"성형외과, 피부과, 정형외과, 교정 치과, 에스테틱, 다이어트 센터까지. 수련병원이자 종합병원이라기보다 뷰티 멀티플렉스라는 명칭이 더 어울리는 곳이죠, 여기는."

"그렇습니까?"

"아, 제 의견은 아니에요. 아시아 전역에서 K-Beauty의 메카라 불린다죠?"

강 기자는 비뚤비뚤한 치열을 보이며 웃었다.

"그렇다면, HD센터에서 나는 얼마짜리 견적으로 책정되나요?"

몇 날 며칠을 구걸해서 얻은 인터뷰에서 이런 식으로 빈정거리는 기자는 상상하지도 못했을 테다. 하지만, 장현도는 여전히 침착하였다.

"비용에 관련해서는 담당 실장들이 상담하고 있습니다만."

"그런데, 이 방에 들어온 이후 내내 마치 투시라도 하듯 저를 보시는군요."

강 기자는 평생 여성스러움과는 원래 거리가 먼 체형이었다. 밋밋하고 평범하게 생긴 얼굴은 요즘 들어 살이 내리면서 비죽한 턱이나 옆 광대가 더욱 도드라졌다. 덕분에 실제 나이보다 너덧 살은 족히 더 들어 보였다.

현도를 만난다는 흥분에 화장에 신경을 썼지만 워낙 하나 마나 한 생김새였다.

하나로 묶어 올린 머리를 매만지며 강 기자는 다시 물었다.

"비루한 이목구비와 피부야 모조리 드러냈으니 파악이 쉬우실 테고, 설마 옷에 감춰진 부분까지 견적이 가능하신가요?"

"어느 정도는."

현도가 시선을 거두지 않은 채 덤덤히 말을 이었다.

"성형수술 상담이 목적이 아니라면, 이제 사기의 근거를 들어볼까요?"

"그건 마지막에 말씀드리죠."

남자가 대수롭지 않다는 듯이 고개를 끄덕였다.

어떤 자극에도 반응하지 않는 늘어진 태엽처럼, 탄성을 잃은 고무공처럼 반응하는 이 남자가 삼십 대의 장현도라고?

그럴 수는 없다.

강 기자는 저도 모르게 고개를 젓다가 마주 앉은 남자와 눈이 마주쳤다. 깊이를 모를 바다의 심연 같은, 아니 무한대의 깊이의 검고 짙은 우주가 떠오른다. 얼음보다 찬, 까마득한 공포가 불현듯 밀려들었다.

후…….

애써 마음을 가다듬으며 취재 수첩의 공백면을 펼쳤다. 장현도에 관해서라면 강도희는 어떤 참고 자료도 필요치 않았다. 이미 머리와 마음에 각인되어 있으니.

"한류 초기 붐을 일으킨 아이돌 그룹 멤버 중 가장 특이한 이력의 보유자시죠. S대 의대 입학이 결정된 고3 겨울에 5인조 그룹 지오의 리더로 데뷔하셨죠?"

"그렇습니다."

"갑작스런 결원으로 생긴 자리를 메웠다고 알고 있어요. 연습 기간은 제로. KM이 대단한 모험을 한 거죠."

현도는 흥미롭다는 듯이 고개를 끄덕였다.

"공식적으로는 오랜 시간 공을 들인 비밀 병기였죠. 지오 결성 시, 결원이라기보다 연습생 중 두어 명이 그만두게 되었다, 가 맞습니다."

강 기자는 매끄럽게 미소 지었다.

"최종 그룹 멤버 확정자였다가 당신에게 자리를 뺏긴 사람의 이름을 비롯하여 최근의 신상도 알아요. 게다가 저는, 당신이 언제 어디에서 어떻게 캐스팅되었는지도 알아요."

순간, 장현도의 얼굴에 떠오른 미약한 흔들림을 놓치지 않았다. 강도희는 잠시 말을 멈췄다.

뭘까. 캐스팅 당시에 특별한 일은 없었는데.

"그다지 중요한 일 같지는 않군요. 제가 들어간 지오가 결과적으로 나쁘지 않았으니."

"맞아요. KM 엔터테인먼트의 판단이 옳았죠. 모험은 대성공. 장현도 원장님이 그룹의 인기를 최정상으로 끌어갔으니까요."

강도희는 장현도가 6년간 리더로 이끌었던 지오의 전성기를 떠올렸다. 장현도는 비밀스런 사생활까지 완벽한 아이돌이었다. S대 의대 신입생이라는 타이틀이 주는 후광이 무색할 만큼 장현도가 뿜어내는 매력은 압도적이었다.

지오를 떠난 후, 의학계에서도 그의 무대는 지속되었다. 지오 활동 시절에도 놓치지 않았던 수석에 더하여 역대 최고 성적을 갈아치우며 학위를 취득한 장현도는 1년의 인턴 생활을 마치고 당연한 수순처럼 성형외과를 전공으로 택하였다. 다만 수련의 과정으로 S대 병원을 택하지 않았다는 점이 예상과 달랐다.

HD센터는 장현도의 주도로 외부 투자를 받아 설립된 병원이다. 성형외과를 주축으로 피부과, 정형외과, 내과 전문의를 배치하고 수련병원 인가를 획득하였다.

본과 3, 4학년 실습생 시절이나 인턴 시기에도 장현도가 있는 대학 병원은 사생팬으로 골치를 썩였다. 한류 열풍의 주역인 그룹 '지오'의 원년 리더, 장현도가 수련의로서 근무하게 된 HD센터는 개업식부터 경찰 병력이 배치될 만큼 큰 화제를 끌어모았다.

하지만 가수 시절에 S대 의대생이라는 후광이 필요 없었듯, 마찬가지로 HD센터 원장 장현도에게는 한류 스타 지오의 리더 출신이라는 후광이 아무것도 아닐 만큼, 정교하고 완벽한 수술 실력이라는 무기가 있었다.

S대 실습 시절부터 그는 교수의 절대적 지지 하에 수술에 직접 참여할 수 있는 예외적 케이스였다. HD센터 수련의 시절은 두말할 나위가 없었다. 현재 의학계에서 장현도는 질시를 넘어선 경외의 대상이다.

춤이든, 의술이든 수련이 필요하다. 적어도 장현도에게 시간은 물리적 제약을 가하는 조건이 아닌 것처럼 보였다. 과거의 장현도가 가진 특이성은 정상과 불가사의 사이에 존재하였다. 지금 장현도의 껍질을 쓴 장현도는 불가사의의 범주조차 넘은 존재처럼 짐작조차 되지 않았다. 강도희는 분노를 감추지 않으며 질문하였다.

"그룹 '지오'를 가차 없이 떠날 때는 두 번 다시 이쪽으론 눈길도 주시 않으실 것 같았는데요. 지난 주, 지오의 재결합 기념 콘서트에 특별 게스트로 출연하시기도 하셨네요. 이유가 뭐죠?"

"그날 수술 일정이 취소되었습니다. VVIP 수술이어서 시간을 여유롭게 잡았던지라 시간이 모처럼 오래 비더군요."

"준비 없이, 무대에 오르고 그 시절 춤을 췄다고요?"

"몸이 기억하는 수준만큼."

장현도의 답에 강 기자는 저절로 이가 악물렸다. 그가 지오를 떠난다고 발표했던 날, 등굣길에서 그 처참한 소식을 무방비 상태로 전해 들었다. 하루 종일 교복 블라우스가 흠뻑 젖도록 울었고 밤을 새워 또 울었다. 다음 날 치른 수능 모의고사는 최악의 점수를 기록하였다.

"지오 활동을 한 이유가 의대 학비 마련 때문이었나요?"

"의대 학비와 생활비만이라면, 반년도 안 되어 그만둘 수 있었습니다. 위약금을 내지 않으려면 일정 기간을 채워야 했죠. 물론 빚도 있었고 개업할 종잣돈도 필요했지요."

"성공하셨네요."

"그 시절의 가난을 잊을 만큼이 기준이라면."

강 기자는 취재 수첩을 덮었다.

"그래서 HD센터를 정리하시는 겁니까? 지오를 정리할 때처럼?"

남자의 입술 주변 근육이 미세하게 경련하였지만, 잠시였다. 황당한 소리라며 일축하지도, 어떻게 그 사실을 알았냐며 반문하지도 않았다. 그는 마치 은퇴를 발표하던 날의 장현도처럼 무덤덤하게 답하였다.

"HD센터는 이제 내가 없더라도 그다지 상관없으니 내가 더 필요한 곳에 가볼까 합니다."

"아니!"

강 기자는 주먹이라도 움켜쥘 기세로 단호히 말했다.

"네가 장현도가 아니어서 도망치는 거겠지."

공격적인 반말에 현도의 입술에 짤막한 비웃음이 스치었다. 현도는 흥미가 끌린다는 듯 상체를 가까이 기울이며 물었다.

"내가 장현도가 아니라……. 그 의심의 근거가 궁금하군요."

"난, 장현도에 대해선 숨소리도 알아."

"사생팬이었군."

현도의 말 역시 짧아졌다. 인터뷰어와 인터뷰이의 최소한의 형식적 포장조차 완전히 벗겨졌다. 강도희는 북받치는 감정에 숨을 크게 내쉬었다.

"맞아, 사생팬이었지. 지오의 리더, 장현도의."

"이후론 극악 안티가 되었나? 집착적 안티. 이를테면 장현도에게 진실을 요구합니다, 같은?"

"당신이 지오를 버린 날부터 난 장현도에 대한 모든 정보를 모으기 시작했어."

"그래서?"

"지난 주 무대에서 당신은 전성기의 장현도만큼 필사적이었지. 고작 VVIP 수술이 취소되었다는 이유로 참여했다는 무대에서 필사적일 까닭이 뭐야? 또한 그다음 날부터 마치 생을 마감할 사람처럼 주변 정리를 시작했어. 대체 급격한 변화의 이유는 무엇이지?"

"숨소리도 안다면, 내 마음도 짐작하는 바가 있겠지."

"그 무대를 봐줄, 누군가를 기다렸나?"

"그럴 수도."

현도는 진지한 농담을 건네듯이 덧붙였다.

"오래전에 누군가와 의사로 성공한 후에 한 번 정도는 무대에 선 모습을 보여주겠다 약속했을 수도 있잖아?"

거짓말 같은 고백을 마치고, 장현도는 손목시계를 흘끗 들여다보았다. 그리고 자리에서 일어서서 강 기자에게 손을 내밀었다. 가짜 장현도와 악수 따위라니. 강 기자는 눈을 똑바로 맞춘 채로 남자의 손을 무시하였다.

"수술이 잡혀 있어서. 이만."

남자는 손을 가만히 내리고는, 무성의하면서 동시에 예절을 갖춘 목례를 건네었다. 강 기자의 분노에 찬 시선을 완벽하게 무시하며 현도는 데스크로 천천히 걸어가 재킷을 벗고서 흰 가운을 걸쳤다. 황당한 도발에도 전혀 개의치 않는 듯 그의 동작은 침착했다. 주름 하나 없이 빳빳하고 청결한 가운의 두 번째 단추를 채우며 휘파람이라도 불듯이 여유로운 태도로 경고하였다.

"인터뷰에 응한 이유는 한 가지야. 후원의 대상과 장소를 밝히지 말아줘. 밝히는 순간, 그 아이들은 후원자를 잃을 테니까."

답을 기다리지 않고 현도는 문 쪽으로 걸어갔다. 강 기자는 빠른 속도로 따라붙었다.

"당신은 장현도가 아니야. 사기를 치고 있어. 내가 꼭 밝히고 말거야. 누구지? 처음엔 빙의된 영혼을 밝혀주리라 생각했어. 하지만……."

도희는 고개를 저었다.

"그 추측은 틀렸어."

현도가 멈춰 섰다.

"그럼 내가 누구지?"

"몰라. 분명한 건 적어도 넌 한 달 전의 장현도가 아니란 사실이야."

장현도가 완전히 돌아서서 강도희를 바라보았다. 처음으로 장현도의 눈에 인간적 의지와 감정이 서린다.

"영혼과 소통하나?"

"아니, 영혼은 아니야. 살아 있는 생명의 기만 읽을 뿐이야."

"나의 기는 어떠하지?"

"우주 같아."

망설임 없이 튀어나온 답에 장현도가 빙그레 미소 지었다. 내내 보았던 이물감이 느껴지던 미소와 달리 흡족하고 따스한 미소였다. 문득 현도의 시선이 멈춘 곳으로 도희의 시선도 따라 움직였다. 도희가 등지고 선 뒤편 벽면의 중앙에 걸려 있는 그림이었다. 정방형의 액자는 얼추 100호는 넘어 보이는 크기다. 벽 한 면에 화원을 만든 것처럼 크거나 작거나 만개하거나 혹은 피어오르는 꽃들만으로 빈틈없이 채워져 있었다.

'어떻게 이 그림을 이제야 발견했을까.'

꽃잎마다 태양 빛에 흠뻑 취했고 싱싱한 물기를 머금었으며 산들거리는 바람에 몸을 흔들었다. 벽면으로부터 생기가 파동을 일으키자 꽃이 아지랑이처럼 아른거렸다. 마치 알 수 없는 힘에 끌리듯이 한 걸음 그림을 향해 다가갔을 때 강도희는 두 눈을 부볐다.

그림 위로 붉은 미로가 삼차원적으로 선명하게 떠올랐다. 착시 현상이다. 찰나처럼 일시적인 순간이었지만, 도희는 그 문양을 알고 있었다.

언뜻 보면 신지학에 심취했다는 몬드리안처럼 절도 있는 기하학을 응용한 그림이었지만 원작은 몬드리안이 그 기법을 사용한 것보다 10세기는 훨씬 더 앞섰다. 강 기자는 눈을 깜박이며 탄식처럼 소리를 내뱉었다.

"「화엄일승법계도」……!"

"그림엔 꽃뿐인데?"

장현도가 비웃음을 띠고서 가벼이 무시하였다.

"아니야, 분명히 숨어 있는 그림이 있어. 의상 대사가 화엄 사상의 핵심을 정리하였다는 그 그림."

강 기자는 꽃 속에 숨겨진 정사각형의 미로 같은 형태를 눈으로 재차 확인하였다.

"눈이 좋군. 의상 대사는 화엄학의 요지를 210자, 54각이 있는 도인에 합쳐서 그림시를 만들었지."

현도는 으쓱 어깻짓을 하고는 그림 앞으로 거침없이 걸어갔다. 강 기자는 떨리는 목소리로 혼잣말처럼 내뱉었다.

"지오의 리더 장현도가 늘 패용했던 목걸이에도 그 문양이 있었어."

"용케도 봤어. 내 기억으론 드러낸 적은 없었는데."

현도가 꽃 그림의 정중앙을 검지로 짚더니 천천히 좌측으로 손가락을 미끄러뜨렸다. 숨어버린 「화엄일승법계도」의 길을 따라 곧은 직선을 그리며 조용히 읊조렸다.

남자의 목소리는 성악가처럼 둥글고 아름다웠다.

법성원융·무이상(法性圓融無二相)

법의 성품은 원융하여 두 모양이 본래 없고

이번에는 아랫방향이다.

제법부동본래적(諸法不動本來寂)
모든 법이 부동하여 본래부터 고요하다

움직임을 편하게 하기 위해 현도는 닥터 가운의 앞 단추를 풀었
다. 꽃 속에 숨은 미로를 따라 느릿하지만 절도 있는 춤사위같이
움직였다. 도희는 그를 넋을 놓고 바라보았다.

"이 그림은 우주의 파동함수야. 우주가 품고 있는 태고의 비밀
들, 양자역학과 상대성 이론을 접합하는 파동방정식이지. 내가 제
일 좋아하는 부분이 뭔지 알아?"*

현도는 그림의 사사분면 하단에 커다랗게 니은(ㄴ) 자를 그리며
노래하듯 읊었다.

"구세십세호상즉(九世十世互相卽), 잉불잡란격별성(仍不雜亂隔別
成). 구세와 십세가 서로 같지만 뒤섞이지 않고 제 모습을 이루고
있다."

---

* 「화엄일승법계도」를 우주의 파동방정식으로 풀이한 것은 조현학의 칼럼에서 아이디어를 얻었
다. 이후에도 언급될 법성게(法性偈) 혹은 불교 교리와 물리학, 우주의 연결에 대한 부분은 《불교
신문》에 연재되었던 조현학의 칼럼 「현대물리학과 불교」 및 능인선원 지광 스님의 법문과 『별과
나 그리고 부처님』 『법성게 신심명』 외 서적들을 참조하였지만 소설에서 언급되는 내용과 반드
시 일치하지는 않는다.

현도가 도희를 바라보며 물었다.

"강 기자, 「화엄일승법계도」를 안다면 십세가 뭔지는 알아?"

도희는 마치 수업을 받는 학생처럼 고개를 끄덕였다.

"삼세란 과거, 현재, 미래……."

"맞아, 그러면 구세는?"

"과거와 현재 미래가 품고 있는 각각의 과거, 현재, 미래. 아닌가요?"

"그렇지, 3의 세 배. 그래서 구세. 아홉 개로 구분된 시간을 관통하는 시간 하나를 일세로 잡으면 십세가 되지."

"십세는 일반적으로 말하는 과거 현재 미래를 초월하는 영원한 시간을 뜻하는 거……?"

칭찬이라도 하듯이 현도는 만족스런 미소를 지었다.

"맞았어. 현재 속에도 과거와 미래가 있고, 과거 속에도 현재와 미래가 있고, 결국 평행하게 마주한 거울을 맞비추듯 중중무진(重重無盡) 수많은 시간들이 연결되고 겹쳐져서 뒤섞여 있지."

현도는 그림을 뚫어지게 바라보며 말하였다. 느리지만 단호한 어조였다.

"하나의 시간이 십세의 시간이 되는 거야. 본디 시간은 선후가 없어서 과거, 현재, 미래로 줄지어 있지 않은 법이지."

"우주처럼."

강 기자는 홀린 듯이 중얼거렸다. 현도가 그림을 등에 두고 그녀를 향해 돌아섰다.

"정답이야. 우주처럼."

현도는 마치 거대한 우주를 맞이하려는 듯이 양팔을 크게 벌렸다. 강 기자에게 지오의 리더 장현도의 몸짓은 마치 망막에 각인이나 된 듯하여, 과장된 동작이 어색하기는커녕 오히려 자연스러웠다. 이대로 흰 가운을 벗어 던지고 스핀과 점프를 해 보일 수도 있을 만큼 현도는 기묘한 활기에 차 있었다.

벌어진 가운 사이로, 섬세한 굵기의 면수가 정교하게 직조된 와이셔츠 직물이 은은하게 빛났다. 팔을 들어 올리느라 팽팽하게 당겨진 와이셔츠 아래로 아름다운 근육이 윤곽을 드러냈다. 남자의 가슴께에 정방 5센티 크기의 사각형 펜던트의 윤곽이 희미하게 보였다.

"아직도 하시는군요, 그 목걸이."

그 말이 신호나 된 듯 남자는 갑자기 팔을 내리고 가운의 단추를 채웠다. 검지로 문을 가리키며 명령조로 말하였다.

"이만 나가지. 답은 모두 했으니."

"어디서도 이런 그림은 본 적도 들어본 일도 없어요."

강 기자는 그림에 바짝 다가서며 숨을 몰아쉬었다.

"이 그림, 아직 제대로 마르지도 않았어. 당신이 최근에 이 그림을, 그렸군요."

"왜 그렇게 생각하지? 특별 주문을 했을 수도 있잖아."

"당신의 기운이 느껴져요."

"사생팬이라며. 이번 생의 장현도가 그림을 익힐 시간이 있었을까?"

강 기자는 고개를 흔들었다.

"인터뷰는 벌써 끝났어. 한때 장현도의 사생팬이었다 안티가 된 여자, 지금은 엉터리 기자, 풋내기 점술가 모두 나가주시죠."

남자의 완강한 어조에 강 기자는 뒷걸음질 치며 그림에서 물러섰다. 찰나처럼 그림이 일그러졌다. 남자와 눈이 마주친 순간, 숨겨둔 본질이 섬광처럼 터졌다.

"바라."

남자의 표정이 일시에 굳었다.

"공바라."

강 기자의 목소리가 흥분으로 떨렸다.

설마, 공바라. 아직도 공바라에게 집착한단 말이야?

"공바라, 누구죠? 대체 공바라는 누구죠? 가지가지 꽃으로 장엄한, 일승의 진리로운 세계의 모습.「화엄일승법계도」의 우주 속에 꽃으로 길로 숨겨둔 바라가, 당신에게 그 목걸이를 준 소녀인가요?"

순간이었다. 현도는 들짐승처럼 날렵하고 빠른 동작으로 단번에 강 기자의 목줄을 움켜쥐었다.

"누구야, 너?"

험악하게 일그러진 얼굴이었다.

남자의 검은 눈은 검은빛 불이었다. 죽을 수도 있겠구나, 공포감에 강 기자는 필사적으로 발버둥 쳤다.

누가 보냈어.

현도의 목소리는 들리지 않아 입술의 움직임으로만 읽을 수 있었다. 고개를 저으려 했지만 움직여지지 않아 강 기자는 턱을 간신히 경련하듯이 흔들 수만 있었다.

현도의 입 모양마저 흐릿하게 뭉개졌을 때, 순식간에 악력이 사라졌다. 강 기자는 끈 떨어진 꼭두각시 인형처럼 바닥에 풀썩 주저앉았다. 머리를 들 수가 없어 바닥으로 처박은 상태였다. 눈물이 쏟아지고 기침이 터져 나왔다. 주먹으로 흐르는 침을 닦고 눈물도 콧물도 닦았다.

"이것 봐, 50퍼센트의 확률로 독가스가 배출되는 상자 속에 고양이가 있어. 그 고양이가 살았을까, 죽었을까."

현도는 이를 악물고 수수께끼 같은 말을 내뱉었다.

"고양이는 죽지 않았어. 그렇다고 살아 있는 상태도 아니지. 슈뢰딩거는 죽어 있거나 살아 있는 고양이의 상태를 합쳐 만든 양자역학의 파동함수의 모순을 이런 식으로 나타냈지. 그러니까 슈뢰딩거의 괴상한 고양이는, 죽거나 살아 있거나 상자 뚜껑을 열고 관측하는 순간 하나의 상태로 고정되어 버려. 그렇지 않겠어?"

"무, 무슨 말인지 모르겠어요."

현도가 상체를 기울여 눈을 맞추었다.

"그렇다면 이것만 기억해 둬. 사실은 살아 있는 고양이가 있는 우주 공간이 있고 죽은 고양이가 있는 우주 공간이 있을 뿐이야."

마주한 현도의 검은 눈동자 속에는 밀도 높은 에너지를 숨긴 우주가 담겨 있었다.

"마찬가지로 인터뷰를 거절한 내가 있고, 호기심에 굴복한 내가 있으며, 목을 졸라 강도희를 죽여버린 내가 있고 살려준 내가 있지. 아, 신사적으로 마지막까지 말로 설득했을 내가 있겠군. 그러니 어느 우주에서는 바라의 이름을 꺼내기 전 망설이다 조용히 돌아서 나간 강도희가 있으며, 반대로 목이 졸려 죽은 강도희도 있어."

나직한 목소리로 현도는 덧붙였다.

"이 모든 것이 초월한 시간으로 묶여 선후가 없는 무한한 시간 대를 일컫는 구세십세호상즉(九世十世互相卽)이고, 또한 하나의 핵 속에도 우주를 품고 있으며 무한의 우주가 오직 하나의 점과 다를 바 없다는 일중일체다중일(一中一切多中一) 일즉일체다즉일(一卽一切多卽一)이야. 네가 안다는, 저 「화엄일승법계도」에서 말하고 있지."

현도는 강 기자 앞에 고요히 무릎을 꿇듯이 앉았다.

"나를 봐. 어느 우주에서 나는 범법자일 수도, 평범한 의사나 숙련된 오더리(orderee)일 수도, 산사에 기거하며 법문을 깨우치려던 수도승일 수도 있어. 기억을 다치고 십수 년 그림만 그리던 아마추어 화가일 수도 있지. 퇴물 아이돌 스타일 수도 있어. 그 모든 내가 중첩되어 내가 되었을 수도."

여자의 머리를 쓰다듬는 손길은 부드러웠다.

"네가 누가 보낸 인간이든, 어차피 상관없어."

양어깨를 붙잡아 강 기자를 가벼이 일으켜 세우며 남자가 말하였다.

"나는 아인슈타인을 사랑하지만, 이 말만은 동의하지 않아. 신들은 주사위 놀이를 하지 않는다."

강 기자에게 손수건을 내밀며 현도는 다짐하였다.

"나는 말야, 주사위 놀이를 할 테니까."

"뭘 할 작정이라고요?"

"지켜봐. 내가 던지는 주사위 놀이."

"네, 네. 그러니까 공바라 씨는 미국에 있다는 말씀이죠?"

잡지사 기자들 책상은 대체로 깔끔함과 거리가 있지만, 그중 눈에 띌 만큼 가장 엉망진창으로 자료를 쌓아놓은 책상이 강 기자의 자리이다. 강 기자는 한 손으로 핸드폰을 들고 다른 손으로는 볼펜으로 책상 위를 톡톡 두드렸다.

"아, 네. 주소는 모르시고, 사는 지역도? 아, 그럼 고등학교 졸업 무렵 들었던 이야기신가요?"

메모지에 검은색 볼펜으로 찍찍 선을 그었다. 네, 네에, 감사합니다, 답하는 목소리는 풀이 죽었다 싶을 만큼 힘이 빠져 있다.

강 기자가 장현도의 미니홈피를 보고서 공바라를 추리한 지 10년도 훨씬 넘었다. 팬 관리 차원에서 운영하던 미니홈피에 장현도가 직접 작성한 글귀는 분명히 구분하여 알아챌 수 있었다. 그만큼 장현도의 기는 특별히 달랐다.

난,

바라.

바라.

너를, 바라.

다른 이들은 당시 유행하던 허세 섞인 미니홈피용 글이라 무심하게 넘겼을 수도 있겠지만, 그렇지 않았다.

암호 같은 속삭임이었다.

미니홈피 대문 글귀를 손가락으로 쓸어보다 전이된 감정으로 눈시울을 붉혔다. 누군가가 부디 확인해 주길 기다리는 간절함이 손끝을 바늘처럼 찔렀다.

여성지 기자 신분으로 최근 몇 년을 포함하여 강 기자가 10년 동안 공바라에 대해 긁어모은 정보는 노력에 비해 지극히 빈약하다.

공바라는 장현도와 고등학교 동창이다. 강 기자가 처음 그 사실을 확인했을 때 공바라에 관해 쉽게 추적이 가능하리라 예상했으나, 오산이었다. 선이 닿는 대로 모조리 뒤져서 연락해 봤지만 공바라가 지금 어디에 사는지 아무도 몰랐다. 친구들과 거의 교류가 없다는 점을 공통적으로 확인할 수 있을 뿐이었다.

"바라요? 걘 누구와도 이야기를 하지 않는 아이었어요. 학교도 자주 빠지곤 했는데 오면 왔나 보다, 없으면 또 없나 보다 싶었죠. 아마 수능 전에 학교도 그만두고 미국으로 돌아갔을 거예요."

고등학교 재학 시절 당시의 공바라에 관해서도 확인이 어려웠다. 1학년 말에 미국 어딘가에서 왔다는 사실만 알려져 있을 뿐, 어느 학교에서 왔는지, 왜 왔는지에 대해 정확하게 설명해 주는 사람이 없었다.

바라는 살았던 곳조차 의견이 달라서 좀 떨어진 절에서 기거했다는 말도 있었고 절이 운영하는 청소년 수련원에서 머물렀다는 말도 있었다. 방 한 칸짜리 허름한 아파트에서 친척 아주머니와 산다고 하기도 했다. 어쩌면 바라는 여기저기 떠돌면서 기거했는지도 모른다. 학적부의 이름이 공바라가 아니라 미국식 이름이었다는 것도 몇몇만 기억하는 사실이었다.

공바라의 학교생활은 불성실에 가까웠다. 수업이 시작할 즈음 학교에 나왔다가 점심이면 사라져버리기도 하고, 한밤까지 교실에 남아 있기도 하였다. 밥 먹듯이 하는 결석과 지각, 조퇴는 용인되었다. 아이들은 공바라의 파르스름해 보일 만큼 흰 피부나 가느다란 목소리는 지병 때문이라고 떠들었다. 불치병의 근거는 그것만이 아니었다. 바라는 어떤 동작을 하여도 마치 나비처럼 무게감이 느껴지지 않았다.

부드럽게 느리게, 소리 없이.

바라의 주위로는 중력이나 공기의 밀도조차 달라 보였다. 하지만 공바라에 관해 가장 놀라운 점은 따로 있었다. 시험날조차 학교를 늦게 오거나 오지 않는 날도 있었지만, 바라가 응시한 시험은 모조리 만점이었다. 바라가 아스퍼거 증후군을 앓고 있거나 서번트 신드롬이라는 풍문도 돌았다.

괴물 같은 공바라의 실체는 그 어떤 부분도 정확히 확인할 길이 없어 뒷말만 무성하였다. 나중에서야 알려진 사실이지만, 학생기록부에 남긴 영어 이름이나 주소는 거짓이었고 부모 이름도 거짓이었다. 바라가 어디에서 누구와 사는지조차 확인할 수 없었다고 하였다. 원조 교제니 선생님과 묘한 관계였다는 등의 소문을 기억하는 사람들도 있었지만 실체가 없는 소문이었다.

전화든 이메일이든 공바라에 관해서 하는 질문에 대한 답변의 시작은, 십수 년 만에 처음으로 그 아이 이야기를 해본다는 반응이었다. 하지만 단 한 번도 떠올리지 않았다고 하기에 공바라에 대한 기억은 누구에게든 모순됨이 없이 선명하였다.

기대와 다르게, 백 명 가까운 사람과 전화와 서면으로 인터뷰했지만 그 학교의 전설이 된 장현도와 공바라를 연결 지은 사람은 없었다. 하지만, 단 한 명의 얼버무리는 답에 강 기자의 직감이 요동쳤다.

―장현도요? 그 장현도? 걘 학교 때부터 완벽했어요. 말수는 적었는데 누구나 현도의 말을 따랐어요.

"학창 시절 임원을 놓치지 않고 하셨다더군요."

―그거야 뭐.

대부분의 동창이 말했듯이 또 장현도의 모범적 학창 시절을 뒷받침하는 일화가 반복되겠구나 하는 강 기자의 예상과 다르게 여자는 모범생 장현도에 관한 언급은 가벼운 대꾸로 일축해 버렸다.

―그건 아세요? 현도는 학교에서도 한 번씩 춤을 췄어요.

"학교에서요?"

현도의 팬이었던 강 기자는 당연히 장현도가 고등학교 시절에도 학교에서 춤을 췄다는 사실을 알고 있었다. 하지만, 혹시나 뒤따라 나올 정보를 끌어내기 위해 모르는 척하는 태도는 기자의 기본자세이다.

—희한하죠. 걔는 졸아도 정자세였거든요. 쉬는 시간, 화장실 갈 시간이 아까워 엉덩이를 못 떼는 애였어요. 그런 애가 이따금씩 신들린 듯 춤을 추곤 했어요. 가수로 데뷔한 뒤 콘서트를 간 적도 있어요. 솔직히 조금은 실망이었죠. 장현도는 체육실에서 더 완벽했어요.

지오의 무대를 모욕하는 건가, 감히.

강 기자는 볼펜심을 종이에 대고 힘주어 꾹 눌렀다. 팬심의 분노를 감추고 사회적 자아를 끄집어내어 겨우 인터뷰를 계속하였다.

"설마요. 고등학교 시절에는 가수라고 생각하지 않고 봤으니 그랬겠죠."

강 기자의 대구에 여자는 단호하게 맞받았다.

—아니에요. 완벽, 보다는 완전이라는 표현이 맞겠네요. 현도는 귀에 MP3를 꽂고 추었지만 우리에게 들리는 반주는 없었어요. 언제나 현도는 혼자서, 음악 없이 춤을 췄지만 현도의 춤을 보고 있노라면 음악이 들렸어요. 가요에 관심이 없던 저도 알아차릴 만큼 신기하게도 노랫소리가 들리는 것만 같았죠.

"지오 시절에도 장현도 씨 춤은 최고였죠."

—제가 운 좋게 창 앞을 차지한 날 현도의 입술을 뚫어지게 본

적이 있어요. 격한 안무 중에도 현도는 노래하고 있었죠. 오로지 본인의 내부에서만 울릴 수 있는 노래랄까요.

강 기자는 습관적으로 메모지에 단어를 받아 적었다.

'본인 내부에서만 울릴 수 있는 노래.'

—그리고, 현도의 춤은 백댄서도, 그룹도 필요 없었죠. 현도가 팔을 움직일 때마다, 다리를 뻗고 공중에 뛰어오를 때마다 그는 체육실 공간 전체를 장악했으니까요. 현도의 옆과 뒤로 잘 훈련된 백댄서가 가득 찬 느낌이 너무 선명해 기이할 정도였죠. 보신 적이 없다면, 이런 제 말을 이해하기 어려우실 테지만요.

강 기자는 여자의 말을 들으며 눈을 감았다. 고등학생 장현도가 무반주로 춤을 추는 장면을 상상하였다. 저절로 입가에 웃음이 떠오르고 뺨이 상기되었다.

"학교에서 그런 춤을 춰도 괜찮다고 용인했었나 봐요. 아님, 장현도만 특별 대우였나요?"

여자가 키득 소리 내며 웃었다.

—안 그래도 말이죠, 체육실에 누군가가 유성펜으로 낙서를 했어요. '전국 석차 상위 0.1퍼센트 이내만 점심시간에 춤을 출 수 있음.' 장현도에 관해서는 교장 선생님까지 간섭하지 않았으니까요. 비아냥댄 것인지 모르겠지만 누군가가 다음 날 덧붙였어요. '춤으로도 전국 0.1퍼센트만.'

"재밌네요."

—현도의 성적만큼 춤에도 이의를 제기할 사람은 없었어요. 당

연하게도 체육실에서 현도가 춤을 추는 점심시간이면 학교가 말
그대로 뒤집어졌죠. 아무도 체육실로 들어가진 않았어요. 누구라
도 문을 열면 현도는 동작을 멈추고, 모범생 장현도의 표정으로
체육실을 나가버렸으니까요.

강 기자는 슬쩍 흘리듯 질문하여 여자의 반응을 떠보았다.

"장현도의 춤이 여학생들 사이에선 화제였겠네요. 춤을 출 때면
다들 구경하느라 소란이었겠어요. 공바라라는 친구는 어땠어요?"

—누구?

"'공바라'라는 동창 기억 못 하시나요?"

—아.

여자는 전화 인터뷰 내내 빠른 속도로 말을 쏟아내었는데 공바
라라는 이름을 언급한 순간 입을 다물었다. 침묵이 때론 더 많은
정보를 주는 법이다. 강 기자는 침묵을 깨뜨리지 않은 채 날카롭게
촉을 곤두세웠다. 여자가 사뭇 달라진 어투로 차분하게 말하였다.

—제 기억으론 모여든 아이들 사이에, 단 한 번도 공바라는 없었
어요.

"그렇군요. 공바라 씨는 장현도에게 관심이 없었나 봐요."

—걘, 누구한테도 관심이 없어 보였어요.

"네에. 다른 동창들도 그런 성격이라고 하더군요. 그럼, 오늘 시
간 내주셔서……."

강 기자는 무언가 캐물어주길 바라는 여자의 바람을 의도적으
로 무시하며 전화 통화를 마무리하려는 듯이 굴었다. 여자가 덥석

미끼를 물었다.

　―그런데, 누가 알아요? 두 사람만의 비밀이 있을지. 누구나 한 번쯤은 완벽한 비밀 연애 같은 거, 꿈꾸지 않나요?

　완벽한 비밀 연애. 여자가 통화 말미에 덧붙인 말에 빙고, 소리를 지를 뻔하였다. 강 기자는 기회를 놓치지 않고 몰아치듯 질문했다. 빠르게 쏟아지는 질문에 머뭇거리는 여자와 약속을 잡고야 말았다.

　기쁨의 환호성을 애써 감추며, 강 기자는 경기 신도시 P아파트 근처 커피 전문점으로 한걸음에 달려 나갔다. 여자의 모습은 전화 목소리보다 더 활기차 보였다. 쇼트커트에 디스트로이드 진과 바이커 재킷을 매치한 여자를 처음엔 알아보지 못했다. 초등학교에 입학한 아들이 1시 50분이면 하교하기 때문에 시간이 얼마 없다고 하였는데, 학부형이라기엔 지나치게 발랄한 차림새였다.

　"사소한 것이라도 말해 달라 하시니 말씀드려요."

　여자는 비밀을 밝히기 직전의 흥분과 초조함을 애써 감추고는, 강 기자의 눈을 똑바로 쳐다보더니 재차 확인하였다.

　"현도와 공바라는 접점이 없었어요. 공바라는 학교 전체에서 장현도에게 관심이 없는 유일한 사람이었으니까요. 사실, 공바라는 누구에게도 관심이 없고 누구의 관심도 받으려 하지 않았어요. 언어장애가 있나 싶을 정도로 입을 열지도 눈을 맞추지도 않았죠."

　"그렇지만 장현도 씨는 교우 관계가 좋았잖아요. 여학생들과도 잘 지냈다고 들었는데요?"

여자는 고개를 저었다.

"현도는 누구에게나 공평하게 관심도 무관심도 아니었죠. 갠 국, 영, 수, 사탐, 과탐이 최대 관심사였으니까요. 혹시나, 바라와 현도를 엮는 기사를 쓰진 마세요. 저는 책임 못 져요."

"물론이에요. 전 명예훼손으로 고소당하고 싶진 않답니다. 유일한 밥줄인 잡지사를 잘리면 당장 방세도 못 내요."

"아······."

여자는 조금 딱하다는 표정이었다. 강 기자는 어깨를 으쓱하였다.

"아무튼, 두 사람이 같이 있는 걸 본 적은 딱 한 번이었어요. 수능 시험을 일주일 앞둔 날 즈음이었죠. 난 그때 소위 말하는 멘붕이라는 걸 겪고 있었거든요. 시험은 무섭고 도망갈 곳은 없고, 마침 스위치가 고장 나 불이 들어오지 않던 학교 음악실로 몰래 들어갔어요. 음악실 구석에 숨어서 울다가 어느새 잠이 들어버렸어요. 추위에 감기 기운이 도져서 온몸에 신열이 끓었죠. 앓으면서 기진한 상태로 까무룩 잠이 들었다 깼다 하였어요. 음악실 문은 밖에서 잠겨 있어 나갈 수도 없었어요. 겨우 정신이 들었을 때 음악실 창문을 힘겹게 열었어요. 얼릴 듯이 차가운 밤바람이 들어와 오한에 진저리 쳤죠. 그때, 그 노랫소리를 들었어요."

여자가 장황하게 늘어놓는 본인 스토리에 조바심이 나서 볼펜만 만지작거리고 있던 참이었다. 강 기자가 고개를 번쩍 들었다.

"노랫소리요?"

여자가 고개를 끄덕였다. 커피 잔을 어루만지며 꿈꾸듯이 말하였다.

"나는 곡명을 알지도 못했죠. 사무치게 아프고 슬픈 노래라는 것만 알 수 있었어요. 노랫소리는 음악실이 있는 건물 바로 아래, 검은 버드나무 밑에서 들려왔죠. 학교 담벼락에 붙은 희미한 조명 덕분에 노래를 부르는 사람의 실루엣은 정확히 보였어요. 남자의 입에서 나오는 하얀 입김도 기억해요. 모든 것이 환영일 수도 있어요. 신열에 들떠 헛것을 봤을 수도 있겠죠."

여자는 말을 멈추었다. 그럼에도 계속 듣겠냐는 질문 대신 강 기자를 한 번 쳐다보았다.

"남자는 장현도였겠군요."

"노래는 귀신이 사람의 영혼을 훔치려 부르는 주술이라 해도 끝까지 듣고 싶을 만큼 아름다웠죠. 텅 빈 교정, 건물들은 울림판이 되어 남자의 목소리를 우렁우렁 메아리치게 했어요. 난 홀린 채로 구조 요청을 해야 한다는 사실도 잊고서 음률에 빠졌어요. 버드나무 앞에 서 있던 남자의 실루엣과 목소리……. 단 한 번도 노래를 제대로 들은 적은 없지만 분명히 장현도였어요. 장현도가 부르는 가곡을 들어보신 적이 있나요?"

강 기자는 고개를 저었다. 여자는 심장 부근을 손바닥으로 탁탁 두드렸다.

"여기가, 여기가 아팠어요. 지오의 리더 장현도가 부르던 가요는 장현도의 가짜 목소리라 해도 좋을 만큼 그 가곡은 완벽한 절실함이었죠."

강 기자는 장현도가 「화엄일승법계도」를 노래하듯 읊조리던 순간을 떠올렸다. 전체를 둥글게 하나로 감싸고 응축시킬 듯한 아름답고 힘 있는 목소리였다.

"현도의 노래가 끝날 즈음, 난 손을 흔들며 그를 부를 작정이었어요. 그때였어요. 자그마한 박수 소리가 들렸죠. 현도의 노래를 감상한 건 나만이 아니었어요. 아니, 현도는 오로지 그 사람만을 위해 노래를 바쳤어요. 나무에 기대어 서서, 그러니까 현도를 마주 보고 있었던 사람이 한 발 앞으로 움직였어요. 현도와 마주 보고서, 둘의 발끝이 닿을 만큼 가까이 다가가 섰어요. 나는 단지 그림자같이 검은 여자의 뒷모습만 볼 수 있었죠."

여자의 목소리가 가늘게 떨렸다. 긴장이 되는지 바싹 마른 입술을 혀로 적시고, 손바닥을 찢어진 청바지에 두어 차례 문지르고는 말을 이었다.

"여자애가 목에서 목걸이를 벗어 장현도의 목에 걸어주었어요. 현도는 외투를 벌리고, 타이를 내리고, 교복 와이셔츠 단추 두어 개를 풀고서 목걸이를 속으로 깊이 넣었어요. 현도의 벌어진 외투 속으로 여자애가 들어섰어요. 현도가 여자의 입술을 찾아 얼굴을 깊이 숙였죠. 여자애는 현도의 목덜미와 가슴이 이어지는 즈음에 얼굴을 숨겼어요. 둘 다 고집스레 움직이지 않았어요. 한참 후, 현도가 포기한 듯 고개를 들자 여자애는 현도에게서 떨어졌어요. 여자애는 방금 제 몸이 빠져나온 곳, 현도의 외투 자락 사이, 교복 재킷 사이, 가슴 중앙 부분에 손을 가만히 대고 있었어요. 여자애가 준 목걸이 펜던트 자리쯤이 아닐까 예상했어요. 여자애가 무언가 말하였어요."

"사랑의 밀어를 속삭였나 봐요."

강 기자는 본분을 잊고서 빈정거렸지만, 여자는 그것조차 눈치 채지 못할 만큼 본인이 재생하는 과거의 장면에 빠져 있었다. 그녀는 마치 연극배우의 독백처럼 천천히 말을 이었다.

"여자애의 자그마한 목소리는 다 들리지 않았어요. 무슨 말인지 충격을 받은 듯 현도가 흔들리자, 여자애는 현도의 빰을 몇 번이고 쓰다듬었어요. 현도가 손을 붙잡으며 말했죠. 싫어! 격앙된 목소리였어요. 기다릴게, 너도 기다려. 현도는 화를 내고 있었어요. 2015년! 2015년이라고 했잖아! 여자애는 현도를 스쳐 걸어갔어요. 현도가 뒤를 따랐어요. 차마 붙어 서지 못하고서 한 발쯤, 떨어져서 여자애를 따라갔어요."

장현도가 공바라에게 바치는 노래라니. 싫다는 여자에게 매달리는 모습이라니. 강 기자는 질투심과 실망감으로 이를 악물었다.

"나는 두 사람이 사라질 때까지 아무런 구원 요청을 하지 못하고 멍하니 바라다보기만 했어요. 닫힌 정문으로 나갈 수는 없었을 테니, 땡땡이를 치거나 지각했을 때, 그러니까 좀 불량한 학생들은 알 만큼 아는 비밀 통로를 통해 교정을 빠져나갔겠죠."

여자가 그제야 깊게 숨을 내어 쉬고 커피를 한 모금 들이켰다.

"그날, 괜찮으셨나요?"

"곧이어 부모님이 달려오셨죠. 떠들썩한 소리와 함께 교문이 열렸어요. 난 창을 통해 손을 흔들었어요. 엄마, 엄마. 힘을 끌어모아 불렀어요. 용케도 알아차린 엄마가 울면서 달려오는 모습을 보고선, 잠시 기절했었죠."

"다행이네요."

강 기자는 취재 수첩을 덮었다. 그러한 태도가 인터뷰의 가치를 낮게 평가하기 때문이라 생각했는지 여자는 다급하게 인터뷰의 친실성을 강조하였다.

"누구한테도 말한 적 없는 이야기예요. 고등학교 땐, 내가 음악실에서 숨어 있었다는 사실이 알려질까 봐 창피했고, 현도가 데뷔한 이후로는 가십거리가 되면 골치 아파질까 봐 입을 다물었어요."

"저도 이런 이야기는 처음 듣네요."

강 기자는 자리에서 일어섰다.

"여자애는 공바라예요."

"얼굴을 확인하지 못……."

"얼굴을 확인해도 마찬가지예요."

여자는 강 기자를 쏘아보며 단호하게 말을 잘랐다.

"바라처럼 나비같이 움직이는 아이는 없으니까. 무엇보다 2002년도에도, 2015년에도 현도와 비밀 연애를 하면서 조금의 으쓱거림도 없이 완벽하게 무심할 수 있는 여자는 내가 아는 한, 공바라밖에 없으니까. 애달아 못 견디는 장현도가, 심장을 꺼내 바치듯이 부르는 노래를 듣고 아무렇지도 않게 담담하게 굴 수 있는 여자는 없다구요, 공바라 외엔. 더군다나 우린 그때 열아홉이었잖아요. 고작 열아홉!"

⬡

　여자와 인터뷰 이후에는 그렇다 할 만한 거리가 없었다. 혹시나 하고 만나본 동창 중 일부는 과장되고 잘못된 기억을 흥분하여 떠들었고 일부는 공바라에 대해 명백한 소설을 지어냈다. 그리고 장현도는, 강 기자가 예상한 바대로 얼마 전부터 HD센터에서 사라졌다.

　혹시 공바라, 그녀를 찾아간 것일까.

　장현도와 관련된 계약, 투자, 직접거래 관계에 있던 몇몇의 사람들을 제외하고는 HD센터 직원과 병원에 드나들던 환자까지 장현도의 부재를 종종 있어왔던 짤막한 외유라고 짐작했을 뿐이었다. 그들은 장현도가 개인 자산 전부를 깨끗하게 처분하여 증여와 기부를 마쳤다는 사실을 꿈에도 알 수 없었다. 증여와 기부의 대상자까지도 현도가 종적을 감춘 후에 로펌의 대리인을 통해 전달받았을 따름이었다. 나누어진 자산은 일부였다. 추측건대, 해외 금융기관에 예치된 현금 자산만 해도 남은 여생을 충분히 여유롭게 살고도 남을 금액이리라.

　장현도의 부재는 예측한 바였으므로 강 기자에게 그다지 놀라운 일은 아니었다. 장현도가 후원하던 동남아 지역에 연락을 해보았지만, 상당한 금액의 후원금 외에는 장현도의 흔적을 찾을 수 없었다.

공바라.

결국 신원조차 제대로 확인되지 않은 그녀를, 공바라를, 장현도는 찾아서 만났을까.

강 기자는 모니터 옆에 둔 초콜릿을 한 입 베어 물었다. 마감을 며칠 앞둔 시기가 되면 스트레스 때문에 늘 예민해진다. 이번 시즌은 정신이 육체와 분리되지 않고 근근이 버텨주는 것만으로도 고마울 지경이었다.

편집장의 개인적 분노를 담은 리뷰를 존중하여 수정된 원고를 송고하였다. 편집장 마음에 차지 않으리라는 사실은 뻔하지만⋯⋯. 뻐근해진 어깨를 주무르다 말고 강 기자는 문득 제 목덜미를 쓸어내렸다. 장현도가 목을 조르던 감각이 선연하다.

장현도의 입에서 쏟아지던 예상치 못한 말은 가위눌리는 꿈처럼 강 기자를 괴롭혔다. 평소 처방을 받아 먹던 안정제 양을 두 배 넘게 늘이고도 도통 제대로 된 잠을 이루지 못하였다. 장현도가 던진 수수께끼 같은 말들은 밧줄처럼 사지를 묶고 장현도의 검은 불과 같던 분노는 올무처럼 목을 단단히 조였다.

장현도의 뇌관인 공바라.

우주의 파동, 「화엄일승법계도」.

바라, 공바라. 공바라.

'우린 그때 열아홉이었잖아요. 고작 열아홉!'

고작 열아홉.

강 기자는 모니터 앞에 멍하니 앉아 여자의 말을 흉내 내어 발음해 보았다. 고작 열아홉의 장현도와 공바라에게 무슨 사연이 있었던 걸까. 고작 열아홉의 첫사랑에 모든 걸 내버리고 갈 수가 있나, 장현도는.

이어폰을 귀에 꽂고 유튜브 화면을 띄웠다.

슈베르트, 겨울나그네, 보리수.

십수 개의 작은 화면이 좌측으로 열을 이룬다. 커버 화면에서 슈베르트는 무언가를 부끄러워하는 듯한 수줍은 미소를 띠고 있다. 아이처럼 통통하고 발그스름한 슈베르트의 뺨을 응시하면서 마우스를 클릭하였다.

강 기자는 장현도가 불렀다는 〈보리수〉를 상상하며 바리톤 성악가의 노래를 감상하였다. 현도의 목소리는 이 성악가의 목소리보다 조금 더 맑고 둥글다. 아니, 조금 더 깊다. 고운 흙으로 빚은 청자 도자기처럼 맑고, 최상급의 구리 수 톤을 넣어 만든 커다란 종처럼 울림이 크면서도 부드러운 소리였을 것이다.

조금 더 비슷한 목소리를 찾아볼까 싶어 다른 동영상을 클릭하려 했을 때, 메신저에 붉은 숫자 2개가 떠 있음을 발견했다. 잡지사 동료 P다.

'하이, 원고는 보냈지?'

'음악 감상은 포털 기사 화면이라도 띄워놓고 할 것. 편집장 머리 풀어헤치고 돌아다니고 있음.'

이번 달 기획 기사 퀄리티에 도무지 만족하지 못하는 모양이다.

처음부터 이건 좀 아닌데, 싶었다. 가을맞이 새 단장은 이미 봄맞이 새 단장이라는 주제로 지난봄에 우려냈던 기사다. 아무리 PR성 기사라고 해도 주부에게 가을은 추석 명절이 있는 계절인데 뭘 집 단장까지, 라는 생각은 기획 회의 때나 지금이나 변함없다.

맥없는 기획 기사만이 문제가 아니었다. 판매고에 결정적인 영향을 미치는 연예인 뒷조사 기사가 비꾸러졌다. 강도희가 걱정 말라며 큰소리쳤던 기사다. 지난달에 터뜨리자 했으나 이번 호로 미루면 좋을 이유를 들먹이며 연기시킨 건이다. 하지만, 몇 달 파파라치 짓을 해서 얻은 한류 톱배우 L과 아이돌 T의 스캔들은 D언론사가 선수를 쳐버린 까닭에 김빠진 맥주가 되어버렸다.

아직 공식적인 발표는 없다. 아마도 오늘 내일, 양쪽 기획사에서 합의한 훈훈한 수준의 연애 인정 기사가 인터넷에 뜰 것이다. 김빠진 맥주라도 빨고 싶은 심정으로 강 기자는 달력을 확인하였다.

오늘이 9월 16일. 다음 주가 발간일. 그 전까지 발표는 할 테고, 《W》는 이미 화제가 사그러들 즈음에 그들의 열애 인정 인터뷰 기사까지 정리하여 내보내는 수많은 잡지와 대동소이한 기사를 실을 수밖에 없게 되었다. 장현도 인터뷰와 공바라 뒷조사로 정신만 놓고 있지 않았더라도, 특종은 《W》가 터뜨릴 수 있었다. D언론사가 결정적 사진을 확보한 날이 9월 14일이었으니 말이다.

9월 14일.

젠장, 장현도 때문에 지난 8월 중순, 결정적인 컷을 찍을 기회를 흘려보내고서 강 기자가 확보한 정보는 9월 15일 L의 삼성동 집이었다. 14일! 9월 14일! 날짜를 입속으로 짓씹으며 수차례 중얼거렸다. 문득 장현도와 공바라의 비밀 연애를 의심했던 여자가 마지막에 덧붙인 말이 강 기자의 머릿속에 떠돌았다.

'그러고 보니, 얼마 안 남았네요. 현도가 떼를 쓰듯이 소리 질렀어요. 넌 맘대로 해, 나는 잊지 않을 테야. 2015년 9월 14일! 현도가 9월 14일이라고 했어요. 분명히 기억하는 날짜예요. 엄마 생신이거든요.'

강 기자의 컴퓨터 화면에 SNS 메시지가 다시 떴다.

'또 찍힌다, 너.'

돌아보니 P가 손으로 목을 자르는 시늉을 하고 있다. 강 기자는 하는 수 없다는 듯 느리게 유튜브 동영상을 종료시키고 포털 화면을 띄웠다. 실시간 검색어 상위는 모조리 L과 T다. 두 사람의 이름과 열애를 자극적인 문구로 내세운 타이틀이 꾸역꾸역 실시간으로 보태졌다. 클릭, 클릭, 클릭, 넘기고 또 넘기며 혹시나 쓸 만한 정보를 찾다가 우연히 해외 단신에 눈길이 갔다.

'엠파이어 스테이트 빌딩에서 의문의 투신?'

보나 마나 여러 개의 흥밋거리 단신들을 모아서 급하게 번역하여 올린 기사일 것이다. 역시나 트래픽을 유도하는 미끼 중 하나이다. 단순한 호기심으로 타이틀을 클릭하고서, 강 기자는 저도 모르게 입을 크게 벌렸다. 비명조차 나오지 않았다. 잠시 멈췄던 심장이 뛰기 시작하던 순간 거칠게 숨을 몰아쉬었다. 주먹으로 입을 가렸다. 충격으로 머리가 상하로 크게 흔들렸다.

장현도가, 사라졌다.

장현도가, 이 세상에서 사라져버렸다!

P가 언제 왔는지 강 기자 곁에 서서 어깨를 두드렸다.

"왜 그래? 무슨 내용인데? 뭐야? 시체 없는 투신? 난 또, 뭐 하나 큰 건 터졌나 했지. 어휴, 강 기자, 보기와 다르게 귀신 무서워하는구나?"

P는 모니터 화면 앞으로 머리를 디밀고는 평소 성격처럼 유쾌한 어조로 빠르게 기사를 읽었다.

"어디 보자아. 지난 9월 14일 새벽 5시 무렵 엠파이어스테이트 빌딩 85층 난간에 슈트 차림의 남자가 아슬아슬하게 서 있는 모습이 맞은편 길에 있던 관광객에 의해 발견되었다. 남자는 86층 전망대에서 한 층을 뛰어내려와 서 있었던 것으로 추측된다. 관광용 망원경으로 남자의 모습을 자세히 확인하려던 찰나, 남자는 순식간에 아래로 몸을 날렸다고 한다. 관광객의 신고로 경찰이 출동했지만, 남자의 시신이나 투신 흔적은 찾을 수가 없었다."

P는 마른기침을 하더니 목이 칼칼한지 강 기자의 커피 잔을 들어 커피를 한 모금 마시고는 기사를 마저 읽었다.

"그날 오전, 관광객이 전망대에서 남자가 서 있었던 곳으로 추정되는 난간을 촬영한 사진에는 희미하게 사람이 머물렀던 흔적이 있고 투신한 남자가 그린 것으로 보이는 기하학적 무늬가 남아 있었다. 사진은 SNS를 통해 급속히 퍼지고 있지만, 엠파이어스테이트 빌딩 측은 어떠한 흔적이나 그림도 남아 있지 않다고 공식적으로 확인하였다. 관광객은 공교롭게도 사진을 찍은 직후 비가 쏟아졌기 때문에 흔적이 모조리 지워진 것이라 주장하고 있다."

기사에 첨부된 사진은 희미하지만 분명히, 「화엄일승법계도」의 일부였다. 최대 폭이 1미터 남짓한 빌딩 외벽의 장식적 돌출면에 위태로이 자리를 잡고서 붉은색 붓질을 하는 장현도가 어른거렸다. 지워진 중심부, 바라를 숨겼던 부분을 밟고 서서, 장현도는 하늘을 한 번 쳐다보고서 몸을 날렸을까. 그렇다면, 장현도의 시신은 어디로 사라진 걸까.

강 기자가 충격으로 여전히 꼼짝하지 못하고 있자, P가 "어이, 정신 차려" 하며 어깨를 툭툭 쳤다. P는 마치 처음부터 제 것이었던 양 편안히 커피를 마시며 건성건성 말하였다.

"이런 건 거의 다 뻥이야. 백퍼 포샵이네. 그리고 엠파이어스테이트 빌딩에 원래 괴담이 많아요오. 그 뭐냐, 40년대 말에 투신했던 여자 한 명은 아무런 상흔 없이 다만 잠든 상태처럼 보이는 시신으로 발견되었다고도 하고, 요즘도 엠파이어스테이트 빌딩 근처 도로를 오가던 차량은 갑자기 엔진이 멈추거나, 네비가 작동이 안 되거나, 라디오 전파가 끊긴대잖아. 이상한 음이 잡힌다는 제보도 있다는데, 다 관광 상술이지 뭐."

P의 말이 끝나기 전에 강 기자는 자리를 박차고 일어섰다.

도희는 완전히 얼이 빠진 상태였다. 무슨 정신으로 HD센터까지 왔는지 몰랐다. 택시 기사에게 카드를 내미는 손이 심하게 떨려 두 번이나 카드를 떨어뜨렸다. 무작정 HD센터에 들어가서 무엇이든 물어볼 작정이었다.

장현도의 뉴욕행 비행기 표를 예매했냐는 물음에 대한 답이라도…… . 아니, 뉴욕이 아닌 다른 곳으로 가는 비행기를 예약했다는 소리를 듣고 싶었는지도 모른다.

리셉션 데스크에 명함을 내밀자, 직원이 눈인사를 하며 알은체를 하였다.

"일전에 오셨던 기자분이죠? 장현도 원장님은 당분간 출근하지 않으십니다."

"알아요. 어디로, 가셨죠? 어디? 뉴욕은 아니죠?"

"글쎄요. 그건 잘 모르겠습니다. 개인적인 사정으로 쉬시는 거라서요."

스튜어디스처럼 단정한 차림의 직원은 상냥하게 답하였다. 이미 수십 번은 반복했을 정해진 답이겠지. 강 기자는 다급하게 물었다.

"그래도 뭔가 조금은 알 거 아니에요? 적어도 국내나 국외, 어디에 있는지. 아니면 행방을 알 수 있는 누구라도."

"저는, 모릅니다."

직원이 조금 딱딱해진 어조로 부정하였다. 도희를 바라보는 눈에 경계심이 스쳤다. 장현도의 어머니가 작년에 돌아가신 이후, 피붙이 가족이라 할 사람은 단 한 명도 없다는 사실을 강 기자도 알고 있다.

"장현도 원장님에 대해서는 따로 말씀드릴 내용이 없습니다."

"뭐라도 말해 줘요. 중요한 일이라고요."

강 기자는 리셉션 데스크를 손바닥으로 탁탁 두드렸다.

"장현도 원장, 지금 어디 있어요?"

"저, 기자님. 이러시면……."

데스크 직원의 예쁜 미간이 찡그려졌다. 대기석에 앉아 있는 몇몇 사람들이 수군거리기 시작하였다. 강 기자는 막막한 상실감에 바닥을 굴렀다.

"장현도에게 연락해 줘요! 아니, 장현도가 서울이든 미국이든 동남아든! 무사히 잘 있다는 것만 확인하게 해줘요. 제발!"

이럴 수는 없어, 장현도. 이렇게 사라지면 안 된다고!

예상치 못한 소란에 당황한 직원이 수화기를 들고 버튼을 눌렀다. 안전 요원이 와서 끌어내겠구나, 체념 속에서 강 기자는 무릎이 꺾여 주저앉은 채로 울음을 터뜨렸다. 창피하다는 생각조차 못하고서 이럴 순 없어, 반복하여 중얼거리면서 아이처럼 울었다.

"강도희 기자님?"

누군가가 팔을 붙잡았다. 우악스런 손길은 아니었다. 눈물로 범벅 된 얼굴을 수습하지도 못하고서 고개를 들어보니 중년의 남자가 의아스런 눈빛으로 강 기자를 바라보았다.

"정말 오셨군요."

"네?"

남자가 건넨 명함을 읽기 위해 도희는 손등으로 눈물을 훔쳤다.

변호사 김정훈.

"잠시 이리로 오시지요."

강 기자는 남자가 내미는 손을 붙잡고 엉거주춤 일어섰다.

HD센터 법무 담당 이사라는 김정훈 변호사가 이끈 곳은 건물 내에 있는 사무실이었다. 그곳에서 김정훈 변호사는 미리 준비해 놓은 듯한 편지 봉투 하나를 내밀었다.

"이게 무언가요?"

"장현도 원장이 남겼습니다. 강도희 기자라는 사람이 혹시 찾아오면 전하라 했습니다."

강 기자는 얇은 편지 봉투를 찢고 속에 들어 있던 종이를 꺼내었다. 두 번 접혀진 종이에는 숫자와 영문의 조합 7자리가 적혀 있었다.

"이걸로 뭘 하라는 거죠?"

김정훈 변호사는 명함 한 장을 다시 내밀었다.

H은행 압구정지점 지점장 최동수.

"금고에 맡겨둔 물건이 있다고 합니다. 비밀번호는 일부라고 하더군요. 나머지는 강도희 기자님이 가지고 있다고 했습니다."

"내가, 비밀번호를 알고 있다고요?"

"네, 그렇게 말했습니다."

"그런 거 몰라요. 난 단 한 번 인터뷰만 해봤던 사람이에요. 장현도의 오래된 팬이기는 하지만."

"글쎄요. 저는 더 이상은 모릅니다만, 강도희 기자님은 알고 있다고 했습니다. 인터뷰하던 날 그렇게 말씀하셨다던데요."

"아까부터 대체, 제가 인터뷰에서 뭘 말했다는 거죠?"

"비밀번호를 알고 있다고……."

강 기자는 장현도가 남긴 메시지를 들고서 혼란스러움에 얼굴을 찡그렸다.

"그리고, 이것도 드리라 했습니다. 집 주소를 알려주시면, 운반해 드리겠습니다."

변호사가 한 쪽 벽면에 포장해 둔 물건을 가리켰다.

그림은 작은 원룸에 어울리지 않는 크기였다. 바로 장현도 원장의 방에서 압도되었던 그 그림이다. 꽃 속에 「화엄일승법계도」를, 그 속에 바라를 숨겨두었던 그림.

원룸 한 벽면이 가득 차도록 큰 그림을 붙이고서, 그림 바로 아래에 위치한 침대에 누워 밤새 뒤척였다. 새벽녘이 되어 강 기자는 자리에서 떨치고 일어나 침대에 가부좌를 틀고 앉았다. 밤을 새우다시피하여 눈은 뻑뻑했지만 정신은 유리처럼 맑았다. 최대한 집중하려 애를 쓰며 한참 동안 꽃 그림을 응시하였다.

눈을 깜박일 때마다 꽃 속에 「화엄일승법계도」가 천천히 떠올랐다 사라지길 반복하였다. 바라, 법계도 중앙에 숨겨둔 글자는 신기루처럼 잡힐 듯하다 이내 모습을 감추곤 하였다. 그림 앞에 서서 「화엄일승법계도」를 노래하듯이 읊조리던 장현도가 생생하게 떠올랐다.

양팔을 벌려 강 기자를 바라보던 장현도.

가슴에 여전히 감추어두었던 목걸이, 공바라의 목걸이.

"아."

불현듯 떠오른 생각이 있다. 그녀는 벌떡 일어서다가 저린 다리 때문에 나지막이 짜증을 삼키며 절룩거리는 걸음으로 책상으로 다가갔다.

책상 위에 곱게 올려두었던 장현도가 남긴 종이를 펼쳤다. 저린 다리 때문에 한 쪽에만 체중을 싣고 비딱하게 서서, 그림과 종이를 번갈아 쳐다보았다. 알 수 없는 비밀번호에 대한 힌트가 그림에 있음을 확신하였다. 무엇일까, 현도와 나누었던 대화를 정확하게 재생하려 눈을 감았다. 차갑고도 따사로우며, 음침하지만 동시에 천사의 빛무리처럼 눈이 부시던 현도의 기가 온몸을 파고드는 듯했다. 그림 앞에 서서 법성게를 외던 현도의 목소리가 쟁쟁하다.

법성원융무이상(法性圓融無二相)
제법부동본래적(諸法不動本來寂)

유레카! 실마리가 잡혔다. 강도희는 눈을 번쩍 떴다. 암호의 힌트는 그림이 분명하다. 날이 밝기만을 초조하게 기다렸다.

시간의 속도는 간절하게 원하는 바와 반대로 가는 법이다. 더디고 더디게 흘러 강 기자가 지점장의 안내를 받아 금고실에 들어섰을 때는 이미 초조함마저 가신 후였다.

지점장이 나가고 홀로 남게 되자 서늘한 긴장감이 몰려들었다. 강도희는 장현도의 개인 금고 앞에 홀로 서서 심호흡을 하였다. 이제 조합한 암호를 확인할 차례다. 도희는 망설임 없이 현도가 준 코드 일곱 개와 「화엄일승법계도」의 글자 수 210, 그리고 KBR 공바라의 이니셜을 입력하였다. 확신에 찬 입력이었지만 틀렸다. KBR210, 순서를 바꾸었지만 마찬가지였다. 그녀는 주먹을 움켜쥐고 집중하려 애를 썼다.

'장현도가 내가 알고 있다고 말했다면 내가 알고 있는 것이다. 또한 내가 알고 있다는 것을 장현도가 알고 있다. 그렇다면……'

강도희는 초조함으로 인해 저도 모르게 서성거리던 걸음을 멈추었다.

'그렇다면, 내가 알아챈 순서대로였을 것이다.'

그녀는 「화엄일승법계도」에 관해 조사했던 수첩의 페이지를 다시 꼼꼼히 훑었다. 210자 글자 수는 중요하지 않다. 「화엄일승법계도」는 글자들의 구조화 작업이 선행되었다.

『화엄경』의 정수만 뽑아 정리한 법성게는 7언 30구.

정각을 이루며 조화로이 줄지어 있던 글자는 7언 30구의 구조였다. 그 구조를 손으로 훑어 내리며 현도가 법성게를 읊었다. 강 기자는 떨리는 손을 후후 입김을 불어 진정시키고 깊이 숨을 들이켰다. 현도가 남긴 7개 글자, 그리고 강도희가 알고 있는 장현도의 비밀의 조합, 6개 글자. 버튼을 향하는 손가락이 바르르 경련하듯이 떨렸다.

7, 3, 0, K, B, R……

자그마한 소리를 내며 금고가 열린다. 훅, 긴장감이 일시에 풀어지며 다리에 힘이 빠진다. 도희는 비틀거리며 금고에 손을 짚어 몸을 지탱한다.

'내가 비밀번호를 찾아내길 기대했나, 장현도?'

'그럼. 사생팬이었던 기자, 엉터리 점술가.'

장현도가 빙그레 웃을 것만 같다.

금고 속에 보관된 물건은 다만, 서류 봉투 하나였다. 강 기자는 서류 봉투를 가방 깊숙이 넣고 잡지사로 달려갔다. 마감 직전에 자리를 비운 파격적인 일탈 행위를 한 대가를 치르느라 강 기자는 하루 종일 고군분투했다. 그러면서도 내내, 봉투 속을 확인하고 싶은 호기심에 손이 달달 떨릴 지경이었다.

퇴근하는 길, 강도희는 버스 속에서 가방을 꼭 끌어안았다. 가방 속에 얌전히 넣어둔 봉투의 입을 벌려보고 싶은 충동을 누르느라 최대치의 인내심을 끌어올려야 했다. 도희는 잠시 눈을 감고 차창에 머리를 기대었다. 눈을 감자 장현도의 모습이 더욱 뚜렷하게 떠올랐다. 다시 가슴이 칼로 저며지듯이 아프다.

봉투 하나만 남기고 이 세상에서 사라져버린 장현도…….

강도희는 무릎 위에 올려둔 가방 위로 고개를 깊이 숙이고 얼굴을 묻었다. 현도가 만지고 봉했을 봉투에서 묻어나는 종이 냄새를 맡으며 숨을 들이켰다. 생을 정리하며 대체 이 봉투를 왜 자신에게 남겼는지, 장현도가 남긴 물건보다 장현도의 의도가 더욱 궁금하였다.

장현도의 의도에 생각이 미치자, 여태 들끓었던 싸구려 호기심과 흥분이 급속도로 차갑게 식어갔다. 이건 명백히, 장현도의 유언이다. 이 세상에 남기는 마지막 메시지다. 기자로서, 팬으로서, 한 인간으로서, 경박스러운 호기심이 부끄러웠다. 도희는 얼굴을 붉히며 머리를 숙였다.

집으로 돌아와 봉투를 열기 전, 도희는 밤새 기도하는 마음으로 장현도의 그림을 마주하였다. 여전히 유화 냄새가 희미하게 남은 그림에선 장현도의 기가 넘실거린다. 죽은 자의 기는 읽을 수 없다.

그렇다면 장현도는 죽지 않은 것일까.

새벽녘이 되어서야 강도희는 마침내 봉투칼을 집어 들었다. 사각거리는 소리와 함께 밀봉된 봉투가 갈라졌다. 장현도가 남긴 문서는 백여 장이 넘는 프린트물이었다.

'대체 이걸 왜 나에게?'

수없이 고민했던 의문에 대한 답이, 장현도의 손글씨로 제일 앞장에 남아 있었다.

목을 조른 일에 대한 사과라고 해야 하나. 혹은 바라를 읽어낸 네가, 나를 이해할 수 있는 유일한 사람이라 느껴졌을지도 모를 일이지.

긴 공백만 남은 페이지를 넘기자, 장현도의 메시지가 이어졌다.

지금부터 내가 지껄이는 이야기는 믿을 만한 종류가 아니야. 그러니 거짓일 수도, 사실일 수도, 정신병자의 헛소리일 수도 있어. 시간 낭비라 생각되면 이만 프린트물을 쓰레기통에 넣어버려.

하지만 읽는 동안, 네가 그토록 궁금해했던 일, 내가 장현도가 아니면서 장현도인 까닭이 무엇인지에 대한 해답을 구할 수 있다면 큰 손해는 아닐 테니…….

혹시 알아? 흥미로운 두어 시간이었다며 기뻐할지도.

현도의 메시지를 읽으며 도희는 숨을 골랐다. 벽면의 꽃 그림 속에 일렁이는 우주의 파동함수, 파동함수 속에 흔들리던 바라, 바라를 향해 300미터 상공에서 몸을 던졌을 장현도가 선명하게 떠올랐다. 도희는 눈을 감고 짤막한 기도처럼 현도를 떠올리고는 그가 남긴 긴 글을 읽기 시작했다.

슈뢰딩거의 고양이

관측하지 않았다는 이유로 죽거나 살아 있는 상태가 동시에 가능한 고양이는 양자역학적 해석의 역설에 상징적인 존재이다. 하지만, 만물은 만물을 의식하는 주체가 없이는 상태로 존재할 수 없음이요, 혹은 그 모든 상태의 고양이가 일만대천 각각의 우주에 갈라져 있음이다.

단단한 체구의 여자가 나를 한 대 후려칠 듯한 기세로 물었다.

"넌 장현도이면서 장현도가 아니야. 누구지?"

나를 의식하는 주체에 의해 인식되는 내가 누구인지 확신이 없다. 기묘한 뒤틀림으로 반복된 시공간 속에서 각각의 우주에 흩어졌을 내가 이 우주의 현 시각에 중첩되어 있는 상태라면, 과연 거대한 의식이 인식하는 나는 누구인가. 현재라는 시간의 의미는 또 무어란 말인가.

믿어달라.

바로 윗줄까지 쓰고서, 나는 긴 시간을 망설였다. 아무리 기를 쓰며 정확히 기록해 보고자 하나, 세상은 하이젠베르크의 불확정성의 원리*가 지배하듯이 나의 본질 역시 불확정적이기 때문이다.

기록을 포기해 버리고 아이처럼 벌렁 드러눕던 순간, 나는 의식 바닥에 깔려 있는 어린애 같은 나를 끄집어 올렸다. 하나를 가르쳐 주면 하나만 깨우칠 수 있었던 시절의 아이처럼, 의식과 논리가 수만 갈래로 파생되기 전의 순진무구한 어린애처럼 접근하고자 한다.

다시 말하자면, 부질없는 질문을 단순화시켜 최대한 당신이 이해할 수 있는 이야기를 전하고자 한다. 그러기 위해선, 나를 이루고 있는 기억의 역사와 실존적 역사를 구분할 필요가 있다.

쉽게 설명하자. 이제부터 들려주는 이야기의 주체인 나는, 내가 기억하는 최초의 나이면서, 오랜 시간을 몸으로 부딪히며 살아온 역사이다. 이 우주의 현 시각에서 당신이 더듬어온 나와는 다른 장현도처럼 느껴질 것이다. 당신이 멱살을 잡고 싶어 할 만큼 분노했듯이, 그러하다.

나는 그가 아니다.

---

*하이젠베르크의 불확정성원리(uncertainty principle)는 양자역학의 근간이 되는 학설로서 입자의 속도와 위치는 동시에 확정될 수 없다는 원리이다. 이 원리는 확률적으로 존재함에 대한 논의를 불러일으켰다.

2015년 여름을 기억한다. 유달리 불볕더위가 지속되었다. 비는 드물었다. 반지하 방의 곰팡이가 개체수를 급속히 늘이지 않아 다행이었다. 구석마다 두 개씩 두었던 습기 제거제 통 여덟 개에 가득 찬 물을 비웠다. 사재로 만든 제습제를 넣은 후, 입구에 망사를 덮고 노란 고무줄로 고정시켰다. 비닐 장판을 걷어내고 바닥에 흥건한 물기를 걸레로 닦아내고 짜기를 반복하였다. 주르륵 떨어지는 물에서 풍기는 쿰쿰한 곰팡내가 물씬 코를 찔렀다.

오랜만에 대청소를 마친 후, 공중목욕탕에 가서 곰팡내가 밴 몸을 씻었다. 상쾌해진 기분으로 맥주 한 캔을 사러 편의점에 들른 참이었다. 핸드폰에 메시지가 들어왔다.

'휴무에 미안하지만'으로 시작하는 전혀 미안하지 않은 원장의 메시지다. 택시비를 줄 테니 30분 안으로 오라는 전갈이 연이어 도착했다. 맥주 값은 계산을 마친 후였다.

"좀 맡겨둡시다."

차마 거절하지 못하고 알바생이 우물쭈물 머뭇거리는 사이 나는 편의점을 나갔다. 문을 열고 닫을 때, 딸랑 종소리가 청명하게 울렸다.

나는 시각을 확인하고는 지하철역까지 빠르게 달렸다. 계단을 뛰어 내려가서 문이 닫히기 직전, 지하철에 몸을 밀어 넣었다. 목덜미로 흘러내린 땀에 에어컨 냉기가 닿자 머리끝까지 오싹 소름이 돋았다.

S성형외과 건물은 지하철역에서 도보로 5분 내의 거리에 있다. 나는 건물에 들어서며 로비 전면에 붙어 있는 벽시계를 보았다. 택시보다 빠르게 도착한 셈이다. 가쁜 숨을 고른 후, 원장실에 들어섰다. 저 왔습니다, 원장님. 문 앞에 서서 고개를 숙였다.

"어, 이제 왔어? 이리로."

원장이 급하게 손짓하였다.

"간단한 거야. 저번에 봤지? 회사 휴가에 맞춰서 수술 날짜 잡는다던 통신사 여직원. 코 수술 말이야."

병원장은 내 얼굴도 제대로 보지 않고서 모니터 화면을 가리키며 말하였다. 기억하고 있다. 상담 때부터 동석하게 하였다. 타 병원에서 한 실리콘 주입에 문제가 발생하여 온 케이스였다. 귀 연골을 떼어 재수술까지 했으나 염증이 심해져서 일단 삽입물을 제거하고 망가진 콧대와 수술 부작용이 남긴 괴사된 조직까지, 말 그대로 다시 제대로 만들어야 하는 재건수술이다.

내가 신 병원장 아래에서 지방 흡입이나 일반적인 코 수술과 유방 확대술은 물론, 늑연골 채취까지 단독으로 도맡아 하게 된 지도 3년이 넘었다. 연매출 100억대의 거대 성형 병원에서 나는 가장 수술을 많이 하는 사람이다. 동시에 가장 빠르고 정교하게 수술을 실행하는 사람이기도 하다. 실패율 제로에 수렴하는 신의 손이라 불리지만, 철저하게 그림자 속에서만 존재해야 하는 오더리(orderee)이다.

"기막힌 솜씨야, 장현도. 이건 배우고 익혀서 되는 수준이 아니지."

이제 막 50대에 접어든 병원장은 자신이 수없이 키워낸 의사들 중에서도 나와 비슷한 정도의 솜씨를 가진 사람은 본 적이 없다며 순수한 경이를 표하곤 하였다. 남들은 10년이 넘는 시간을 투자해야 가능할까 싶은 수준을 간호조무사 자격증밖에 없는 내가 수년 만에 성취한 이유는 본능적인 감각 덕분이라 하였다.

인체에는 완벽하게 정해진 답이 없다. 피부의 탄성, 지방의 두께, 근육과 뼈대의 모양과 크기, 예측하지 못한 돌발 변수까지 간단한 수술조차 수억의 조합이 형성된다. 그 조합을 판단하고 미묘한 차이를 반영하여 시술하는 행위는 결코 지식만으로 익힐 수 없는 부분이다.

그것은 메스를 대는 순간, 피부가 갈라지고 붉은 선혈이 흐르는 그 순간에 본능과 감각이 인체와 소통하여 얻어낼 수밖에 없다. 무시무시한 집중력이 매번 요구되었지만 그 시간만은 나를 잊을 수 있어 더없이 편안하고 행복하였다.

"방송 촬영 스케줄이 급히 변경되어서 말이야."

예상에서 크게 벗어나지 않은 변명이었다. 병원장은 습관처럼 툭툭 내 어깨를 치며 격려를 더했다.

"장 선생이 실력은 최고지. 한창때잖아. 지금 한 번이라도 메스를 더 잡으면 손에 물이 오르는 느낌이 달라져."

병원장은 탄력을 잃은 자신의 손을 흘끗 쳐다보았다.

"이건 택시비, 그리고 수술 마치고 고기나 사 먹고."

병원장이 내 주머니에 만 원짜리 여남은 장을 구겨 넣어주었다.

"감사합니다."

나는 고개를 숙여 인사하였다. 병원장은 너그러운 미소를 지었다. 점잖은 얼굴에 떠오르던 양심의 거리낌과 인간적 연민, 소량의 열패감이 뒤섞인 감정은 순식간에 사라진다. 매번 그랬듯이.

"고맙습니다. 병원장님."

뒷모습을 보면서 진심을 담아 인사하였다. 병원장이 엉거주춤 돌아서서 손을 흔들었다.

"뭘."

"고맙습니다."

다시 머리를 숙였다. 오갈 데 없던 전과자를 받아준 유일한 사람이었다. 피 묻은 슬리퍼를 빨고, 수술실 오물을 처리하고, 병원 청소나 잡일을 도맡아 하며 하루하루를 벌어먹고 사는 일에 급급하던 나에게 조무사 자격을 따도록 권유하고, 어깨너머로 수술 구경을 하게 해준 이도 병원장이었다.

왜 그러셨습니까, 단 한 번 물어본 적이 있다.

"눈이 좋아서."

"네?"

"수술실을 쳐다보는 네 눈이 좋아서."

병원장은 멋쩍게 웃었다.

처음 들어왔을 때에 비하면 S성형외과 병원도 상상하기 어려울 만큼 엄청난 규모로 커졌다. 병원 매출 상승에 내가 기여한 바를 계산해서 따지자면 지금의 300만 원도 안 되는 수입 정도보다 더 받을 수도 있겠지만, 전과자에 무면허 오더리로는 팔자를 고칠 만큼 크게 벌 수는 없을 것이다. 자칫 의료사고 책임이나 뒤집어쓰고 다시 감방에나 가지 않으면 다행이다.

"선생님."

문밖에서 박 간호사가 준비가 다 되었다는 신호를 보냈다. 나와 눈이 마주치자 눈을 찡긋해 보인다.

서른두 살의 남자.

이제 겨우 빚을 반쯤 청산하고 반지하 방에 살고 있는 전과자.

직업은 무면허 오더리.

웃음도 없고 취미도 없으며 생리적 욕구조차 없는 남자에게 구애를 하는 여자들이 더러는 있다. 그중 두셋쯤과는 부정기적으로 몸을 섞기도 하였다.

하루 종일 수술이 다섯 건, 점심도 굶고서 여덟 시간 넘게 서 있었던 날, 반지하 방에서 기다리고 있던 여자를 무기력하게 안았다. 같은 병원에서 상담을 담당하던 실장이었다.

"자연산이에요."

여자의 풍만한 가슴은 성형외과적 관점으로 봐서 양쪽 크기의 밸런스와 모양을 좀 다듬어줄 필요가 있었지만, 그것을 여자에게 말한 적은 없다. 여자의 자부심에 얼굴을 묻고서 파정했을 때, 나는 바라, 바라야, 라고 불렀다고 하였다.

내가 죽은 듯이 잠에 빠져든 후에도 여자는 눈을 붙일 수가 없었다. 밤새 앓는 나를 끌어안은 여자의 품에서 나는 바라를 반복하여 애타게 찾았다고 하였다. 내 눈에 흐르는 눈물이 닿은 여자의 자부심이 탈 듯이 아팠겠지.

"바라가 누구예요?"

다음 날 아침, 병원에서 내 얼굴을 향해 그녀가 물었다. 여자의 눈에서 파르스름한 분노가 이글거렸다. 나는 말없이 수술복으로 갈아입었다. 탈의실 입구를 막고 서서 여자가 이를 악물었다.

"바라가 누구예요!"

"수술 시간 늦었어."

나는 여자를 비켜 지나갔다. 여자가 소리를 질렀다.

"적어도, 그년이 누군지는 말하라고!"

"누구든!"

나는 여자와 똑바로 눈을 맞추었다.

네가 왜, 바라를 알아야 해.

네가 왜, 나와 바라에 대해 들어야 해!

나는 긴 숨을 나누어 쉬었다.

"상관없잖아."

여자가 들고 있던 차트를 나를 향해 던졌다.

"중졸 전과자 새끼 주제에."

등에 맞고 떨어진 차트를 주워 올렸다.

"쌤, 쌤 해주니까 지가 진짜 닥터인 줄 알아."

나는 차트를 여자에게 건넸다.

"졸업식은 못 했지만, 교도소에서 대입 검정고시는 봤어."

그날 저녁, 늦은 수술을 마치고 돌아가니 반지하 방에 여자가 먼저 도착해 있었다. 수북하게 담은 흰쌀밥과 쇠고깃국, 돼지고기와 같이 볶은 김치를 차려놓은 밥상 앞에 앉아, 여자는 쌍꺼풀 수술 자국이 흐려질 만큼 통통 부은 눈으로 나를 쳐다보았다.

"맞아요, 바라가 누구든 상관없어요."

목을 끌어안는 여자를 가만히 떼어냈다.

"상관없어요."

여자가 바닥에 놓아둔 명품 핸드백이 새삼스레 눈에 들어왔다. 병원에 새로이 들어온 의사가 데이트 신청을 했다고 말했었다.

장 쌤, 질투 나죠? 질투 나서 일부러 더 무표정이잖아요, 지금?

여자의 들뜬 웃음소리가 기억났다. 집은 강남 어디쯤이라 했더라. 더럽게 공부 잘하는 학교라 내신이 폭망이었고, 학원과 과외 뺑뺑이에 엇나가 공부는 접었다고 하였지.

미쳤죠, 우리 엄마가 막판에는 월 이천씩 하는 과외를 넣는데 어이가 없었어요.

여자가 내 양팔을 붙잡았다.

"앉아요, 앉아서 밥 먹어요. 오늘도 점심은 김밥 한 줄이었죠?"

"가라."

나는 선 채로 말하였다.

"그렇게 말해서 미안해요."

"사실인데 뭘."

여자가 블라우스 단추를 풀었다.

"달라지지 않아."

여자는 멈추지 않았다.

"그만해."

"싫어!"

여자는 발을 동동 구르며 소리를 질렀다. 나는 양팔을 무기력하게 벌렸다.

"이것 봐. 네가 벌거벗는다 해도 이제 몸조차 반응하지 않아."

무슨 말을 해도 여자는 설득되지 않았다. 나는 여자를 남겨두고 방을 나왔다.

다음 날 여자는 출근하지 않았다. 그날 밤이 되어서야 집으로 들어가보니 내 방 바닥은 깨진 그릇 파편들과 쉬어가는 고깃국과 김치 볶음으로 난장판이 되어 있었다. 이후로 여자를 본 적이 없다. 이후로, 그 누구든 몸도 섞지 않는다.

박 간호사가 "선생님, 준비 다 되었습니다" 하고 한 번 더 재촉하였다.

나는 서둘러 수술복으로 갈아입고 병원장과 나란히 수술실에 들어섰다. 수술대 위에 누워 있는 환자를 향해 병원장이 부드러운 목소리로 말하였다.

"오진아 씨, 기분은 어때요? 괜찮죠?"

"네, 저……, 선생님. 가슴에 흉터는 많이 남지 않는다고 하셨죠?"

"그럼요. 여기 가슴 아래 선으로 최소한만 절개합니다. 다 아물면 아예 자세히 봐야 보일까 싶은 정도예요."

병원장이 자신감 넘치는 목소리로 답하였다.

"잘 부탁드려요."

"이제 전신마취 들어갑니다."

"선생님, 진짜 잘 부탁드려요."

여자의 입술이 부르르 떨렸다. 여자의 손이 수술대 위에서 바들바들 흔들리고 있다. 쉴 새 없이 돌아가는 수술실의 공기 순환 장치가 냉기를 더하였다.

"추우시죠?"

내가 물었다.

"네. 그리고 너무 무서워서……. 너무 무서워요. 또 실패하면, 그렇지 않겠지만. 그래도 또 실패하면, 저는 어떻게 살아요."

눈에서 귓바퀴로 눈물이 주르륵 흘렀다.

"숫자를 세어주세요. 마취약 들어갑니다."

숫자를 세는 대신 여자는 눈을 크게 떴다.

"실패하지 않을 겁니다, 절대."

여자가 눈을 감기 직전에 내가 말하였다. 눈꺼풀을 반쯤 들어 올리다 말고 여자는 스르륵 마취 상태에 빠졌다. 병원장은 고갯짓을 하고 수술실을 빠져나갔다.

나는 블레이드를 쥔 내 손과, 블레이드 날이 접촉한 환자의 피부를 보면서 의식처럼 짤막하게 기도한다.

수술은 까다로웠지만, 성공할 것이다. 마무리 작업을 하는 느낌이 최상이었다. 늑연골 채취도 무난하게 진행되었고, 연골 모양도 맘먹은 대로 잘 잡혔다.

긴 수술을 마치고 환자가 깨기 전에 수술실을 빠져나왔다. 수술은 신 병원장이 집도한 걸로 되어야만 한다. 옷을 갈아입고 나오니 박 간호사가 기다리고 있었다. 같이 저녁을 하자는 박 간호사의 제안을 거절하였다.

"그럼 맥주 한잔 어때요?"

"맥주 사뒀는데."

"어머? 잘됐다. 나랑 같이 마셔요."

"한 캔만 편의점에 맡겨뒀어. 집에 냉장고가 시원찮아서."

"내가 살게요. 호프집 가요."

"아니, 술 싫어해."

"그럼 맥주는 왜 샀어요?"

"한 캔만 마시고 잠들고 싶어서."

"왜요? 쌤, 불면증이에요? 잠 못 자요?"

명랑한 박 간호사는 대화를 끊을 시점을 모른다는 단점이 있다. 그 명랑함이 대화를 무정하게 끊을 수 없게 만들기도 하지만. 나는 조금 부드럽게 말하였다.

"맥주 한 캔을 마시면, 꿈을 꿀 수 있어서 그래."

"꿈요?"

"응. 꿈에서만 볼 수 있는 여자가 있거든."

박 간호사가 새로 덧칠한 붉은 입술을 비죽 내밀었다.

집으로 돌아가는 길에 편의점에 들렀다. 동일한 캔 맥주 하나를 골라 계산대 앞으로 갔다. 아르바이트 학생이 바코드를 찍다 말고 내 얼굴을 확인하였다.

"아, 혹시 낮에 맥주 맡기신다고 했던?"

"곤란하면 계산 다시 하죠."

"아니에요. 가져가세요."

알바생이 손을 저으며 내가 내민 지폐를 마다하였다.

"고마워요. 아까 급한 호출이 있어서."

"그래도 다음엔 곤란해요. 오늘도 제가 있는 시간에 오셨으니까 그렇지……. 봉투 드려요?"

무뚝뚝하게 생긴 녀석인데 보기보다 싹싹하고 정스럽다. 나는 비닐 봉투는 사양하고, 맥주를 손에 들고 밖으로 나왔다. 편의점

앞 플라스틱 테이블에 앉아 얼음같이 차가운 맥주 캔을 손으로 감싸 쥐었다.

주위가 어둑해지는 저녁 시간이다. 상체를 뒤로 젖혀 푸르스름한 잉크빛 하늘을 바라보았다. 습기를 머금은 저녁 바람이 얼굴과 목덜미를 스쳐 지났다.

바람에 희미하게 된장찌개 냄새가 실려 왔다. 맞은편 골목 다세대 주택에서 늦은 저녁을 차리는 모양이다. 시장기가 돌지만, 지친 몸으로 부지런히 저녁을 챙겨 먹을 만큼 맹렬한 식욕은 아니다.

손바닥에서 전해지는 얼음처럼 차가운 캔맥주의 온도가 달아오른 정수리까지 식혀준다. 수술 내내 귓가가 찌릿하도록 고조되었던 긴장감은 쉽사리 느슨해지지 않는다. 캔을 따서 맥주 한 모금을 빈 위장에 흘려 넣었다.

조금만 더 마셔볼까.

자잘한 이슬이 맺히며 식어가는 맥주 캔를 감싸 쥐고서 망설인다. 이내, 캔 겉면에서 도르르 굴러떨어지는 이슬을 보며 이대로도 좋다고 생각한다. 혈관 속 알코올은 위안도 해갈도 아닌 다만 감각을 희롱하는 장난질일 뿐이니까. 맥주의 효용은 달아오른 정수리를 식힌 것으로 충분하다. 더위를 피해 차가운 맥주를 마시고 낮부터 잠에 빠져보겠다는 사치스런 계획은 이미 날아갔으니.

어둠이 더 짙어지면, 집까지 천천히 걸어가 낮이면 햇빛이 반이나마 들어오는 창 쪽에 널어두었던 매트를 펼치고 그 위에 누워 오늘 밤은 바라의 꿈을 꾸고 싶다.

영원히 돌이킬 수 없는 시간을 돌이키는 꿈.

바라가 말했던 시간을 배신하지 않는 내가, 바라를 만나는 꿈.

그리하여 바라가 살아나는 꿈.

"바라가 누구예요?"

그녀가 오늘 같은 날, 이를테면 수술이 만족스럽게 끝나고 맥주를 한 모금 마셔도 좋은 저녁, 선선한 바람이 불어오는 야외에서 물었다면 조금 더 친절히 답할 수 있었을는지도 모른다.

바라는 열여덟, 열아홉의 내가 사랑했던 소녀라고. 종아리가 날씬하고 걸음걸이가 조심스러운 아이였다고.

왜 사랑에 빠졌냐고 묻는다면 답하리라.

바라를 사랑하지 않을 방법을, 처음 바라를 본 그날부터 오늘까지 찾았노라고.

사건 지평선*

푸르스름한 새벽의 기운이 가시지 않은 교정을 제일 먼저 가로
지르는 사람은 언제나 나였다. 매일 새벽, 학교 앞에서 단어장을 들
고 영어 단어를 외면서 교문이 열리기를 기다렸다.

2001년 3월이었다.

2학년이 시작되던 첫날, 그날은 안개가 유달리 짙었다. 강원도의
차갑고 축축한 공기가 동절기 교복을 쉽사리 통과하여 살갗을 얼
렸다. 한 번씩 제자리 뛰기를 하면서 교문에 붙여둔 노란 전등 불

---

*주어진 질량에 대해 블랙홀이 형성되는 크기를 슈바르츠실트 반지름이라고 한다. 슈바르츠실트 반
지름은 중력 탈출 속도가 빛의 속도일 조건을 적용하면 구할 수 있다. $R=2GM/C^2$(G는 뉴턴의 중력
상수, M은 지구의 질량, R은 지구의 반지름, C는 광속). 이 슈바르츠실트 반지름은 또한 블랙홀의 사
건의 지평선(event horizon)이기도 하다. 어떤 물체든, 혹은 빛조차도 블랙홀의 사건의 지평선을
넘어가면 밖으로 결코 빠져나올 수 없다. (이종필, 「인공의 블랙홀?」, 네이버캐스터 물리산책)

빛에 의존하여 영어 단어를 외웠다. 중얼거릴 때마다 흰 입김이 공기 중으로 번졌다. 장갑을 꼈지만 단어장을 쥔 손이 금세 곱아 감각이 둔해졌다. 나는 크게 팔을 돌렸다.

4시 45분이 되자 학교 수위 아저씨가 잰걸음으로 다가왔다. 나는 언제나처럼 꾸벅 머리 숙여 인사하였다. 아저씨는 매일 절그럭거리는 소리를 내며 열쇠로 교문을 열면서 매번 빠뜨리지 않고 나의 근면함을 칭찬하였다. 끼이익, 요란한 소리와 함께 교문이 열리면, "감사합니다" 하고 나는 한 번 더 큰 목소리로 인사를 한다. 아저씨가 현도 학생은 무슨 일을 하든 큰일을 할 사람이고, 크면 꼭 훌륭한 사람이 될 것이라는 덕담을 덧붙였다.

가방을 한 번 고쳐 메고, 뿌연 안개를 덮어쓰고 있는 학교 건물로 빠르게 걸음을 옮겼다. 새로이 배정받은 반은 2학년 3반이다. 걸음을 옮길 때마다 학년이 시작되는 첫날에 대한 기대와 부담이 번갈아 들었다. 나는 부지런히 움직이며 깊이 숨을 들이켰다. 콧속으로 들어오는 비릿한 물 내음을 맡으며 정적 속에 잠긴 건물에 들어섰다.

새로운 교실은 익숙한 위치에 있어 금방 찾을 수 있었다. 나는 교실 문을 열고 습관처럼 전등 스위치를 올리고, 책상을 향해 걸어가려다가 우뚝 섰다. 내가 처음이 아니었다. 제일 뒤편 창가 자리에 낯선 여자아이가 앉아 있었다. 여자아이는 아마 교문이 아닌 다른 통로로 들어왔을 것이다.

여자아이는 불 꺼진 교실에 홀로 앉아 있었던 모양이다. 갑작스레 문을 열고 불을 켜고 조심성 없이 소음을 만들며 걸어 들어온 낯선 침입에도 아무 반응이 없었다. 그 애는 창가를 향해 고개를 완전히 돌리고 턱을 괸 채로 꼼짝도 하지 않았다. 흘끗거리며 나를 쳐다보는 시늉조차 없었다. 나도 인사 없이 내 자리로 향했다. 여느 때처럼 책을 펼치고 계획대로 공부에 집중하였다. 한참 수학 문제를 풀다가 흘끗 쳐다보았지만, 여자아이는 내내 그대로였다. 창밖만 바라보고 있는지라 얼굴도 제대로 보이지 않았다. 그래서 그 애의 첫인상은 까만 머릿결과 가느다랗고 흰 손가락이다.

이름이 공바라임을 며칠이 지난 후에나 알았다. 새벽이든 낮이든 우린 서로 알은체하지 않았다. 다만, 매일같이 매번 녹화된 테이프를 거꾸로 돌려 재생하듯이 바라와 나는 첫날과 동일한 새벽을 반복하였다.

바라는 늘 나보다 일찍 교실에 왔다. 매일 같은 자리에 앉아 창밖만 내다보다가 다른 아이들이 등교할 시간이 되면 바라는 가방을 들고 슬며시 교실을 나갔다. 어디서 시간을 보내다가 오는지 천연덕스럽게 1교시 수업 직전이나, 조례가 끝나갈 때 즈음 다시 교실로 들어왔다.

물론 새벽이든 아니든 우리가 대화를 하는 일은 없었다. 대화는 커녕 사소한 눈맞춤이나 인사조차 나누지 않았다. 하지만 새벽에 교실을 나눠 쓰는 동안, 나는 공기 중에 떠도는 바라의 숨소리와 바라에게서 나는 냄새를 느낄 수 있었다. 숨소리도 그렇거니와 교실에 퍼지는 희미한 향기는 너무 미약하여 마치 내 마음의 착각이 만들어낸 허상 같았다.

매일같이 우리는 누구도 눈치챌 수 없는 은밀한 시간을 공유하였다. 어스름한 새벽 시간부터 하늘이 빨갛게 물들며 동이 트는 시간을, 한 공간에서 바라와 나 오직 단둘만이 맞이하였다. 바라는 해가 떠오를 즈음이면 손부채를 만들어 태양을 오랫동안 지켜보았다. 나는 그 모습을 제멋대로 해석하였다. 하루가 시작되는 새벽을 견뎌야만 하는 사람이 나만이 아니구나. 바닥 깊이 묻었던 외로움과 설명 못할 슬픔의 딱딱한 덩어리가 연화되는 느낌이었다.

은밀한 시간이라 칭하였지만, 바라와 내가 함께하는 새벽은 무(無)에 가까울 정도로 아무 일도 일어나지 않는다. 새벽 시간 대부분의 소음은 내가 만든다. 내 샤프와 종이가 마찰되는 소리가 사각사각 들리고, 책장 넘기는 소리가 들린다. 바라는 거의 소리를 내지 않았지만 내가 잠시 문제 풀이를 멈추거나 눈을 쉬려 멀리 천장을 바라볼 때면, 토르르르 하고 손가락으로 작고 빠른 리듬을 만들었다. 흘끗 돌아다보면 그 애는 손가락은 책상 위에 그대로 둔 채 모르는 척 창을 바라보고 있었다. 내가 공부를 하다가 목이 뻐근하여 고개를 뒤로 젖히고 있자면 바라는 양손을 깍지를 껴서 앞으로 쭉 뻗었다.

내가 쏟아지는 졸음으로 고개를 꺾었다 일으키길 반복하였던 날이었다. 바라는 한 팔을 길게 뻗어 얼굴을 붙이고 책상에 엎드렸다. 고른 숨소리에 나도 모르게 눈이 감겨 양손을 이마 아래에 두고 잠시 눈을 붙였다. 곧이어 꿀 같은 잠에 정신없이 빠져들었다. 창문을 톡톡 두드리는 소리에 눈을 뜨니 바라는 어느새 말짱한 얼굴로 창가에 기대어 서 있었다. 놀라서 손목시계를 확인해 보니 10분쯤 시간이 흐른 후였다. 창에서 들어오던 햇살을 비스듬히 받으며 바라가 나와 눈을 맞추었다.

잠시였지만 나는 지금도 바라를 떠올리면 그날 아침 햇빛에 발갛게 비치던 그녀의 귓바퀴와 느리게 깜박이던 눈이 어제인 듯 선명하다.

봄이 익어가고, 바라와 새벽 시간에 교실을 나눠 쓰는 일에 익숙해질 무렵 갑자기 바라는 더 이상 보이지 않았다. 바라가 새벽 시간 교실에 마지막으로 나왔던 날, 나는 반 시간이 넘도록 수학 문제 하나와 씨름하고 있었다. 몇 번 끄응 소리 내어 한숨을 쉬다가 샤프를 던지듯이 책상에 두고는 일어섰다. 솟아오르는 갑갑증에 찬물에 세수라도 하려고 화장실로 갔다. 앞 머리칼을 적신 채 교실로 돌아왔을 때, 흑판에 수학 문제의 명확하고 깨끗한 풀이 과정이 적혀 있었다. 놀라움에 돌아다보았지만 바라는 자리에 없었다. 해설집보다 더 완벽한 풀이만 남겨두고서, 바라는 이미 가방을 챙겨 교실을 나간 후였다. 그날 이후 며칠 동안 바라를 새벽 시간에 만날 수 없었다.

바라가 더 이상 나오지 않는 새벽 교실에서, 나는 홀로 수학 문제를 풀거나 영어 독해를 하다가 말고 습관처럼 바라가 늘 앉았던 자리를 돌아다보았다. 창가 줄 맨 뒷자리는 텅 비어 있었다. 일주일 내내 그러했다. 일주일이 되던 날, 교실 문 앞에서 다짐하였다.

오늘도 바라가 나오지 않는다면 낮에 꼭 이유를 물어보리라.

숨을 크게 들이쉬고 문을 잡았다. 밀도 높은 정적에 거칠게 금을 긋듯이 미닫이문이 드르륵 소음을 일으키며 열렸다. 심장이 우르르르 소리를 내었다. 창가 줄 제일 뒷자리, 까만 머릿결이 보였다. 가늘고 하얀 손가락도.

놀랍고 반가워 나는 하마터면 공바라! 하고서 큰 소리로 부를 뻔하였다. 바라가 창에 고정했던 시선을 돌려 나를 보았다. 교실에 들어서는 나를 쳐다보는 바라는 처음이었다. 눈이 마주치자 인사하듯 바라가 슬며시 미소 지었다.

"회장."

바라가 처음으로 나를 불렀던 목소리를 기억한다. 자그마하고 청명한 목소리는 거부할 수 없는 에너지가 있었다.

"네가 이 학교 전교 1등이라며."

"응."

"뭐하러 그렇게 공부를 열심히 해?"

"돈 벌려고."

바라가 웃었다.

"돈은 공부 못해도 잘 벌 수 있어. 공부 잘해도 못 벌 수도 있고."

"그럼 너는 왜 매일 하늘만 쳐다봐?"

"나 하늘 보는 거 아닌데?"

"그러면?"

"성층권 위, 아니다. 성층권 너머 우주를 보고 있어."

"왜?"

"우주를 좋아하니까."

"뭐?"

의외의 답에 나는 소리 내어 웃었다. 바라는 내 웃음을 가만히 지켜보고는 빙그레 미소 지었다. 바라가 물었다.

"강원도에서 가장 좋은 것은 밤하늘이야. 별이 쏟아질 듯 많아서 밤마다 밖에서 밤하늘을 보고 있자면 시간 가는 줄도 모르겠어."

나는 나도 밤하늘을 좋아한다고 맞장구를 쳐야 할지, 별을 세어 본 적이 있다고 말해야 할지 망설였다.

"별 좋아해?"

"별로."

아, 이런 식의 대꾸를 하려 한 것은 아니다. 실수를 수습하려 망설이는 사이에 바라는 내 답에 개의치 않고 질문을 이었다.

"그래도 강원도에서 오래 살았으니 별은 많이 봤을 테잖아."

"응."

"별 보면, 무슨 생각 해?"

"너는 어떤데?"

바라가 반가운 듯 답하였다.

"난 생각이 많아져. 별만큼 많아져."

"어떤…… 생각들?"

"별은 왜 저만큼의 간격을 유지하는 걸까. 우주가 처음 생성될 때 무엇이 우주를 그토록 광대하게 펼쳐놓았을까. 우주의 공간은 무엇으로 차 있는 걸까."

바라는 비스듬히 창을 보며 남아 있는 새벽 별빛을 찾았지만 나는 그저 바라의 눈, 바라의 입술만 바라보았다.

"맞아, 수많은 사람들이 고민했을 질문을 나도 별들에게 물어봐. 질문의 끝은 언제나 비슷해. 양자역학이 지배하는 우주 세상을 떠올리지. 그러곤, 눈을 감고 우주 공간의 암흑 물질을 상상해. 우주의 힘들, 우주를 떠도는 물질과 반물질, 중력과 척력 같은 것들."

방랑 시인이 아름다운 서정시(lyric)를 읊듯이 바라는 우주를 설명하였다.

무한대의 미지, 우주. 그 우주를 노래하는 바라.

열여덟 인생에서 처음으로 접하는 자극이었다. 나의 두뇌와 가슴, 육신에 묻혀 있던 지성과 감성, 육감과 오감이 일시에 흔들리며 깨어났다. 귓볼의 솜털까지 예민하게 일어날 만큼 바라는 신선한 충격이었다.

"내가 요즘 가장 집착하는 주제는 디락의 바다야. 아, 디락은 아름다운 수식으로 양자론과 상대성이론을 결합한 우주의 함수를 정리했지."

바라는 문득 참을 수 없다는 듯 칠판으로 달려갔다.

바라는 생소한 기호로 가득 차 읽을 수도 없는 수식을 쓰고는

Dirac's Equation(디락의 방정식)*이라고 또박또박 판서하였다.

"나도 아직 수식을 다 풀지는 못하겠어. 아무튼 이 방정식을 풀면 말야, 음의 에너지의 구멍이 설명돼. 나는 우주 공간의 어둡고 차가운 음의 에너지의 바다, 그리고 음의 에너지의 바다에 뚫린 구멍을 생각해. 그런 생각을 하고 있자면 몸이 부르르 떨려."

바라는 제 가슴 앞으로 팔짱을 끼며 실제로 몸을 살짝 떨었다.

"음의 에너지로 가득 찬 바다에 난 구멍은 음의 음이니 양일까, 음일까. 있으니 없고 없으니 있다는 색즉시공 공즉시색이 아닐까?"

바라의 입에서 끊임없이 이어지는 낯선 말을 홀린 듯이 경청하다가 나는 허탈한 웃음을 터뜨렸다.

"미안해, 나는 무슨 소리인지 도통 알아듣지도 못하겠어. 이제 보니 우리 반에 아인슈타인이 있었구나."

아인슈타인이라니 하는 말인데, 하며 바라는 흑판에서 돌아서서 내 쪽으로 걸어왔다. 바라의 걸음걸이는, 무게감이 없어 마치 중력이 바라에게만 적게 적용되는 듯하였다. 사락사락 걸어와 바라는 내 앞자리의 의자를 빼고 앉더니 턱을 괴고 내 얼굴을 빤히 쳐다보았다. 이윽고 바라가 야무지게 다물었던 입술을 열고 말하였다.

"신기한 일이야."

"뭐가?"

---

*$(i\Upsilon^{\mu}\partial_{\mu} - m)\Psi = 0$ 디락의 음의 바다에 대한 설명은 김찬주 교수의 「반물질은 존재한다」는 글(출처, 네이버캐스트)을 비롯한 여러 자료들을 참조하였다.

"너는 굉장히 강한 중력장을 가지고 있어."

"뭐?"

"서봐."

바라가 먼저 일어서서 손을 내밀었다. 이리로, 이리 나와봐. 나는 바라에게 이끌려 흑판 앞으로 나갔다.

"봐, 뉴턴은 만물이 서로 끌어당기는 힘이 있다고 표현했어. 사과는 지구로 떨어지지만, 달은 지구로 떨어지지 않고 지구를 뱅뱅 돈다는 사실을 설명했지. 하지만 뉴턴의 정확하고 아름다운 세계는 아인슈타인에 의해 도전받았어."

바라는 나를 세워둔 채 등을 보이며 반대 방향인 교실 끝으로 걸어갔다.

"시간이 화살처럼 곧바로 직진하고, 누구에게나 공평하게 같은 속도로 흐르는, 과거와 현재와 미래가 명확한 세계관은 더 이상 진리가 아니야."

바라가 교실 저편에서 나를 돌아보았다. 한 발짝씩 천천히 나를 향해 움직였다.

"아인슈타인의 우주에서는 강력한 중력장이 시공간을 휘게 만들어. 그러니까 나는 똑바로 아무렇지도 않게 흔들림 없이 내 길을 가고 싶었는데……"

바라가 우두커니 서 있는 나를 아슬아슬 스쳐 지나갔다.

"그런데 이렇게 트램펄린처럼 휘어버린 시공간 때문에 할 수 없이 너를 뱅뱅 돌게 되는 거야."

바라가 사뿐사뿐 소리도 내지 않고 내 주위를 가벼이 원을 그리며 돌았다.

"뭐 하는 거야."

바퀴 수가 더해질 때마다 점점 속도가 올라갔다. 바라의 교복 치맛자락이 바람에 부풀어 오르고 날씬한 종아리가 완전히 드러났다.

"그만해. 어지러워."

"넌, 후우, 넌, 좀 어지러워도 돼."

바라는 가쁜 숨을 쉬면서도 빙글빙글 돌기를 멈추지 않았다.

"난⋯⋯."

바라의 걸음이 잠시 느려졌다.

"내내, 장현도, 너 때문에 어지러웠으니까."

바라의 말에 무지개 같은 현기증이 일었다. 내가 바라의 손을 잡아 회전을 멈추었을 때 바라는 힘의 반동으로 넘어지듯 내 가슴에 부딪혀왔다. 바라가 어깻숨을 가쁘게 쉬며 말했다. 마찬가지로 이해할 수 없는 용어들이었다.

"넌 매직 스피어(magic sphere) 같아. 난 그러니까, 사건 지평선(event horizon)을 넘어버렸어. 나는, 언젠가 너한테 빨려 들어가 소멸하겠지."

바라가 고개를 들어 나를 쳐다보았다. 바라의 홍채는 붉고 동시에 검었다. 상상 속 불로초의 꽃술처럼 신비로운 무늬와 빛깔 때문에 나는 눈을 찡그렸다.

"네가 나의 무덤이 된다면, 나는 그 속에서 영원히 살아갈 텐데."

"넌 매직 스피어 같아. 나는, 언젠가 너한테 빨려 들어가 소멸하겠지."

고등학교 2학년 봄이었다. 나는 어떤 고백보다 더 깊고 뜨거웠던 바라의 고백을 받았다. 서른둘의 더운 여름 날, 나는 어떤 맹세보다 더 끈질긴 소망을 기억한다.

네가, 나의 무덤이 된다면.
그 속에서, 영원히.

차라리 바라 네가 나의 무덤이 되었다면.
나는 입술에 묻은 맥주를 닦고 편의점 테이블 의자에서 일어섰다. 캔에 한 모금도 채 축나지 않은 맥주가 남아 있지만 그만 마실 생각이었다.
남은 맥주를 화단에 붓고 있을 때, 핸드폰이 울렸다.
'김정훈 변호사.'
난 조금 웃으면서 응답하였다.
"네."
—어디냐?

"집 앞요."

―잘됐다. 근처야. 천식이랑 같이 있어. 이리로 와.

무언가 실랑이하는 소리가 들리더니 천식이 핸드폰에다 대고 소리 지르듯 말하였다.

―행님, 내가 세상서 젤로 사랑하는 행님, 빨리 오이소. 내가 오늘 팍팍 쏜다 아입니까. 우리 행님 꺼칠한 얼굴에 기름 팍팍 발라야재.

천식의 말이 채 끝나기 전에 이리 내놔, 하는 김변의 목소리가 들렸다. 옥신각신하면서 변호사가 다시 핸드폰을 뺏은 모양이다.

―아이, 이 자식. 내 새 폰에 얼굴 개기름 다 발랐어. 침도 튀기고. 어윽, 드러.

"어디신데요?"

―S역, 껍데기집.

나는 기꺼이 껍데기집으로 향한다. 오랜 세월 가까이 지내온 그들이 마주 앉아 있을 껍데기집으로 향하는 마음이 편안하다.

두 사람은 13년 전 그 사건과 관련되어 있다. 김정훈 변호사는 나의 국선변호인이었고, 천식은 소년교도소 감방 동료였다. 김 변호사가 천식의 재판에 도움을 주기도 했지만, 내 덕분에 두 사람은 더욱 막역한 사이가 된 셈이다.

2002년 겨울. 운명을 비틀었던 사건이 일어나고 일주일 정도 지
난 날이었다. 고졸 출신 국선변호인은 허술한 사회 선생님 같은 인
상이었다. 교장과는 껄끄럽고 아이들과는 관계가 좋은, 어느 학교
에나 몇은 있을 법한 선생님처럼 느껴졌다. 수업 시간에 사회 부조
리에 대해 열을 올리다가 결국 진도는 한 페이지도 빼지 못하는,
분명 전교조 활동을 열심히 할 법한, 가슴에 품은 절대적이고 무
거운 정의를 아직 내동댕이치지 못한 선생님 같은 사람. 나는 첫
만남에서 그를 그렇게 판단하였다. 그 판단은 옳았다. 김정훈 변호
사는 지금도 예전 모습과 변함이 없다.

처음 보았던 구치소 면담에서 김정훈 변호사는 안타까운 탄식
을 감추지 않았다. 다섯 손가락을 갈퀴 모양으로 세우고는 머리를
쓱쓱 긁었다. 자리에 앉아 내 얼굴을 한 번 쳐다보고는 길고 긴 한
숨부터 쉬었다.

"너같이 S대를 따놓은 애가."

김 변호사는 황토색 미결수복과 내 얼굴을 번갈아 바라보았다.

"이 자식아, 뭐에 홀려서. 너 약 같은 거 하냐?"

"아니요."

나는 충격으로 얼이 반쯤 빠진 상태였다.

"술 먹어?"

"아니요."

"네가 차로 갈아버린 남자가 중상이야. 수술 결과가 좋기만 기도해."

나는 중상으로 생사를 오간다는 남자에 대한 분노를 감추지 않았다.

"불쌍하지 않아요. 그 남자가 바라를 죽였어요."

책상 아래로 주먹을 쥐고 목소리를 높였다.

"바라가, 죽었어요. 그 남자가 바라를 죽였어요.

잠을 이루지 못해 쓰라린 눈동자로 변호사를 쳐다보았다. 다시 눈물이 솟아 시야가 흐려졌다.

"그 남자가 바라를 끌고 갔어요. 납치였어요. 그 남자가 차에 강제로 바라를 집어넣었다고요! 내가 조금만 빨리 찾았더라도, 바라는 살 수 있었어요."

변호사가 시선을 아래로 내리더니 못마땅한 표정으로 파일을 넘기며 물었다.

"너는 그 시간에 거기 왜 있었어? 집도 그 방향이 아니잖아."

"자율 학습 마치고 집에 가면서 한 번씩 운동 삼아 자전거로 도는 길이에요. 그날은 바라를 만나기로 약속을 했어요."

수도 없이 진술했던 내용을 반복하였다.

밤 10시쯤, 바라의 집 근처였다. 입이 틀어 막힌 채 강제로 승합차에 끌려 들어가는 바라를 보았다. 겨울바람을 맞받으며 자전거로 차량을 뒤쫓는 일은 어림도 없었다. 공중전화에서 112에 신고를 하였지만, 차량 번호나 차량 모델명, 그 무엇도 정확하게 말하기는 어려웠다. 남자의 체구, 얼굴, 모자와 운동화만은 선명하게 기억하였다. 양복 차림에 구두가 아닌 운동화를 신고 있었기 때문이다.

공중전화 근처 주유소에서 주유를 하기 위해 차에서 내리는 사람을 밀치고 운전석에 앉았다. 마트 배달 일을 하는 대영 아저씨가 몇 번 공터에서 재미 삼아 운전을 가르쳐주었지만 나는 당연히 면허도 없었고 도로에서 차를 몰 만한 실력은 있을 턱이 없었다. 차량 절도나 무면허 운전 같은 범죄를 저지른다는 의식도 없이, 오로지 바라를 찾아야 한다는 생각뿐이었다. 갈 법한 곳을 찾아 무작정 돌아다녔다.

변호사가 내 진술을 듣더니 고개를 젓고는 설득하는 투로 말하였다.

"납치했다는 증거가 없어. 근처에 CCTV도 없고. 네가 잘못 봤을 수도 있어. 남자는 바라를 집 근처에서 만나 같이 정해둔 장소로 갔다고 그랬어. 그 오피스텔로 말이야. 원래 포주짓 하는 놈이 그런 용도로 빌려놓은 집이었다고."

"아니에요. 제가 분명히 봤어요. 바라의 입을 막고, 발버둥 치는 바라를 밀어 넣었어요. 바라 집 근처에서 바라를 납치하는 걸 봤다고요!"

"바라, 그래, 공바라. 그 여자애 비행 청소년이라며."

"아니에요!"

"지난 달부터 학교도 안 나왔고, 수업 일수 부족으로 퇴학 직전이던데 뭐."

"아파서 쉬는 중이었어요."

"바라 걔, 학교에 정신 병력 진단서 냈어. 약도 하는 애야. 하긴, 아버지가 어머니를 살해했는데 제정신으로 살기 어려웠겠지. 생활도 막막했을 테고."

변호사가 프린트된 종이 묶음을 흔들었다. 이것 좀 봐.

"증거가 끝도 없어. 공바라, 약 하고 원조 교제하고. 마약 구매, 채팅 기록, 만남 장소, 통장으로 입금된 금액까지. 그 남자랑도 인터넷 채팅으로 먼저 약속 잡았어. 더 기막힌 건 말이야."

난 주먹을 불끈 쥐고 변호사를 노려보았다. 변호사가 시선을 거두지 않고 단호하게 말하였다.

"공바라 걔, 관련 서류가 모조리 위조되어 있었어. 학교 전입할 때도 미국 시민권자로 되어 있었고. 캘리포니아 지역 고등학교에서 교환학생으로 온 걸로 조작되었어."

"미국 시민권자는 맞아요."

"넌, 뭘 알고 있었어? 그럼, 이것도 알아? 공바라 친부모님이 누군지 알아?"

난 대답하지 않고 시선을 돌렸다. 변호사가 한숨을 짤막하게 쉬고 말하였다.

"미국에 사는 양부모라고 전입 날 첫 면담했던 사람도 가짜야. 공영수, 천재 공학자 진명주. 아버지와 어머니가 떠들썩한 사건의 주인공이었으니 숨기고 싶었겠지만, 그렇게까지 공문서를 위조하다니 황당하지."

내게는, 적어도 나에게만은 새로운 사실은 아니었다. 나는 고개를 저었다.

"사연이 있을 겁니다. 말할 수 없는 그 사연으로 납치되고 살해되었을 수도 있잖아요. 그 남자가 바라를 죽였어요. 내가 갔을 때, 남자가 바라가 발견되었던 건물에서 나왔다고요."

"그래, 그래서 너는 훔친 차로 주차장에서 그 남자를 밀어버렸어?"

"그 남자가 저를 먼저 죽이려 했어요. 내 목을 조르고 승합차로 끌고 갔어요. 바라한테 했듯이요! 간신히 벗어나 주차장 바닥에서 서로 뒹굴다가 내가 먼저 차에 올랐어요. 나는, 일단 그곳을 빠져나가 경찰이든 어디든 도움을 요청할 작정이었는데, 남자가 차 문을 열고 나를 끌어내리려 했다고요. 그러던 중에 액셀러레이터를 밟았고, 남자가 나가떨어지고, 그다음은 기억나지 않아요."

김정훈 변호사는 고개를 저었다.

"두 사람 간에 다툼이 있었다는 사실은 인정되었어. 네가 다짜고짜 남자를 폭행하기 시작했고 당황한 남자가 도망을 가려던 중에 네가 그 남자를 고의로 받아버린 상황이 전부 맞아 들어가."

"내가 바라는 어디 있냐고 막아섰을 때 남자의 표정은 결코 당황한 사람의 것이 아니었어요. 방금 천연덕스럽게 살인을 하고 또 한 번의 살인쯤이야 덤으로 할 수 있다든 듯이!"

나는 뺨까지 소름이 돋아 몸을 부르르 떨었다.

"살인 한 번쯤이야 덤으로 더 할 수 있다는 듯이 웃었어요."

후우, 변호사가 머리를 짚고 한숨을 쉬었다.

"얘야, 누구든 충격 받은 상태에서는 타인의 행동이나 표정을 다르게 해석할 수 있어. 의도적 왜곡이 아니라 사람이 너무 충격을 받으면 그렇게 될 수 있다고. 그래, 네 말이 다 맞다 치자. 그래도 공바라는 살해되지 않았어. 공바라는 약물 쇼크로 사망이야. 지금 너 때문에 병원에서 사경을 헤매는 남자가 신고했어. 조건 만남 하자고 채팅했던 여자가 갑자기 쇼크사 했다고. 조건 만남이나 하는 그런 애 때문에 학생같이 앞날이 창창한……."

"그런 애 아니야! 아니라고!"

나는 접견실 책상을 후려치며 일어섰다.

"당신, 한마디만 더 해. 내가 당신도 죽……!"

김정훈 변호사가 손을 들어 내 입을 막았다. 접견실에 들어온 이후, 가장 진지한 표정으로 나지막하게 일렀다.

"불리한 말은 나한테라도 하지 마. 판사나 검사 앞에서 이럴 거야? 너 최대한 짧게 살고 나와야 할 거 아냐."

변호사는 시계를 확인하고 자리에서 일어섰다.

"내일 또 올게. 생각 좀 정리해."

나는 고개를 숙인 채 물었다.

"바라, 시신은요."

"수습했어."

"누가?"

"신분 확실한 공직자야. 안 그래도 한번 만나보려고 하는 중이야. 바라를 아끼는 사람임은 분명해. 혹시 알아, 너한테도 도움을 줄지. 아무튼 넌 바라를 구하려다 이렇게 되었으니."

내가 의문스럽게 바라보자, 변호사가 덧붙였다.

"바라 엄마의 후견인이었대. 바라 아버지가 아무도 모르게 바라를 숨겨서 안 그래도 계속 찾고 있었다고 하더라."

차마 묻지 못하는 내 물음을 읽은 듯 답하였다.

"……장례, 잘 치러줬어. 꽃 좋아했다고 꽃도 많이……. 가는 길이 꽃밭 같더라."

"다행이네요."

변호사가 접견실 벽을 쳐다보며 기막히다는 듯이 허허 웃었다.

"장현도, 오늘 수능일이야. 그건 알아?"

나는 양손으로 얼굴을 덮고 고개를 숙였다.

재판을 앞두고 김 변호사는 재판부의 선처를 받아내기 위해 백방으로 뛰어다녔다. 몇 번이고 내게 다짐을 받아내었다.

"학교 친구들, 동네 사람들, 선생님들 전원의 탄원서를 받았어. 너랑 바라랑 특별한 사이였다고 그 누구도 눈치 못 챘더라. 최 형사님이랑도 말 맞췄어. 이렇게 하자, 너는 우연찮게 길을 가다가 바라를 발견하였고 정의감에 따라간 거야. 바라랑 사귀었다느니 하는 말은 하지 마. 너도 똑같은 취급받아. 지금 흠잡을 데 없는 모범생이 검은 차량만 멀리서 보고 학교 학생이 납치되는 줄 오해한 것으로 이야기 맞춰났어. 바라가 교복 차림이어서 다행이야. 멀리서

교복만 보고 쫓아간 걸로 되었으니까. 명심해. 입 다물어. 절대 비
밀이야. 알았어? 그래야 너 빨리 나올 수 있어. 피해자가 평생 바보
가 되어 휠체어 신세 지게 되었어."

뇌를 다쳐 인지 기능이 손상되었다는 피해자는 내가 출소하기
전에 낙상 사고로 사망하였다. 섬뜩한 웃음을 보이던 그 얼굴을 다
시 마주하고 한 번 더 바라에 대해 물어볼 수 있는 기회조자 영원
히 사라져버렸다.

바라의 친부모님에 대한 이야기는 가능한 한 비밀에 붙여졌다.
바라 어머니의 후원인이었다는 공직자가 바라 가족의 비극이 언
론에 가십거리로 전락되지 않도록 힘을 썼다. 바라의 어머니에 대
한, 바라에 대한, 잔인한 비극으로 끝난 가족사에 대한 할 수 있는
최소한의 배려와 위안이었다.

유리문에 붙여둔 불투명한 비닐이 모서리마다 찢어지고 닳았다.
껍데기, 갈매기, 주물럭이라고 붉은색, 푸른색 흘림체로 인쇄된 세
로줄 글자 역시 드문드문 긁히고 벗겨졌다. 족히 십수 년은 방치했
을 외양이다. 문을 열자, 기름 타는 연기가 뿌옇게 올라오는 테이블
에서 천식이 벌떡 일어섰다. 천식은 한걸음에 문가에 서 있는 내게
로 달려왔다.

"행님, 이리로, 이리로요."

사투리 어조가 강한 말투로 천식이 환영했다. 천식은 경상도 출신이다. 가출하여 이리저리 어울리다 보니 강원도까지 흘러와서 사건에 얽혀, 최 형사와 김 변호사와 인연을 맺었고 천안 소년교도소에서 나와 같은 방에 수감되었다. 예나 지금이나 지독한 사투리는 고칠 생각도 능력도 없다.

"형니임!"

근육 덩어리에 덩치도 커다란 녀석이 허리를 90도로 숙여 인사하자 주변 테이블에 앉았던 사람들이 우리를 흘끔거렸다. 천식이 덩치에 어울리지 않게 안짱다리에다 종종걸음으로 걷는다는 사실을 먼저 알아챘다면 좀 나았으련만, 그러기엔 천식의 인상은 객관적으로 몹시 험악하다. 그래도 헤헤 웃을 때는 쭉 찢어진 눈이 아이처럼 순해지는데. 나는 여름이라 평소보다 짧게 쳐올린 머리를 멋쩍게 쓸었다. 나와 눈이 마주치자 사람들이 급히 시선을 피하였다.

"이리로 와."

김정훈 변호사가 소주병을 흔들며 나를 반겼다.

"행님, 최 형사님은 서울에 파견 나왔다가 잠깐 온다 했는데 강남서 일이 늦게 끝나가, 못 온다 하네예. 오늘 밤에 또 강남 고속버스터미널에서 버스 타고 내리간다고. 왔다 갔다 시간이 안 맞는답니더."

천식이 자리에 앉자마자 설명을 늘어놓았다.

"행님, 마이 보고 싶다 켓심다. 난중에 전화 통화 함 하이소."

"응."

최 형사는 13년 전 내 사건 담당 형사님이다. 인간적이고 따뜻한 분이어서, 나를 마음으로 몹시 안타까워했다. 천식이와는 더 오랜 인연이라, 천식의 선한 본성을 믿고 사회에서 제대로 된 일을 하고 살도록 무던 애를 쓰기도 하였다.

치지직 소리를 내며 껍데기가 동그랗게 말리기 시작하였다. 젓가락으로 눌러가며 익히고, 익히기가 무섭게 천식의 입으로 들어간다.

"형님, 마이 드십시오. 오늘 제가 참말로 한턱 낼 깁니다."

"됐어. 오늘 보너스 받았다.

나는 호주머니에서 구겨진 채로 있던 만 원짜리를 꺼내어 흔들었다.

"뭐냐, 쉬는 날이라더니 오늘도 수술방 뛰었어?"

김정훈 변호사가 내 손에 잡혀 있던 만 원짜리를 한꺼번에 낚아채었다.

"주십시오."

"좀 있어봐."

하나, 둘, 셋……. 그는 침을 묻혀가며 숫자를 세더니 아 씨, 쪼잔한 새끼, 지는 이 수술로 얼마를 받아 처먹고, 라며 허공에 대고 손가락 욕설을 날렸다.

"변호사가 막 상욕 하고 그래도 됩니까?"

한두 번 본 일도 아니지만 나는 소주잔을 채우며 말을 건넸다.

"신 병원장 아예 너한데 주사기 콱 꽂아서 쭉쭉 빨아 댕기는구

나. 너 인마, 고목처럼 말라비틀어져. 그만둬."

"반대로 말씀하시던데요."

"아따, 행님, 그 뺀디리리한 병원장이 또 뭐라고 씨부리는데? 글마 티브이에 나와서 명의인 척 떠드는 꼬라지 보면 내 마 토가 쏠려서."

천식이 신 병원장 험담을 하면서 술잔을 비웠다.

"천천히 마셔라."

내 말이 떨어지기도 전에 "어이, 이모, 이모오! 여 쏘주 한 병 더 주소!" 하고 천식이 소리를 질렀다. 빈 술잔을 거칠게 테이블에 내리면서 천식이 물었다.

"그래, 행님 쉴 새도 없이 부리먹고 병원장이 대체 머라카는데예?"

"한창때니 메스 한 번 더 잡을 때마다 손에 물오르는 속도가 다르다고."

"얼씨구."

김 변이 빈정거렸다.

"틀린 말씀은 아닙니다."

취기가 오른 김 변호사가 내 접시로 껍데기를 옮겨놓으며 물었다.

"너는, 어떤데?"

"네?"

"좋냐고? 손에 물오르게 막 혹사당하는 게 좋냐고."

"맞십더. 이건 강 혹사라예. 행님 밥도 못 먹고 수술방 뛰고."

천식이 콧구멍을 벌름거리며 대신 흥분하였다. 나는 가만히 웃었다.

"좋아?"

"저, 수술실 좋아합니다."

"이야."

김 변이 짜증 섞인 감탄을 하자 천식이 냉큼 김 변 앞에 있는 빈 소주잔을 채웠다.

"그래, 좋으니 하는 거겠지. 근데 니가 다른 병원에서 야매로 뛰어도 최소 두 배는 벌겠다."

"제가 좋아서 있는 겁니다. 제가 그분 아니면, 어디 가서 수술을 배우고 선생님 소리 들으면서 메스를 잡겠습니까. 저한테는 은인이라 생각합니다."

"마, 암만해도 은인까지는 아니지예. 안 그렇십니꺼, 변호사님."

김 변이 소주잔을 싸구려 스테인리스 식탁에 소리가 나도록 내렸다.

"인마, 신 병원장이 진짜 은인이면, 너 그때 고작 스물셋밖에 안 되었는데, 대학 가게 했어야지. 의대 가서 의사샘 하게 만들었어야지. 은인 같은 소리. 물론 나도 병치레하는 노모와 내 자식새끼들 입에 풀칠하기 바빠 너 대학 못 보냈지만. 그래도 지는 큰 성형외과 의사였잖아."

"의대 갈 상황이 되었어야죠. 아무리 은인이라도 구원 못 할 상태라는 것도 있지 않습니까."

나는 한숨처럼 웃었다. 반신불수가 되어 있던 어머니, 합의금으로 쏟은 빚까지. 스물셋에 출소 후 나는 누구도 구원 못 할 엉망진

창 인생이었다. 빠져나오려 발버둥 쳐도 발에 닿을 땅이 없다는 공포가 목을 조였다. 신 병원장은 늪 같은 내 인생에 발 한 짝 올릴 수 있는 발판을 내어준 사람이다.

"행님이 의대만 갔으면 마 대한민국 평정했심니더. 행님, 가 있다 아임니까. 그 필리핀 엄마랑 불법체류하던 아 말입니더. 골목에서 오토바이랑 부딪쳐서 와 이래 얼굴이 찢어져갔고……."

천식이 눈부터 턱 아래까지 손가락으로 죽 긋는 시늉을 하며 설명하였다.

한국 나이로 일곱 살 먹은 코피노 여자아이였다. 아버지를 찾아 무작정 한국에 왔다가 불법체류자가 된 케이스다. 공장 일로 근근이 먹고살던 엄마는 고작 이십 대 초반이었다.

천식은 원래 문서 위조의 달인이었다. 열일곱 살에도 감방에 왔던 죄목이 강도 상해에 공문서 위조였다. 귀신같은 솜씨는 녹슬지 않았지만, 은근슬쩍 떠보면 펄쩍 뛰며 손사래를 쳤다.

"와, 얼척 없네. 행님아, 내 완전 새사람 됐다 아이가. 5년 전에 빵에 간 거도 내가, 거 조직서 빠지나올라꼬 사기고 폭력이고 다 디집어쓰고 드간 거라니까예. 변호사님 덕분에 3년 살 거 2년 받고 내 당당히 모범수로 감형받았심더. 교도소가 지한테는 마 진짜 학교 아입미까. 행님 덕분에 그때 교도소서 고입 검정고시 통과하고, 그 뒤에 드가서도 자격증을 몇 개를 땄는데. 위조의 신인 이 손을 놀리는기 좀 안타까바도, 내 그거 말고 묵고살 기술 있다니까요. 전기공도 하고 목공 일도 합니더. 내가 손재주는 끝내준다 아임미까."

새사람이 되었다는 말을 믿긴 하는데, 천식은 요즘도 전 조직과 관련된 사람들과 친분을 유지하며 불법체류자들의 자잘한 문건들을 손보는 눈치였다.

천식은 간혹 내게 그 사람들과 관련해 치료를 부탁하곤 하였다. 불법체류든 아니든, 상해를 입고도 병원으로 갈 수 없는 형편들이 대부분이었다. 공장에서 기계 조작 미숙으로 인한 사고를 당하거나 식당 일을 하다가 찢어지고 베인 상처를 입은 사람들의 간단한 처치나 봉합 정도의 수술이 일반적인 경우였다.

한 달여 전, 천식의 연락을 받고 달려가 보니 유나는 피범벅이 된 채로 방 한편에 깔린 이불 위에 방치되어 있었다. 급한 대로 소독 시트를 깔고 스탠드를 밝히고서, 가져간 기구와 약품으로 봉합 수술을 하였다. 터진 곳을 봉합하고 보니 부어오른 코도 심각하였다. 부기를 가라앉히는 약물을 주고 며칠 후에, 친분이 있던 조무사가 운영하는 사설 기관으로 유나를 싣고 가서 내려앉은 코뼈를 세우는 수술을 진행하였다.

마취에서 깬 유나가 아이답지 않게 고통을 참으며 또박또박 말하였다.

"고맙습니다, 의사 선생님."

유나는 마취에서 깨고도 볼 수 있는 내 환자였다. 나는 유나의 목소리를 떠올리며 고개를 끄덕였다.

"응, 유나. 이름이 유나였지. 어때? 흉터는 한 번 더 봐줘야 하지 않아?"

천식이 손을 휘휘 저었다.

"고마 완전 감쪽같습니다. 코도 얼마나 예쁜지. 마, 미인이 다 됐심다. 일대에 여자들이 다들 내만 보믄 새카마케 몰리들어서 성형수술 연결해 달라 카는데 제가 딱 잘랐심다. 느무느무 바쁜 의사쌤이라서 그런 거는 못 한다꼬. 좌우지간, 행님이 의대만 나왔시믄, 대한민국서 젤로 유명한 성형외과 의사 됐실김더. 금싸라기 땅에 황금색 빌딩을 지어 올리도 됐을끼라예. 한국 뿐입니까, 동남아, 중국, 일본 전체를 마 싹 쓸어서!"

천식이 엄지를 척 하니 올렸다. 과하게 추켜세우는 말에 나는 멋쩍게 웃으며 시선을 돌렸다. 껍데기집 벽에 붙여놓은 TV에서 9시 뉴스가 나오고 있었다.

"현도 네 은인은 저기에 있네."

김 변호사가 TV 화면을 가리켰다. TV 속에서 기자가 대한민주당 당대표에 관한 소식을 빠른 속도로 전하였다. 이변 없이 정철우 의원이 당대표로 선출되었다는 내용이다. 뒤이어 TV 화면에 부드러운 미소를 띤 정철우 의원이 클로즈업 되었다. 쏟아지는 축하 인사와 열광적인 박수를 받으면서도 평소와 다름없이 침착하고 신중한 태도였다. 대표 수락 연설에는 70대라는 나이가 믿어지지 않을만큼 물러섬 없는 강력한 힘이 내재되어 있었다.

그는 온화한 눈빛 아래 매서운 의지를 감추고, 카메라 너머 국민을 향해 온정과 원칙이 통하는 사회 바로 세우기를 강조하였다. 우레 같은 박수가 TV를 통해 쏟아졌다. 껍데기집에 앉은 남자들 일부도 박수를 보냈다.

정철우 의원은 보수 권력이 배경인 집안과 정보기관 공무원이라는 보장된 미래를 던지고, 야당에서 정치인 생활을 시작할 때부터 요란 떨지 않는 파격 행보를 보였다. 그는 언제나 일관된 믿음으로, 합당과 변화의 물결 속에서 오랜 세월 야인 생활을 자처하면서도 자신만의 색과 의견을 한 번도 저버린 적 없는 합리와 정의의 표상이었다. 그와 동시에 정철우 의원은 진보에서도 환영받는 대한민국 중도 보수, 중산층의 거의 유일한 희망이었다.

"정철우 의원이 내년에 대통령에 선출되겠군, 이변이 없는 한."

김정훈 변호사가 내 시선을 좇아 TV 화면을 보면서 중얼거렸다.

"네. 설사 이변이 있더라도 되실 것 같습니다."

"무슨 소리야."

"야권, 여권 세력에 휘말리지 않고 시류에 영합하지도 않고 늘, 누가 보아도 불리한 결정을 하고서도 결국엔 뜻을 관철시켰으니까요. 시대가 요구하는 진정한 정치인이 최후의 승자도 되어야죠."

"그래, 저분이야말로 장현도 니 은인이다. 신 병원장 같은 돌팔이가 아니라."

김 변이 입맛을 쩝쩝 다시며 돼지 껍데기를 씹었다.

"그때, 내가 무작정 찾아가서 너 좀 봐달라고 사정해 볼 참이었지만 문전박대 당할 거라 생각했지. 그렇게 시간을 내어줄 거라고는 기대도 못 했거든. 청탁은 받지도 하지도 않는 눈치였는데, 워낙 특별했으니까……. 걔 엄마와 그리고 그 애와도 많이 각별하셨더라고. 개도 개 엄마도 팔자가 기구해서. 아빠도 그렇지. 전도유망하던 공학박사 벤처기업인이 졸지에 나락으로 떨어졌으니."

"그분 아버지는 돌아가셨다 했지예?"

천식이 껍데기를 내 접시에 놓으며 눈치를 살폈다.

"그 일 있고 본인도 교도소 내에서 자살했어. 공 박사 집안은 애저녁에 풍비박산 났고."

최대한 바라의 이름을 올리지 않으며 이야기를 마무리 짓고는 김 변이 내 시선을 피했다.

"그래, 그때 재판도 그랬지만, 현도 네가 그 병원서 일자리 얻은 것도 그분 줄이 닿았으니 가능했지. 술이나 먹자. 정철우 의원이 대표도 되고 좋은 날이네."

내 물 잔을 향해 김 변이 잔을 들어 보이고는 단번에 마셨다.

"저도 한 잔만 채우렵니다."

"웬일입니꺼, 행님이 술을 다 마시고. 아이다. 또 건배만 하고 말끼지예? 술도 안 해, 담배도 안 해, 연애도 안 해, 행님은 대체 뭔 낙으로 삽니까?"

천식이 툴툴거리면서도 커다란 손으로 소주잔을 채워주었다. 구원받지 못할 스물세 살 인생을 그나마 살 만하게 만들어준, 정철우 의원을 위해 나는 화면에 대고 건배를 청하였다.

스물세 살에 교도소에서 출소하고 보니, 몸 하나 누일 곳이 없었다. 어머니는 내가 수감 상태에서 재판을 치르던 중에 쓰러졌다. 뇌출혈로 몸의 반쪽에 마비가 왔다. 휠체어를 타고 교도소로 면회를 와서 어머니는 얼굴을 일그러뜨리며 웃는 것도 우는 것도 아닌 소리를 내었다.

어머니는 나를 낳기 전, 서울 변두리에 얼마 남지 않은 다방의 레지였다. 지긋지긋한 가난을 벗어나보겠다고 일을 나가게 되었는데, 어쩌다 보니 족쇄 같은 계약으로 빚에 팔려 노래방 도우미도 다니고, 커피도 팔고, 2차도 나가는 아가씨였다.

청순한 외모와 노랫가락으로 유명했다는 어머니는 나를 임신한 후 번쩍 정신이 들었다고 하였다. 비록 아비가 누군지도 모르지만, 속에 가진 아이가 뻗어내는 특별한 기운이 어머니를 새로이 살게 하였다. 나를 출산한 뒤 어머니는 산후 조리도 하지 못하고서 닥치는 대로 가리지 않고 일을 하여 빚을 갚고, 나를 굶주리지 않게 하였다.

포주에게 진 빚을 다 갚고서, 우리 모자는 서울을 떠났다. 이곳 저곳을 흘러 다니다가 내가 중학교에 갈 무렵 강원도 J시에 자리를 잡았다. 어머니의 억척스러움 덕분에 내가 고등학교에 다닐 무렵에는 방 두 칸짜리 집도 마련하였고, 경기도 신도시 어딘가 개발되는 아파트 분양권도 가지게 되었다. 내가 서울로 대학을 가면 어머니도 경기도로 거처를 옮겨 살겠다는 꿈에 부풀었다. 하지만 소소한 재산을 위해 몸이 치른 대가는 만만치 않았다.

산후풍으로 시작되었던 자잘한 병치레가 몸 곳곳을 조금씩 망가뜨려갔다. 내가 고등학교 3학년이었던 마지막 몇 달은 어머니는 일주일에 이삼 일은 자리보전하고 누워야 할 만큼 상태가 좋지 못했다.

뇌출혈은 어머니의 고장 난 몸이 감당하기 어려운 타격이었다. 어머니는 절망 속에서도 살아보고자 애썼겠지만, 그 몸으로 식당 일이나 파출부 일을 할 수는 없었을 것이다. 적절한 치료를 하지 못하고 당뇨와 혈압, 관절염과 같은 지병이 악화되자 어머니는 요양 병원에 몸을 의탁하였다. 집을 비롯하여, 단 한 번도 밟아보지 못한 신도시 아파트까지 모든 자산은 이미 합의금으로 탕진하였다. 교도소에서 작업 장려금으로 모았던 돈 30만 원가량이 내가 가진 전부였다. 당연한 말이지만, 빚은 훨씬 더 많았다. 매일매일 몸집을 불리는 빚이 내가 감당해야 할 삶의 무게였다.

학창 시절을 보내고 사건이 벌어졌던 J지역에 머무를 이유는 없었다. 무작정 고속버스를 타고 서울로 올라왔다. 어린 시절 엄마와 지냈고, 고3 여름 바라와 같이 갔던 서울에서 살고 싶었다.

"생일 선물이야. 한 번만."

여름이 시작되는 6월이었다. 서울에 가자는 말에 처음에는 우리 고3이야, 하고 웃었지만 바라는 웃지 않았다. 양손을 기도하듯이 모으고서 단 하루만이야, 하고 부탁하였다.

"……바라야."

바라는 거절의 답이 떨어지기 전에 고개를 세차게 흔들었다. 앞자리 의자에 앉아 내 책상에 팔꿈치를 대고는 양손을 맞붙였다.

"제발, 현도."

바라는 언제나 하고 싶은 말의 절반도 하지 않았다. 거절할 줄 알면서 부탁하고, 거절당하고도 물러서지 않을 만한 이유가 있지 싶었다. 눈을 가만히 바라보고 있자니, 왜 그래, 하는 질문도 입이 떨어지지 않았다. 일요일 하루 종일 공부할 수 있는 분량과 시간을 머릿속으로 빠르게 계산하였다. 열흘 정도, 매일 조금씩 더 하면 메꿀 수 있지 싶었다.

"그래, 모의고사 끝나고 주말에 가자."

"정말?"

"응."

난 여전히 맞붙이고 있는 바라의 손을 감싸 쥐었다.

"생일 선물이라며."

"다행이야, 정말 다행이야. 고마워."

바라가 그제야 안심이 된다는 듯 얼굴을 손에 파묻으며 후욱, 숨을 내쉬었다.

캄캄한 새벽에 고속버스 좌석에 나란히 앉았다. 바라는 챙이 큰 야구 모자를 쓰고 나왔다. 고속도로를 빠르게 달리는 동안 바라는 눈을 감았다. 끄덕, 떨어지는 머리를 손으로 받쳤다. 조심스레 내 어깨에 머리를 기대게 하였다.

잠든 바라의 얼굴이 챙이 큰 모자 때문에 보이지 않았다. 갸름한 턱과 입술만 보였다. 감은 눈이 보고 싶어 고개를 조금 기울였다.

조금 벌어진 바라의 입술, 목덜미, 파르르 떨리던 감은 눈꺼풀, 에어컨 냉기 때문에 추워 보였던 희고 마른 팔, 어느 것에도 감히 손을 뻗지 못하였다. 끈질긴 망설임과 지독한 자제력이 팽팽하게 맞서 내 심장을 힘껏 끌어당기는 것만 같았다.

"현도."

바라가 눈을 감은 채로 불렀다.

"나, 잘래. 그래도 괜찮지?"

"응."

벗어두었던 점퍼를 살며시 집어 바라에게 덮어주고는 나도 눈을 감았다.

2002년 6월은 전국이 월드컵의 흥분에 휩싸인 달이었다. 바라와 나는 서울에 도착하여 시청 앞의 뜨거운 거리 응원에 어울리기도 하고, 바라가 이끄는 대로 지하철을 타고 대학로에 가보기도 하였다. 대학로 역시 월드컵 열기로 곳곳마다 거리 축제가 넘쳐났고, 크고 작은 공연이 진행되고 있었다. 여름의 뜨거워진 햇살 아래 대학로는 일렁이는 활력으로 가득 차 있었다.

바라는 길게 늘어선 사람들 틈에 서서 한참을 기다리고는 페이

스페인팅을 하였다. 뺨 한편에 작은 꽃이나 그리겠거니 했던 나의
예상은 빗나갔다. 바라는 가면을 쓴 것처럼 얼굴 전체에 고양이 페
이스페인팅을 하고 나타났다. 당황스러워하는 내가 재밌다는 듯이
키득키득 웃었다.

대학로는 소극장에서뿐 아니라 거리에서도 크고 작은 공연 볼거
리가 풍성했다. 마로니에 공원의 작은 거리 무대에서는 비보잉을
섞은 흥겨운 댄스가 한창이었다. 분위기에 취해 나도 모르게 발이
까닥까닥 움직이고 어깨가 들썩였다.

"맞다. 너, 춤 잘 추잖아."

바라가 문득 생각난 듯 말하였다.

"막춤이야. 정식으로 배운 적도 없어.

건성으로 하는 답에 바라는 피식 웃었다.

"학교에서 애들이 뭐래는 줄 알아? 너 공부는 죽으라고 해서 잘
하는 거고, 춤은 그냥 타고났다던데? 공부보다 낫다더라?"

"공부는 죽으라고 해서 잘하는 거 맞지만, 춤에 대해서는 과장
이다."

"아무튼, 보여줘. 나도 보고 싶어."

바라가 내 등을 툭 밀었다

"여기서?

바라가 나를 한 번 더 밀었다.

"나도 네 춤 한 번이라도 보고 싶다고. 점심시간 체육실에는 애
들이 너무 많아."

바라의 응원도 있었지만, 춤에 대한 본능적인 열망이 용기를 불러일으켰다. 나는 소년들에게 다가가 한 번만 같이 맞춰볼 수 있냐, 부탁하였다. 머리를 노랗게 탈색하고 귀를 뚫은 소년들은 흔쾌히 오케이 사인을 보냈다. 댄스곡 MR를 걸고 나는 함께 열을 지어 섰다. 소년들에 비해 키가 차이 나게 커서, 내가 정중앙에 서게 되었다.

전주가 시작되기 직전, 일시에 한 몸처럼 호흡을 가다듬었다. 순식간에 찾아온 정적 속에서 조용히 울리던 관객들의 숨소리와 곧이어 쾅쾅 귀를 때리던 박자와 음정을 기억한다. 그런 식으로 크게 음악을 틀어놓고 춤을 춘 적이 한 번도 없었다. MP3 이어폰에서 들리던 음악과는 차원이 달랐다. 앉았다 일어서고, 팔 다리를 구부렸다가 펴는 동작을 하는 동안 온몸이 음악을 스펀지처럼 흡수하였다. 음악은 내 뱃속에서 요동치며 부풀어 올라 마치 나는 터지기 직전의 풍선이 된 것만 같았다. 바라가 눈을 맞추며 엄지를 들어 보였다.

난, 하늘 높이 점프하였다. 와아, 함성이 들리고 내 몸속 어디선가 흘러나오는 에너지가 열기로 바뀌어 나를 자꾸만 자꾸만 더 가벼워지게 하였다. 언젠가 새벽, 바라가 성층권 너머를 바라보며 속삭였다.

"아인슈타인은 상대성이론을 완성하기 전, 광양자(光陽子)가 되어 날아가는 꿈을 꾸었어. 부처님은 일만대천 우주가 한 티끌에 있다 하시며 티끌이 되어 존재하리라 말씀하셨대. 아인슈타인의 $E=mc^2$ 공식은 단순히 상수를 맞춘 식이 아니야."

"그럼 그 식은 무슨 뜻이야?"

"우리에게 질량이 없어지면, 우리는 빛의 세계로 들어가는 거야. 광음천(光音天)*의 세계."

"광음천?"

"그곳에서는 소리로 대화하지 않는대. 빛으로 대화를 한다는 세계야. 아니 아니야, 광음천보다 더 높고 높은 세계가 있어. 무한한 에너지만 존재하는 빛의 세계. 무명(無明)을 벗어난 빛의 세계에서 나는 광자(光子)가 될 거야. 속도와 시공간이 나를 구속하지 못하는 세계에서."

속도와 시공간이 나를 구속하지 못하는 세계에서.

온통 다 사라지고 바라의 목소리만 존재한다 싶었을 때, 커다란 함성과 함께 곡이 끝났다. 어느새 모여든 군중들이 보내는 앙코르 박수 소리가 우렁차서 마치 폭포수 아래 서 있는 기분이었다. 사람들 속에 바라는 없었다. 나는 흠뻑 땀에 젖어, 두리번거리며 군중 사이를 헤쳐 나갔다. 저만치서 바라가 손을 흔들었다. 나는 한달음에 다가갔다. 땀에 젖은 머리카락 사이로 시원한 바람이 지나갔다. 바라가 손수건을 들어 땀방울이 솟은 내 이마를 눌러주었다.

---

*광음천은 불교에서 말하는 색계 십팔천의 여섯 번째 하늘로, 이곳의 사람들은 음성이 없고 빛으로 의사를 소통한다. 빛과 아인슈타인, 부처님에 대한 이야기는 지광 스님(능인선원)의 법문을 듣고 아이디어를 얻은 것임을 밝힌다.

"안 봤어?"

"봤지."

"중간에 지겨워졌어?"

"설마."

바라가 내 손을 잡아 자신의 턱 바로 아래, 목과 이어지는 즈음의 연약한 살갗 위에 올려놓았다. 살아 있는 자그마한 생명체처럼 맥박이 뛰고 있었다.

"여기, 여기까지 맥이 잡힐 듯이 쿵쿵 뛰었어. 지금까지도 심장이 어떻게나 뛰는지 귓속에 북을 넣어놓은 것 같아."

나는 멋쩍게 웃으며 땀 때문에 계속 들러붙는 티셔츠를 몸에서 떼어냈다.

"너무 사람이 많이 몰려들더라. VJ가 카메라로 촬영하기도 했어. 나는 무서워서 나왔어."

바라는 페이스페인팅을 한 얼굴조차 드러내기 싫은 듯 모자를 푹 눌러썼다.

"그래, 사람이 너무 많아, 우리 가자."

서둘러 걸음을 옮길 때, 누군가가 급히 쫓아왔다. 바라가 흠칫 놀라며 내 등 뒤로 몸을 숨겼다. 30대 초반으로 보이는 여자가 숨을 몰아쉬며 내 손에 다짜고짜 명함을 쥐여주었다.

"학생, 지금 몇 살? 학생 맞죠? 나 KM 기획사 양 실장이에요."

"네?"

"오디션 한번 받아봐요."

"아닙니다. 관심 없습니다."

바라의 손을 잡고 걸어가는데 여자가 다시 쫓아왔다.

"연습생 오디션 아니에요. 나 연예계 바닥 14년 차야. 양 실장 하면 모르는 사람 없어."

"그래서요?"

당돌한 나의 대답에 양 실장이 파하하 큰 소리로 웃었다.

"너 되게 맘에 든다. 딱 보니 공부도 잘하겠어. 그치? 우리는 연습생 뽑을 때 성적표도 보는 곳이야."

"네, 얘 울 학교 전설이 될 전교 일등이에요. 수능 모의고사 전국 상위 0.1퍼센트."

바라가 불쑥 끼어들었다.

"어머, 그렇구나. 근데 네 속에는 범생이보다는 다른 모습이 더 많은걸? 부글부글 끓어오르는 에너지를 어떻게 가라앉히고 공부를 하니?"

"네? 무슨……."

직설 화법에 당황스러워 반문하자 양 실장이 바싹 얼굴을 붙이며 눈을 맞추었다.

"너, 눈빛이 아주 끝내줘. 내가 책임지고 스타로 만들어줄게. 우리 기획사가 올해 안으로 데뷔시킬 그룹이 있어. 일단 거기 합류하면 어떨까 싶은데. 겁나게 공부 잘하는 고3이니 이거 난감하네. 근데 너 0.1퍼센트면 공부 좀 쉬엄쉬엄해도 대학은 그냥 가는 거 아냐?"

여자는 자신만만한 어투였다. 나는 어안이 벙벙하여 양 실장이라는 여자를 쳐다보았다. 그녀는 엔터테인먼트사 명함을 주지 않았다면 그런 곳에서 일하는 사람이라 짐작되지 않을 만큼 수수하고 단정한 차림이었다. 화장기 없는 얼굴에 쌍꺼풀 없이 예리하고 긴 눈매가 인상적이었다. 사기꾼처럼 보이진 않았지만, 믿을 만한 근거도 없었다.

본인이 보는 앞에서 명함을 버리는 일은 예의가 아니라 나는 명함을 청바지 뒷주머니에 꽂았다. 그룹 데뷔를 앞두고 길거리 캐스팅 충원이라니. 말도 안 되는 소리다. 연락처를 달라고 내민 핸드폰을 정중히 거절하였다.

"저는 핸드폰도 없어요."

"연락해. 수능 끝나고 연락해도 좋아."

여자는 내 뒤통수에 대고 소리를 높였다.

"기다릴게. 대학로 모범생이라 하면 꼭 기억해 낼 테니까."

바라가 흘끗 양 실장을 돌아다보더니 혼잣말처럼 속삭였다.

"그러고 보니, 나는 네가 가수가 되어 화려한 무대에 서는 모습도 보고 싶긴 해."

"말도 안 돼."

나는 고개를 젖히고 짐짓 크게 웃었다.

"응, 너는 가수가 아니라 훌륭한 의사가 될 거야. 근데 혹시 아니? 의사 된 뒤에 아이돌 가수도 할 수 있을지?"

"나이가 몇인데."

바라가 손을 꼽아보더니 어깨를 으쓱하였다.

"의사로 자리 잡고 나서 서른 초반에 댄스 공연은 안 되나? 2015년 즈음? 그럼 내가 꼭 가서 제일 크게 응원해 줄 텐데."

"또 2015년."

"응. 2015년."

바라가 코를 찡그리며 웃었다. 고양이 페이스페인팅을 잔뜩 그린 얼굴은 진지한 표정인지 장난인지 구분하기 어려웠다.

"2015년, 9월 14일, 새벽 6시. 엠파이어스테이트 빌딩 꼭대기에서 만나자. 그 말 기억하는구나?"

바라의 눈이 기쁨으로 빛났다.

"그런 괴상한 말을 어떻게 잊어. 빌딩 전망대에 9월 13일에 숨어 들어 밤을 보내고, 그다음 날 새벽을 오로지 단둘이서만 같이하자고 했잖아."

"응. 그리고 말야, 현도야, 나는……."

바라가 말을 멈추고는 나와 눈을 맞추었다. 고양이 얼굴 전체에서 오로지 바라의 눈동자만으로 표정을 읽을 수 있었다. 바라는 잠시 말없이 나를 바라보았다. 바라의 눈에 숨겨진 막연한 슬픔이 내게로 옮아와, 내 마음 깊은 곳에서 출렁였다.

"……그 날, 네가 안 나와도 나는, 꼭 나갈 테고, 네가 없어도 실망하진 않아."

"아니야, 반드시 갈게."

나는 순도 높은 맹세의 서약을 바치는 마음이었다. 바라의 손등이 하늘을 향하도록 꼭 쥐고 내 눈 앞으로 올렸다.

"나는, 반드시 갈게."

"만약에 네가 왔는데 내가 없다면 말야……."

바라는 손을 가만히 내리고는 하늘을 바라보았다.

"내가 세상에 없는 거야. 하지만 정말 없어지진 않아. 질량만 벗어났을 뿐, 광자가 되어 그곳에서 너를 볼 수 있어. 빛처럼 빠르게 날아다니며 너의 주변으로 동시에 여러 곳에 존재할 테니까."

"양자역학의 이야기처럼."

"응, 양자처럼."

20대 전과자가 되어 흔들리는 고속버스 차창에 머리를 기대고 서, 진동에 몸을 떨며 나는 그날만을 떠올린다.

바라와 내가 가장 행복했던 하루.

나는 지하철 시청역에서 내려, 붉은 물결이 넘실거리던 광장을 거닐었다. 네 해 전에 광장을 가득 메웠던 둥둥 북소리가 환청처럼 들렸다.

대, 한민국! 함성이 메아리치고 오오, 필승 코리아! 오오, 필승 코리아! 서로서로 어깨를 감싸 안고 부르던 응원가가 웅웅 울렸다. 북소리가 한 번씩 더해질 때마다, 노랫소리가 반복될 때마다 우우웅, 지면이 흔들린다고 착각할 만큼 거센 기운이 들썩였다.

어깨동무를 하느라 바라의 마른 어깨가 닿았던 내 겨드랑이 윗

부분을 쓸어보았다. 바라의 붉은 티셔츠 중앙에 굵게 휘갈겨 쓴 'Be the reds' 글자가 선명했다. 글자에 자연스레 눈길이 머물렀을 뿐인데 바라와 시선이 마주치고는 뜨거워졌던 귓바퀴의 감각이 생생했다. 나는 시청 앞 광장과 서울역을 맴돌며 6월의 햇살 속에 서 있던 바라와 나를 더듬었다.

붉게 소용돌이치며 대기를 흔들던, 마치 우주까지 전달될 듯한 강렬한 염원의 기운도.

"좀 어지러워."

머리를 짚으며 군중 속을 빠져나가던 바라의 뒷모습도 떠올랐다.

시청역에서 다시 지하철을 타고 무작정 가다가 마음 내키는 곳에서 내려 거리를 쏘다녔다. 그날처럼, 발길 닿는 대로 걷다 보니, 다시 그 장소에 도달하였다. 내 몸속이 온통 음악으로 가득 차 땅을 박차고 하늘로 날아올랐던 대학로의 그 무대였다.

전과자가 되어 처음 햇볕을 본 날에도 마로니에 공원의 거리 공연은 여전히 이어지고 있었다. 통기타를 멘 청년이 서정적 멜로디의 팝송을 불렀다. 몇몇은 발걸음을 멈추고 노래를 감상하다가 이내 떠났다. 벌려둔 기타 케이스에는 천 원짜리 서너 장과 동전 몇 개만 있었다. 나는 주저하며 오백 원짜리 동전 하나를 집어넣었다. 청년과 눈이 마주치자 꾸벅 절을 하였다.

"제가 지금 돈이 없어요."

청년이 "고맙습니다" 하고 고개를 가볍게 숙이며 웃었다. 나는

청년 앞에 아예 자리를 잡고 주저앉아서 공연을 감상하였다. 청년
은 유일한 열성 관객을 위해 노래를 멈추지 않았다. 물을 마시며
잠시 휴식하는 시간에는 자신의 이야기도 했는데, 지방대 성악과
중퇴생이라고 하였다. 청년의 말투에는 천식이와 비슷한 사투리 어
조가 남아 있었다. 혹시 신청곡이 있냐는 의례적인 질문에 나는
손을 들었다. 교도소에 있는 내내 듣고 싶었던 곡, 부르고 싶었던
곡 제목을 자연스레 말하였다.

"슈베르트의《겨울나그네》중〈보리수〉요."

청년이 조금 난감한 기색이더니 흠흠 목청을 가다듬었다. 이어
지는 가곡에 나는 북받치는 감정을 추스르며 자그마하게 따라 노
래하였다.

바라에게 들려주려고 했던 곡, 바라가 듣고 싶어 했던 곡. 결국
듣지 못하고 가버린 곳.

네 바람대로 내가 너의 무덤이 되었을까.

그렇다면 너는 내 속에 영원히 살 수 있는 걸까.

그곳을 멀리 떠나 오랫동안 헤매어도.

여전히 보리수의 속삭임이 들리네.

내게서 편히 쉬어라.*

---

* 슈베르트(Schubert, 오스트리아, 1797~1828년)가 빌헬름 뮐러의 시에 곡을 붙인 연가곡《겨울 나그
네》24곡 중 5번째 곡인〈보리수〉의 가사 일부를 썼다. 이후에도 마찬가지로 소설에서 나오는〈보리수〉
가사의 일부는 특정한 번역을 인용한 것이 아니라 소설 내용에 맞춰 변형이 이루어졌음을 밝힌다.

편안히 쉬어라.

빛이 되어, 속도도 시공간도 너를 구속할 수 없는 곳에서.

불로초 같은 눈을 가진 소녀.

내 모든 비밀과 네 모든 비밀을 공유했던 단 한 사람.

나의 바라.

내 속에 무덤을 만들고 쉴, 나의 바라.

나는 무릎에 얼굴을 파묻고 눈물을 흘렸다.

보리수 가지에 남긴 밀어

출소하고 며칠 후, 명함에 적힌 주소를 따라 서울에서 일하고 있
는 김정훈 변호사를 만나러 갔다. 뜻밖에도 변호사는 내게 비닐
백에 넣은 목걸이를 불쑥 내밀었다.

"뭡니까?"

뫼비우스 띠처럼 반복되는 기하학적 미로 문양이 붉은색으로
새겨진 황금빛 목걸이였다. 바라의 미로, 바라가 그리던 미로였다.
이제는 그 문양이 무엇을 뜻하는지, 알고 있다. 바라가 내게 남긴
메시지인 것만 같아 틈만 나면 문양에 숨은 뜻을 깨우치려 집착하
며 매달렸기 때문이다.

"뒷면을 봐."

희미하지만 730KBR이라는 이니셜이 음각으로 새겨져 있었다.

"……바라."

"그래, 바라의 소지품이야. 다른 건 노트 한 권, 머리핀 한 개도 안 남았어. 뭘 그리 모조리 처분해 버렸는지."

"그럼 이 목걸이는 어떻게 구하셨습니까?"

"이건 그 피해자 외투에서 나왔나 본데, 경찰서에서 확인하느라 가지고 있다가 빠뜨린 모양이야. 절도로 조사하려고 해도 피해자 상태가 조사 불가능이고, 바라가 차에 떨어뜨렸다고 하면 그만이 니. 절도로 몰아가기에 값어치 있는 물건도 아니고 말이야."

여전히 의문이 남은 표정으로 바라보자 설명을 덧붙였다.

"최 형사님 기억하지? 형사님이 나 불러서 알려주셨어. 그분이 처음부터 네 사건에 애 많이 썼지. 목걸이도 한참 고민하다가 도저히 너를 안 주면 안 될 거 같다고 하시더라. 바라가 나오는 꿈도 꿨대."

"고맙습니다."

나는 목걸이를 꾹 쥐고서 고개를 숙였다. 눈시울이 뜨거워졌다.

"나야 뭐 한 게 있나. 순금은 아니야. 도금이야, 도금. 배곯는다고 팔아먹지 마."

농담처럼 가벼이 말하였지만, 최 형사나 김 변이 나에게 단 하나라도 바라의 흔적을 남겨주기 위해 애쓴 마음이 짐작되고도 남았다.

"그리고 여기 가봐. 막노동보다 얼마나 수입이 나을지 모르겠는데, 그래도 병원이니까, 떠돌아다니는 것보다야 좀 낫지 않겠냐."

김 변호사가 내민 메모지에는 S병원 주소가 적혀 있었다. 처음엔 메모를 버릴 작정이었다. 병원이라니. 학창 시절 내내 꿈꿔왔던 미래가 박살 났음을 매일매일 처참하게 확인하고 싶지 않았다.

김 변은 마다하는 나에게 뜨끈한 국밥 한 그릇을 기어이 사 먹였다. 고기 건더기를 건져 내 국에 다 덜어 넣어주고, 밥 한 그릇을 추가로 시키고는 얼른 많이 먹으라며 권하였다. S병원에 대해서는 국밥집에서도 재차 당부하였다.

"꼭 가봐라. 청소를 하든 뭘 하든 병원은 아픈 사람 낫게 해주는 곳이니 봉사한다 맘먹으면 좋을 테고."

차비를 넉넉히 쥐여주며 몇 번이고 다잡아 확인하였다.

"현도야, 내가 능력이 이것밖에 안 된다. 미안하다. S병원 신 원장님, 꼭 찾아가야 한다."

코끝이 시큰거렸다. 김 변에게 어떻게 제가, 병원에서 잡부로 일을 하겠습니까, 라고 차마 말하지 못하였다.

돼지 껍데기집을 나서서 걸음이 꼬이는 두 사람을 한 번씩 잡아줘 가면서, 지하철역으로 향하였다. 비틀거리다가 툭, 내 가슴께를 치게 된 김 변이 어어, 싶은 표정으로 나를 올려다보았다. 그가 가슴 중앙을 손가락으로 가리키며 물었다.

"너, 아직도 그 목걸이 하고 다녀?"

"네."

"이야, 최 형사랑 나는 천국에 가겠다. 죽은 사람 소원도 들어주고, 산 사람 소원도 들어주고."

김 변이 하늘을 올려다보며 주정처럼 말하였다.

"우주에 있다는 그 여자분 말씀이지예? 그 뱅글뱅글 돌아가는 신비하게 생긴 목걸이 주신 분."

천식이 끼어들었다.

"그래, 그분."

아이고, 천식이 한숨을 쉬었다.

"울 행님은 진짜 일편단심 진국입니다. 근데 내가 마 속이 쓰려서 못 보겠습니다. 고마 대충 하이소, 행님. 산 사람한테든 죽은 사람한테든 인생 그마이 바쳤으면 충분하다 아입니까."

천식이 하늘을 향해 손을 휘저었다.

"네? 안 그렇습니까, 우주에 계신 분?"

천식이 비틀거리면서 "고마 이제 됐다 아입니까? 울 행님 고만하라 하이소" 하고 목청을 높였다. 난 후후, 소리 내어 웃었다. 티셔츠 위로 목걸이를 가만히 만져보았다.

반지하 원룸으로 돌아와서, 나는 몸에 찬물을 끼얹어 땀을 씻어냈다. 열대야의 후덥지근한 공기는 냉풍기로는 역부족이어서 금세 다시 땀이 배어났다. 트렁크 팬츠만 입고 머리를 말리지 않은 채 앉은뱅이책상 앞에 앉았다. 나는 습관처럼 서랍 속에 넣어두었던 비행기 티켓을 꺼내었다. 날짜를 소리 내어 읽어본다.

2015년 9월 12일.

뉴욕에 도착하는 편도 항공권이다. 2015년 9월 13일에 반드시 그 도시에 가야 할 이유는 명확했지만, 그곳에서 돌아올 이유를 아직 찾지 못했다.

요양 병원에 계시던 어머니는, 작년에 돌아가셨다. 의식이 흐려지던 순간 어머니 얼굴에 떠오르던 미소를 기억한다. 그날 이후 처음으로 볼 수 있었던, 일그러지지 않은 미소였다.

나는 눈을 감고 고개를 뒤로 길게 젖혔다. 어떻게 겪어왔는지 모를 13년의 세월이다. 이제 두 달만 지나면, 빛의 입자, 광자가 되어 내 주변을 동시에 여러 곳에서 맴돌겠다던 바라를 만날 수 있다.

교실 앞 공간에서 나를 가운데에 세워두고 뱅뱅 돌던 바라가 떠오른다.

엎어둔 튤립처럼 부풀어 오른 교복 치마, 날씬한 다리, 흔들리는 까만 머릿결, 꽃향기.

"내내 어지러웠으니까."

바라의 목소리.
무지갯빛 현기증.

"너의 중력장에서, 너의 사건 지평선을 넘어버렸으니, 네 속에서 소멸할 테야."

이제 곧 나의 바라를 만나러 갈 수 있다. 나는 또 하루치를 살아갈 수 있는 희망을 충전하고 티켓을 서랍 속에 넣었다. 습관처럼 책상 앞에 붙여둔 「화엄일승법계도」를 한 번 눈에 담고는 가부좌를 틀고 앉았다.

법성원융무이상(法性圓融無二相)
제법부동본래적(諸法不動本來寂)
무명무상절일체(無名無相絶一切)
증지소지비여경(證智所知非餘境)

눈을 감고서 7언 30구를 외웠다. 의상 대사가 정리하였다는 진리의 세계가 210자에 압축되어 있다. 10년 가까운 세월을 매일 읽었는데도, 매번 새로운 깨우침을 불러일으킨다.

화엄경의 정수를 정리했다는 법성게는 뜻을 완전히 파악하려 조바심을 낼수록, 바라와의 관계를 풀어보려 애쓸수록 더욱 난해하였다. 이제 다만 바라를 떠올리며, 바라가 믿고 사랑한 우주를 떠올리며 한 구절씩 음미할 뿐이다.

나는 알람 시계를 확인하고 스탠드 조명을 끄고 매트 위에 누웠다. 어둠 속에서 핸드폰이 반짝반짝 초록 불빛을 깜박였다.

메시지가 들어왔나.

자리에서 일어나 핸드폰 잠금 화면을 해제하였다. 핸드폰 메시지가 아니었다. 언제 가입을 했는지도 기억나지 않는 포털의 이메일 수신 알림이다. 보이스 피싱이나 신종 사기는 아닐까, 의심하면서도 나는 굳이 잠을 떨치고 일어나 메일을 확인하는 수고로움을 보였다. 수년도 전에 쌓이다가 그친 스팸 외에, 최근 이삼 년간 수신된 새로운 메일은 방금 수신된 이메일 단 한 통뿐이었다.

제목은 세 글자.

'보리수.'

나는 자리에 고쳐 앉았다.

'보리수.'

제목을 다시 읽는 눈에 경련이 일고 입술이 바싹 말랐다. 스탠드를 환히 밝혔다. 잠은 이미 완전히 달아났다. 이메일 제목을 누르는 손가락이 미세하게 떨렸다. 내용은 간략하였다.

보리수나무를 묻었던 곳에, 밀어가 아직도 남아 있네.

기억이 머리를 후려쳤다. 열한 시가 다 되어가는 시각이지만, 나는 옷을 껴입고 달려 나갔다.

2002년 6월, 바라와 함께 서울에 갔던 날이었다. 지하철역 화장실에서 바라는 한참 동안 나오지 않았다. 페이스페인팅을 한 얼굴을 몇 번이나 씻었는지 모른다 하였다.

머리칼이 시작되는 이마 상단에 남은 물기가 반짝였다. 손수건으로 눌러 닦으며 어때? 하고 묻듯이 쳐다보았다. 나는 고개를 끄덕였다. 바라가 시각을 확인하였다.

"서둘러야겠다."

나에게 바싹 붙어 서는 바라에게서 뽀송뽀송한 로션향이 났다.

"어디 가려고?"

"전에 서울 살 때, 오며 가며 봤던 곳이 있어."

바라가 나를 데리고 간 곳은 도심 한복판에 있는 대규모 사찰이었다.

"여기 오려고 세수도 했어? 난 안 씻었는데."

"넌 괜찮아."

바라가 내 얼굴을 올려다보았다.

"절 올려야 하니까, 고양이 얼굴을 하고 있을 순 없잖아?"

신을 벗고 사뿐히 법당 안으로 들어가는 바라를 주뼛주뼛 따랐다. 은은한 향내가 감도는 사찰 내부는 공기의 질감부터 달랐다. 부글부글 에너지가 정신없이 뒤섞이며 복잡하고 빠르게 움직이는 도심의 풍경과는 단절된 결계의 공간만 같았다. 고요하고 서늘하였다.

커다란 석가모니 부처님 앞으로 다가가 삼배를 올리던 바라 뒤에서 나는 절은 하지 못하고 고개만 숙였다.

"부처님을 믿는구나."

내 말에 바라는 고개를 갸웃하였다. 그런가.

"친할아버지 할머니는 크리스천이셔. 아빠는 무교, 엄마는 우주를 믿었어. 나한테 부처님은 우주와 같아."

나란히 법당을 걸어 나오다 스님들을 마주쳤다. 한가운데 있는 스님이 가장 높은 스님인 듯하였다. 바라가 합장하며 반배를 올렸다.

"학생들이구나. 그래, 잘 왔어."

큰스님은 으레 상상했던 스님보다 훨씬 더 쾌활하고 명징한 음성으로 말씀을 건네었다.

"이름이 뭐야?"

"장현도입니다."

"응, 그래, 그래. 여학생은 이름이 뭐고?"

"공바라예요."

스님이 잠시 바라의 얼굴을 찬찬히 살폈다.

"불교에서 말하는 깨달음의 언덕인 피안에 도달한다는 바라밀의 바라일 수도 있고, 히브리어로 창조하다의 바라일 수도 있대요."

"그래, 그렇구나."

"그런데, 스님. 사찰 앞에 저 나무가 보리수나무인가요?"

바라가 뜬금없는 질문을 하였다.

"맞아. 보리자나무라고도 하지."

"근데 저렇게 조그만 나무 아래서 석가모니 부처님은 어떻게 아뇩다라삼막삼보리(阿耨多羅三藐三菩提)를 득도하셨나요?"

스님이 유쾌하게 웃으셨다.

"그 보리수나무는 따로 있어. 인도에서 자라는 수종이라 우리나라에서는 보기 힘들지. 아주 크게 자라는 나무야. 부처님이 계셨던 그 보리수나무는 두 번이나 베어버렸는데도 다시 크게 자랐다고 하거든."

"아직도 인도에 석가모니불이 앉아 계셨던 보리수나무가 있나요?"

"그럼, 그 자손이 번성하고 있지."

"그런데요, 스님. 그럼 혹시 슈베르트의 보리수는 또 다른 나무인가요?"

엉뚱한 질문에 스님이 미소 지으며 바라의 머리를 쓰다듬으셨다.

"그건 다음에 올 때까지 공부해 놓으마."

"또 와도 괜찮죠?"

"그럼."

스님이 깊은 눈빛으로 나와 바라를 번갈아 보았다.

"꼭 와라, 둘이 같이."

"네."

큰스님에게 합장하며 절하는 바라를 따라 나도 어색하게 합장을 하였다.

보리수, 라는 이메일은 누구에게도 말하지 않았던 그날의 기억을 퍼 올려 내 정수리에 들어붓는 격이었다. 등줄기에 소름이 돋아 간헐적으로 몸이 떨렸다. 이후로 그 절에 가본 적이 없다.

"꼭 와라, 둘이 같이."

나는 스님의 말씀을 지키지 못했다.

11시가 훨씬 넘은 한밤에 불이 꺼진 사찰 입구로 들어섰다. 예전

보다 더 고요하고 서늘한 경내에서 가쁜 호흡을 정리하며 깊은 내부까지 숨을 들이켰다. 달고 차가운 공기였다. 바라가 했듯이 합장하며 반배를 올렸다.

무작정 달려오긴 했지만, 어디로 가서 누구를 만나야 할지 알 수 없었다. 합장한 손을 풀지 못한 채 나는 주위를 두리번거렸다. 몇 걸음 움직이다가 갑자기 비치는 플래시 조명 때문에 눈을 찡그렸다. 젊은 스님이 합장하며 인사하였다.

"큰스님을 뵈러 오셨지요."

"네."

나는 반사적으로 고개를 끄덕이다가 합장을 하며 머리를 숙였다.

"저를 따라오시지요."

스님의 뒤를 쫓아 사찰 내부에 있는 건물의 계단을 오르고, 문을 열고 다시 계단을 오르고, 또 문을 열고 좁다란 복도를 지났다. 가장 깊은 곳, 자그마한 방에서 큰스님은 나를 기다리고 있었다. 스님이 앉아 있는 뒤편 벽면으로 황금빛 석가모니 부처님이 나를 내려다보고 계셨다.

"부처님께 삼배 올리시고, 스님께도 인사드리시지요."

나를 안내했던 스님의 말에 따라 정성스레 삼배를 올리고 스님께도 절을 올렸다.

"그래, 잘 왔어."

13년 전 그날과 똑같은 음성으로 스님이 인사를 건네었다. 나는 절을 하느라 머리를 바닥에 붙인 채로 고개를 들지 못하였다. 구불구불 구부러진 창자 어딘가쯤에 꾹꾹 눌러왔던 감정이 일시에 터져, 내 배 속을 채우고 목젖까지 차올랐다. 나는 침을 억지로 삼키고 이를 악물었다. 숨을 멈추고 주먹을 쥐었다.

"둘이 이야기 좀 할게. 나가봐."

작은 스님이 문을 닫고 나가자 큰스님은 내게로 천천히 걸어왔다. 하얀 양말을 신은 스님의 발만 보였다. 스님이 현도야, 하고 이름을 불렀지만 나는 여전히 고개를 들지 못하였다. 스님이 내 앞에 무릎을 대고 앉아 등을 쓰다듬었다.

"잘 왔다. 잘 왔어."

눈물이 후두둑 떨어져 바닥을 적셨다.

"잘 왔어."

나는 주먹으로 입을 막고서 비명 같은 울음소리를 억눌렀다.

"현도야."

"네, 스님."

스님이 어깨를 다독이며 나를 일으켰다.

"괜찮다. 이제 괜찮아."

스님은 소맷자락으로 눈물을 닦아주고 손을 뻗어 내 머리를 쓰다듬었다. 나는 아무 답도 못 드리고 엎드리듯 고개를 숙였다. 고개를 깊이 숙이고 있느라 목걸이 펜던트가 옷섶 앞으로 나왔나 보다. 스님이 펜던트를 손에 들고 잠시 생각에 잠기었다.

"바라가 준 게로구나. 용케 네가 간직하고 있었어."

탄식처럼 말씀하였다.

인연이란, 염원이란.

"혹여 바라의 엄마를 알고 있니?"

"아니요. 듣기만 했습니다."

"무슨 얘기를 들었어?"

"엄마에 대해서는 많은 부분을 말했습니다. 엄마의 어린 시절과 유학 시절, 아빠와의 연애에 대해 이야기했습니다. 그리고 어렸을 때 엄마랑 나눴던 비밀 이야기, 엄마가 들었던 〈보리수〉 노래 같은 것들에 대해서도 들었습니다. 엄마가 특별한 사람이라 하였고, 바라는 엄마를 닮았다 하였습니다. 아빠는 엄마를 살해하지 않았다고도 했고, 바라는 언젠가 모든 것이 달라질 것을 믿는다고도 하였습니다. 바라는, 의아스러울 만큼 엄마의 죽음을 인정하지 않았습니다."

스님은 고개를 가만히 끄덕였다. 얼굴에 안타까운 빛을 담고서, 나지막한 음성으로 바라 엄마의 이름을 불렀다.

"진명주."

"네. 바라의 어머니."

"진명주의 이 세상 연은 그때 다하였어. 우주는 법칙이 지배하고 있어. 우주 만물이 순리를 거스를 수는 없어. 바라는 그 사실을 누구보다 잘 깨닫게 되었지. 그해 가을, 나를 다시 찾아왔을 때 며칠을 머무르며 오랫동안 이야기를 나누었어. 바라는 무척 고통스러워했지만, 잘 견디었어. 그 아이는 진명주와 마찬가지로 총명하고, 남다른 사람이었으니까."

남다른 사람이었던 진명주와 공바라, 두 사람이 가졌던 특별한 능력을 알고 있다. 정상인의 범주를 벗어나는 뛰어난 지능 외에도 오직 두 사람만이 공유하려 했던 바라의 비밀……. 진명주는 그럼으로써 바라를, 세상으로부터 지키고 싶어 하였다.

"현도야."

"응."

"넌, 꿈을 자주 꾸니?"

바라는 흑판 앞에서 그림을 그리며 물었다. 제 몸집이 다 들어가도 될 만큼 커다란 사각형의 미로 그림이었다.

'또, 그 그림이군. 우주의 파동함수라고 주장하는 엉뚱한 그림.'

나는 눈으로 과탐 참고서를 읽으며 답하였다.

"꿈은 거의 안 꿔. 늘 눈 감았다가 뜨면 일어날 시각이야."

"그렇구나. 난 꿈을 자주 꾸는데."

"주로 어떤 꿈?"

"비밀."

"비밀?"

나는 손에 쥐고 있던 샤프를 참고서 위로 올려놓았다.

"미안. 이건 엄마랑 지키기로 한 '비밀'이야."

바라의 입에서 나오는 '비밀'이란 단어는 내 것이어야만 했다. 나와 공유할 수 없는 바라의 비밀이 칼금처럼 가슴을 긋고 지났다.

알싸한 통증이 심장을 훑어 내리는 동안 나는 불평 대신 입을 꾹 다물고서 가만히 바라의 뒷모습만 바라보았다.

바라는 그림을 그리다 말고, 돌아다보았다. 망설임과 불안을 담은 눈동자였다. 잠시 동안 바라도 말없이 내 표정만 살폈다. 이내 결심한 듯 마커 펜을 탁 소리가 나도록 받침대 위로 내렸다.

"알았어, 장현도."

바라가 내 쪽으로 걸어왔다.

"알았다고."

상체를 숙여 얼굴을 내게 바싹 붙이고 눈을 맞추며 속삭였다.

"우린 비밀은 없기로 했으니까."

난, 바라에게 '괜찮아, 네 엄마와의 비밀인데, 꼭 말하지 않아도 돼' 따위의 말은 하지 않았다. 가슴에는 여전히 아릿한 통증의 여운이 뭉근하게 남아 있었다. 엄마와의 비밀이야, 고작 그 한마디에도 치졸하게 굴 만큼, 속절없이 아플 만큼 내가, 바라를 깊이 넣어 두었구나. 시린 눈으로 바라를 쳐다보기만 하였다. 바라는 내 어깨 위로 손가락 끝만 가만히 올렸다.

"맞아, 우린 비밀은 없기로 했으니까. 내가 잘못했어."

손가락으로 피아노 건반을 두드리듯 어깨를 두드리며 바라가 웃었다. 너도 이만 웃어, 라는 말 대신 미소를 거두지 않고 아무렇지도 않게, 전혀 중요한 비밀은 아니라는 듯이 이야기를 시작했다.

"내가 아주아주 어렸을 적이야. 요만 했어."

"응."

입을 벌리지 않고 짧게 대꾸했을 뿐인데 바라는 만족스런 표정으로 활짝 웃었다. 그리고 이제 괜찮지? 하고 묻듯이 고개를 옆으로 기울여 보였다. 그러자 나는 그만 모든 것이 괜찮아져 버렸다.

"글자를 깨우쳐 그림책을 한참 읽어대던 즈음이니까, 아마 세 돌 무렵? 아니다. 더 어렸나?"

"세 살인데 책을 읽었어?"

"그럼?"

"와아, 공바라 천재님."

"어머, 넌 아니었니?"

바라는 눈을 크게 뜨고 나를 보았다. 마치 그 나이에 글자를 깨우치지 못했다는 소리가 믿을 수 없는 거짓말인 것처럼. 나는 웃음을 터뜨렸다. 그래, 천재 공바라.

"좋아, 그렇다 치고 말해 봐."

"약속해."

"뭘?"

바라는 내게서 물러서더니 천천히 움직여 창틀에 걸터앉았다. 책상 한 줄을 사이에 두고서 조용한 음성으로 말하였다.

"현도."

"응."

"듣기만 해줘."

"응."

"언제나 넌 듣기만 하는데. 괜한 소리지?"

"응."

"그래, 그럼 이제부터 나 혼자 떠들 거야."

바라는 창밖으로 비스듬히 시선을 돌렸다.

"그러니까 묻지도 말고, 확인도 말아."

바라가 똑바로 나를 쳐다보았다.

"약속해 줘. 여기에 관해서는 다시는 이야기를 꺼내지 않는다고. 그 어떤 것에 대해서도."

"약속해."

바라의 불로초 같은 눈동자가 내 얼굴을 완전히 담았다. 그 눈 속에 들어간 채로 나는 단 한 번도 되묻는 일 없이, 그저 조용히 바라의 비밀 이야기를 들었다.

어느 날 아침이었어. 엄마는 레인지 앞에 서서 스크램블드에그를 요리하고 있었지. 나는 주방으로 들어서면서 고소한 냄새를 깊이 들이마셨어.

아빠는 출장 중이었어. 아니었다면 아빠가 나를 안고서 엄마에게로 갔을 테니까. 열어놓은 창문에서 뽀로롱 새소리가 났어. 나는 잘 때면 꼭 끌어안아야만 했던 블랭킷을 질질 끌며 엄마에게로 갔어. 엄마의 포근포근한 향을 맡으려 팔을 크게 벌렸어.

"잠시만."

엄마가 레인지 불을 끄고는 나를 번쩍 안아주었지.

"우리 바라, 잘 잤어?"

"네, 엄마."

난 창밖을 가리켰어. 새를 보고 싶었기 때문이야. 엄마가 창가로 나를 안고 갔지.

"우리 바라, 좋은 꿈 꿨어요?"

엄마가 물었어. 엄마는 종종 같은 질문을 하곤 했거든.

난 여느 때처럼 답하였어.

"꿈은 언제나 좋아요."

엄마가 안심이 되는 듯 활짝 웃었어. 새는 보이지 않았지만 뾰로롱 소리는 한 번 더 들렸어. 나는 창밖으로 손을 내밀었어. 엄마가 위험해, 하며 나를 꼭 끌어안았어.

"엄마는 좋은 꿈 꿨어요?"

내가 흉내 내어 물었어. 엄마가 나지막하게 웃었지.

"엄마는 꿈을 꾸기 싫단다."

"왜요?"

"꿈을 꾸면 수면에 방해가 되니까? 그래서 엄마는 잠들기 전에 음악을 들어."

"아, 그 노래?"

"응, 〈보리수〉라는 곡이야. 들으면 꿈을 꾸지 않을 수 있어."

엄마가 나에게 다시 물었어.

"그런데 수면에 방해가 된다는 말이 무슨 뜻인지 알겠어?"

난 고개를 저었어.

"꿈을 꾸면, 잠을 자면서도 계속 깨어 있는 상태와 비슷하거든. 꿈을 꾸는 동안, 뇌에서 파동이 춤을 춰. 그러니까 내내 춤을 추면서 자는 것과 같아."

"나는요, 엄마."

난 엄마한테서 내려와 식탁에 앉아서, 엄마가 미리 따라놓은 우유를 마셨어.

"꿈이 정말 좋아요. 그런데 요즘은 조금 싫어졌어요."

왜? 라고 묻는 엄마의 얼굴에 긴장감이 스쳤어. 나는 입을 다물었어. 엄마가 표정을 부드럽게 바꾸고는 장난을 치듯이 밝은 목소리를 만들었어. 내 옆구리를 간질였어.

"우리 바라, 무서운 꿈 꾸는구나, 쑥쑥 자라려고 그래. 아님 동화책에서 봤던 마녀가 나와? 그럴 땐 엄마 엄마 엄마, 꿈속에서 세 번만 불러. 마녀가 사라질 테니까."

엄마는 내 입가에 묻은 우윳자국을 닦아주고, 레인지로 다가가 프라이팬에서 스크램블드에그를 접시에 덜어 손부채질로 식혔어.

"엄마, 동화책 마녀는 나오지 않아요."

"그래, 다행이구나."

"그런데요, 난 꿈을 꾸고 싶지 않아요."

"응?"

엄마가 스크램블드에그 접시를 들고서 손부채질을 계속하며 물었어.

"내 꿈은요. 동화책 뒷부분 같아요. 미리 알면 재미없잖아요."

쨍그랑, 요란하게 소리를 내며 접시가 바닥으로 떨어졌어. 엄마가 서둘러 접시 조각을 치우려다가 앗, 소리를 내었어.

엄마는 깨어진 접시 조각에 벤 손가락을 입에 넣고서 조금 떨어진 식탁에 앉은 나를 쳐다보았어.

"동화책이 나오는 건 아니고요."

난 굳어진 엄마의 표정을 살피며 변명하였어.

"마녀가 나오는 동화책 뒷이야기가 아니에요. 내가 주인공인 동화가 있다면 말이에요, 내 꿈은 아직 읽기 전 이야기예요."

엄마가 급한 걸음으로 다가와서 나를 끌어안았어.

"바라야, 바라야."

엄마의 입에서 뜨거운 숨이 나와 내 머리를 데웠어. 내 뺨에 엄마의 더운 눈물이 닿았어.

"바라야, 네가 주인공인 동화책 이야기는 엄마랑 바라만 알자."

"네."

나는 순순히 답했어.

"바라야, 엄마도 비밀을 알려줄게. 엄마는 엄마가 주인공인 동화책 꿈을 꿔. 그러니까 우리 둘, 우리 둘만이 비밀을 가지자. 응?"

나는 여태껏 바라와 바라 엄마, 진명주의 비밀을 약속대로 단 한 번도 입 밖에 올린 적이 없다. 농담으로라도 바라에게 어떤 꿈을 꾸었냐 물은 적도 없었다. 스님은 바라의 예지몽을 알고 계시는 걸까.

"바라는, 이런 미래를 알고 있었을까요?"

나는 가라앉은 목소리로 스님께 여쭈었다.

"어느 정도는 짐작했겠지."

"늦가을에 이곳에 왔다 하셨습니까? 가을 무렵부터 바라는 변했습니다. 나를 피하고 내게서 도망치려 했습니다."

"널 보호하고 싶었을 게야."

"바라한테 화가 났습니다. 그래서, 그날 만나자는 시각에……."

나는 주먹을 쥐어 심장 부근을 텅텅 소리가 나도록 두드렸다.

"그래서, 제가 그 시각에 가지 않았습니다. 너도 조금은 나를 애달파해 달라, 기다려달라 투정 부리고 싶었습니다."

나는 팔을 들어 얼굴을 가리고 몸을 앞으로 숙였다.

"네 탓이 아니야."

"돌릴 수만 있다면, 돌릴 수만 있다면……. 스님, 제가 그 시간을 돌릴 수만 있다면……."

누구에게도 고백하지 못하였다.

바라의 죽음은 내 탓이다.

그리하여 바라는 내 속에 무덤을 만들었다.

"이리 온."

한참을 엎드려 있던 나에게 스님의 음성이 들렸다. 나는 비틀거리며 자리에서 일어서 스님이 앉아 계신 곳으로 다가갔다. 무릎을 꿇고 앉은 나에게 스님이 자그마한 주머니를 내밀었다. 신도들이 염주를 넣어 들고 다니는 용도로 주로 쓰는 평범한 회색 파우치였다. 천에 자그맣게 수놓아진 연꽃을 바라보며 염주나 불경을 선물로 주시는 건가 짐작하였다.

"고맙습니다. 스님."

두 손을 내밀고 머리를 숙여 주머니를 받았다.

"바라가 맡긴 물건이야."

"어떤……?"

"무엇인지 나는 몰라. 보리수 메일을 보내어 네가 오늘 찾아오면 전해주라고만 하였어. 오지 않으면 더 좋겠다고도 말하였지."

"이해할 수가 없습니다."

"바라는 네가 이 물건을 받아갈 일이 없기를, 자신을 완전히 잊어버리길 원했어."

"절대로 그럴 일은 없습니다."

스님이 의미를 짐작하기 어려운 눈빛으로 나를 바라보았다.

"무량원겁즉일념(無量遠劫卽一念)이고 일념즉시무량겁(一念卽是無量劫)이라. 한순간의 생각이 무량겁을 이루고 무량겁의 세월이 찰나의 일념이니, 펼치면 무량겁이요 접으면 찰나라 시공을 초월하여 무량겁 또한 흔적 없으니. 모든 것이 인연 따라 모이고 흩어지는 법인데, 현도야, 너무 집착하지 말아라."

나는 스님이 주시는 말씀의 뜻을 다 새길 길이 없어 다만 합장하고 바라의 선물을 품에 안을 따름이었다.

매직 스피어

절에서 돌아오는 동안 바라가 내게 남겼다는 물건을 가슴에 줄곧 품고 있었다. 집에 도착하여 책상 위에 회색 주머니를 조심스레 올려두었다. 책상 앞에 허리를 펴고 반듯하게 앉아 벽에 붙여둔 「화엄일승법계도」와 바라의 목걸이를 번갈아 보았다.

눈을 감고서 나에게 물건을 전해달라 부탁하는 바라를 상상하였다. 내가 이 물건을 받지 않길 원한다는 바라의 마음을 이해하려 하였다.

바라가 13년이나 지난 2015년 7월 23일이라는 날짜까지 지정하며 내게 전하고 싶었던 메시지는 무엇이었을까. 차라리 받지 않았으면 했다는 물건을 내가 받았다면, 내 의지와 집착은 바라가 원하지 않는 결과를 초래하는 것이리라. 하지만 바라는, 아마도 나를,

내 의지와 집착을 예상했을 터이다. 내가 보리수 한 단어에 기어이 한밤중에 사찰을 찾아가리라는 것도. 그렇다면, 지금 이 시각이 바라가 물건을 확인하길 원했던 시각이다. 7월 24일이 시작되는 무렵, 축시(丑時). 사람의 염력이 가장 강한 힘을 발휘한다는 시간. 나는 바라에게 참회의 기도를 하는 마음으로 회색 주머니를 열었다.

물건은 두 가지였다. 하나는 손바닥 크기만 한 얇은 직육면체였다. 세 겹의 포장을 벗기고, 나온 물건에 나는 조금 당황하였다. 그것은 모델명은 알 수 없지만, 최신 스마트폰이라기엔 디자인이 허술하고, 2G폰이라기엔 화면이 큰 핸드폰이었다.

열아홉의 공바라는 핸드폰이 없는 내게 마음이 쓰였던 걸까. 과하게 긴장했구나, 조금 허탈한 웃음이 나왔다. 핸드폰을 손에 들고서 이리저리 살펴보았다. 암만 살펴도 배터리를 충전하는 잭을 연결하는 부분이 보이지 않았다. 매끈한 외양 상측에 작은 버튼 하나, 이어폰 구멍이 있을 뿐이었다.

좀 편안해진 마음으로 다른 물건의 포장을 열었다. 얼핏 보면 사이즈가 큰 수영모처럼 보이는 물건이었다. 검은색 모자의 내부, 두피와 닿는 면에는 징그러울 만큼 촘촘한 간격으로 작은 은색 볼이 빼곡히 박혀 있었다. 모자의 아래로는 전선이 연결되어 있고 전선의 끝에 이어진 잭은 핸드폰의 구멍에 꼭 맞았다.

어쩌면 이 물건은 핸드폰이 아니라 뇌파를 측정하는 전극기와 증폭기가 아닌가 하는 생각이 들었다. 14년 동안 방전되지 않고 파워가 남아 있을 리는 없겠지만, 나는 전원으로 추측되는 버튼을 눌렀다. 놀랍게도 화면에 불이 들어왔다.

홈 스크린에는 작은 아이콘이 단 두 개만 떠 있다. 편지 모양과 회오리를 품은 물방울 모양의 아이콘 중에 난, 편지 모양의 아이콘을 눌렀다. 원자핵 모양이 빙그르르 돌아가더니 메모장처럼 저장된 파일의 제목이 나타났다. 문서는 두 개였다.

〈바라에게〉

〈현도에게〉

나에게 보내는 메시지 파일을 클릭하자 암호 입력창 아래로 자그마한 자판이 나타났다. 나는 망설이지 않고 비밀번호를 입력하였다.

730KBR.

바라가 보내는 편지이다. 난 떨리는 입술을 깨물었다.

꿈을 꾸지 않는 너에게,

특별한 꿈을 선물할게.

되돌아가고 싶은 시공간으로 접속하는 꿈.

나는 잠시 고민했어. 네가 우연히 찾아온 마법 정도라고 설득될 수는 없을까 하고. 그렇다면 나는 어려운 설명을 수고로이 하는 대신, 조금 더 감성적인 연애편지를 쓸 수 있지 않을까 하고 말이야.

그런데, 나에겐 연애편지가 더 어렵더라. 미안해, 넌 이상적이고 멋진 남자 친구이지만, 난 아무래도 이상적인 여자 친구는 아니잖아. 비정상에 가까운 괴상한 아이라고 꺼려하지 않아서 다행일 만큼.

아무튼 한숨 열 번도 더 쉬고, 스무 자도 못 썼어. 썼다 지웠다도 아니고 아예 쓰질 못하니, 연애편지는 너무 어려워서 포기야. 그러니 나에게 남은 선택권은 안 쓰거나 설명하거나인데, 안 쓰는 것보다야 설명하는 편이 낫겠지.

네가 내 말을 의심 없이 믿는다면 내 설명은 좀 더 간단해지겠지만, 분명히 내가 아는 장현도라면, 우연히 찾아온 마법에 흥분하기는커녕, 최대한의 이성과 지력을 발휘해 나의 말을 논리적으로 따져 보려 할 테지.

어쩌면 작은 기계의 내부 구조나 작동 원리를 밝히려 분해하려 들지도 몰라. 부디, 분해하지는 않길 바라. 정확한 답은 아니지만 기계는 작은 양자컴퓨터 정도로 받아들여. 실리콘 반도체와 다르게 양자들의 회로소자는 원자의 크기보다 작아. 하이젠베르크의 불확정성의 원리가 적용되는 양자컴퓨터는 기존 컴퓨터가 인식하는 0 혹은 1의 이진법의 패러다임을 완전히 넘어선 것이야. 0과 1의 사이의 큐빗의 개념이 들어가니까.

이 기계 개발의 역사는 오래전으로 거슬러 올라가야 해. 개발의 역사 일부에 내 엄마가 있어. 초등학교 때 미국으로 가게 된 엄마는 십 대 중반에 공학대학에 입학하였고, 20세 무렵부터 프로젝트 개발에 본격적으로 투입되었어.

기밀에 기밀로 옥죄는 프로젝트와 엄마는 그다지 잘 맞는 편이 아니었을 거야. 나처럼 구속을 못 견뎌하는 성격이니까. 그리고, 엄마는 한국이 그리웠나 봐. 미국에서 보장하던 모든 것을 버리고, 한국으로 나왔어.

엄마는 1년 정도 한국에 있는 대학에서 연구도 하고 글도 쓰면서 보내던 시절에 아빠를 만났어. 그러던 중, 엄마에게 사고가 일어났고 엄마는 다시 미국으로 돌아가서 치료를 받은 후 예전의 생활로 돌아갔어. 유학 온 아빠와 재회하여 결혼식도 하고 나를 낳기도 했지.

엄마는 미국으로 돌아간 이후로 꽤 긴 시간 동안 프로젝트에 매달렸어. 프로젝트에 엄마가 꼭 필요했던 까닭은 엄마의 공학적 지식이나 높은 지능 때문만은 아니었어. 꿈을 통해 시공간을 워프하여 연결시키는 능력은 연구 개발에 필수적인 부분이었어. 그 분야에서 엄마의 능력은 가장 정확하고 뛰어났으니까. 대체 불가능한 인력 자원이었지.

수십 년 전, 아인슈타인과 양자론자 간의 논쟁으로 촉발된 EPR 얽힘의 실험은 많은 사람들에게 시공간의 이동에 대한 염원을 자극했어. 양자적 공간 이동 실험은 이미 증명되었지만, 무거운 질량을 가진 사람을 통째로 시공간을 거슬러 옮기는 방법은 불가능에 가까웠어.

'불가능이라 증명된 적이 없으니 가능하다'라는 양자 이론의 대전제 하에서조차 회의적이었지. 발상의 전환은 힌두 철학에서 아이디어를 빌려오면서부터야.

우주들이 끝없이 중첩된다는 계층 우주(hierachy of universes) 개념은 뉴턴의 중력 법칙이 적용되지 않는 소립자 안에도 우주가 있다는 아이디어로 연결돼.

일미진중함시방(一微塵中含十方), 일체진중여역시(一切塵中亦如是).

티끌이 우주이고 우주가 티끌이라는 석가모니의 깨우침은 다만 시비를 분별하는 업식 속에 형성된 허상을 버려야 우주와 합일의 경지에 도달한다는 것이야.

실체란 정해지지 않고 인연 따라 끊임없이 변한다는 불수자성수연성(不守自性隨緣成).

우주와 합일에 대한 깨우침을 담은 불교 철학이 믿는 대로, 질량을 가진 인간의 몸체가 실상 아무것도 아닌 인식의 상태일 뿐이라면 인간의 몸을 이동시킬 필요는 없었어. 인간의 정신, 염력, 뇌파를 매개로 한 이동에 관해 긴 연구가 진행되었지. 양자역학의 존 휠러의 믿음, 모든 물리적 실체들은 순수한 정보로 전환될 수 있다는 주장도 일맥상통하는 면이 있었어.

정보는 결코 손실되지 않는다는 양자역학의 원리를 토대로 염력을 통한 정보의 전달과 복사를 목표로 하는 미국 정부의 개발 프로젝트는 코드명으로 불렸지만, 나는 이 작고 검은 기계를 '매직 스피어'라 이름 지었어. 마법처럼 신비롭고 마법처럼 사람을 끌어들이는, 금기의 기계.

이제 매직 스피어의 작동 원리에 대해 이야기할게.

결맞음의 우주를 기억한다면, 논리는 간단해. 매직 스피어는 라디오 주파수를 맞추듯 과거의 네가 있는 우주와 뇌파를 맞추는 장치야. 너는 편안히 잠들어 꿈을 꾸면 돼. 과거의 너를 꿈속에서 만날 테고, 과거의 너는 꿈속에서 현재의 너와 접속할 테니까.

기실, 과거 현재 미래라는 시간적 구분은 아주 무의미해. 우주에선 모두 무한한 우주 중에 하나일 뿐이야. 구세십세호상즉, 중중무진으로 연결되어 차원이 다른 시간들이 영원이라는 시간으로 묶여 있어. 거대 우주적 연결망에서 각 개체는 유일하게 움직이는 존재가 될 수 없어.

꿈으로 접속된 과거의 너와 또 다른 너는 파동함수로 연결되어 마치 양자적으로 얽힌 한 쌍의 입자처럼 같은 파동으로 움직일 거야. 다르게 이야기하면, 원거리로 떨어진 뉴런 신경 시냅스가 전파 신호를 주고받듯이 파동함수를 공유하고, 증폭된 뇌의 파동을 통해 정보가 복사되겠지.[*]

자각몽을 꾸는 동안 뇌파의 극단적 움직임이 빛보다 빠르게 정보를 전달하고 복사시킬 수 있어. 또한 매직 스피어는 기존의 컴퓨터로는 우주의 수명의 몇 배나 걸려야 할 일을 순식간에 해낼 수 있어. 양자 회로를 통해 주파수를 맞출 수 있고 무한대에 가까운 소립자의 정보를 정확하게 계산할 수 있으니까.

---

[*] 하이젠베르크의 불확정성의 원리에 대한 개념 및 양자컴퓨터에 대한 설명은 『평행우주』(미치오 카쿠) 및 여러 자료를 참조하였다. 시냅스에 대한 아이디어는 칼 세이건의 『코스모스』에서 얻었음을 밝힌다.

금기의 기계, 매직 스피어 프로젝트는 서류상으로 십 년도 전에 파기되었어. 파기된 프로젝트를 비밀리에 후원받아 지속시키던 사람들이 있었을 뿐이야. 아직까지, 매직 스피어는 공식적으로 탄생한 적이 없는 기계이며, 역사 속에서 사라졌던 황당한 프로젝트 중 하나야.

미 정부는 매직 스피어 프로젝트를 파기하고 자원 전체를 양자컴퓨터 개발에 쏟았어. 양자컴퓨터는 철저한 보안 속에 개발되어 존재해. 상용화가 된다면 전 세계적 보안 시스템을 비롯한 전자 통신, IT 분야가 혼란에 빠지기 때문에 지금은 공개할 수 없을 뿐이야. 하지만, 매직 스피어로 양자컴퓨터가 구현되었다는 사실은 정보국조차 확인할 길이 없을 거야. 확인했다면, 이건 네 손에 있지 않을 테니까.

역사가 늘 그렇듯이 매직 스피어 개발 역사에 미치는 개인의 영향은 수만 피스의 퍼즐의 한 조각처럼 극히 제한적이었지만, 개인에게 가해지는 역사의 무게는 폭력적이었어. 개발과 획득 모두 그러했어. 엄마의 인생이 그러했고, 아빠도, 아마 나도, 어쩌면 너에게도 매직 스피어의 역사는 버티기 어려울 만큼 폭력적일 거야.

우리 가족에게 매직 스피어는 저주에 가까웠어. 네가 매직 스피어를 모른 채 살기를 바라지만, 네가 이 글을 읽는다는 것은 너의 인생이 나로 인해, 몹시도 고통스러웠다는 말이겠지.

현도야.

어떤 일이 벌어졌든 네 탓이 아니야.

나 때문에 고통스러워하지 마. 오히려 내 잘못이야. 내 욕심이 너를 망가뜨렸어.

나에게 너는 피할 수 없는 매직 스피어였으니까.

너를 꿈꿀 때만, 나는 미래를 가늠할 수가 없었어. 마치 너는, 갈래갈래 수없이 나뉘지는 뒷이야기를 가진 동화책 같았어. 그래서 자꾸만 불길함을 지우고 애써 괜찮으리라 최면하며 너에게로 끌려갔어.

아직도 나에게 너는 오픈 엔딩이야.

매직 스피어를 사용하면, 네가 인식하는 부분은 극히 적어. 워프의 충격이나 워프 상태인 것조차 쉽게 눈치채지 못할 거야. 너는 다만 과거의 네가 등장하는 자각몽을 꾸게 돼. 자각몽을 꾸는 동안은 네가 직접적으로 과거의 너의 행동과 결정에 주도권을 쥘 수 있어. 그 외, 미래의 네가 과거의 너에게 접속하여 미친 영향은 모두 잠재의식으로 남겠지. 장기적으로 남겨진 잠재의식이 과거의 너를 서서히 바꿀 수도 있어.

네가 꿈에서 깨어나면, 짧은 꿈이었다고 생각할 거야. 그리고 곧 긴 꿈을 꾸었음을 알게 되겠지.

매직 스피어를 통해서 갈 수 있는 꿈은, 오직 한 번이어야 해.

나로 인해 네가 겪었을 비틀린 시간들을 바로잡고 싶어.

단 한 번의 꿈으로, 나를 모르는 너로 돌아가.

나를 모르는 채로 살아.

그래야만, 네 미래가 손상되지 않아.

나는 바라의 메모를 단숨에 읽었다. 그리고 나서 목이 조일 듯한 흥분감을 가라앉히며 처음부터 찬찬히 또 읽었다. 다시 처음부터 한 줄 한 줄 읽고, 마지막 줄을 읽은 후 첫 줄로 돌아갔다. 그러기를 수차례 반복하며 모든 자간과 행간, 그리고 바라가 적지 않은 부분까지 읽어내고자 하였다. 그러면서 바라의 부모님을 떠올렸다.

매직 스피어가 가한 폭력이라는 것은 바라 가족에게 일어난 비극을 말하는 것이리라. 남편에게 살해당한 천재 공학박사, 아내를 살해한 전도유망한 기업인이자 공학박사, 단 한 번도 그 사실을 인정하지 않았던 그들의 특별한 아이, 바라.

"아빠는 모든 것을 다 제대로 돌려놓을 수 있다고 하셨어."

매직 스피어와 관련된 확신이었을까.

〈바라에게〉라는 이름의 파일은 열 수 없었다. 추측건대, 바라의 부모님 중 한 분, 아마도 어머니가 바라에게 매직 스피어를 주면서 남긴 메시지일 것이라는 생각이 들었다.

바라는 매직 스피어를 사용했을까.

바라든 바라의 부모님이든 매직 스피어를 이미 사용했다면 왜 비극을 돌릴 수 없었을까.

나는 조금 더 시간을 거슬러 올라 파악해 보고자 하였다. 매직 스피어가 왜 이 가족의 손에 들어온 걸까. 셋 다 매직 스피어의 존

재를 알고 있었고 적어도 한 사람, 혹은 두 사람은 매직 스피어의
완성과 획득에 직접적인 역할을 했을 것이다. 대체 누가 무슨 이유
로 매직 스피어를 탐하였을까.

바라의 글에서 매직 스피어의 주체는 바라의 어머니, 진명주이
다. 바라를 통해 들었던 어머니는 세속적 명예나 부에 크게 영향받
지 않는 사람이었다. 바라처럼, 타고난 특이성을 곤혹스러워할지언
정, 그것을 이용해 세속적 가치로 평가되는 우위를 획득하려는 욕
망은 부족한 사람이었다.

진명주는 바라처럼 우주와 불교 철학에 심취하였을 뿐이다. 도
대체 위험을 무릅쓰고 바라의 어머니가 매직 스피어에 집착할 만
한 부족함은 무엇이었을까. 부모님을 비행기 사고로 잃은 아픔이
었을까.

나는 고개를 저었다. 진명주가 부모의 죽음을 되돌리기 위해 매
직 스피어를 무리하게 획득했다는 가정은 모순이다. 당시 열 살이
었던 진명주는 비행기 사고를 정확히 예견하였다고 들었다. 매직
스피어로 과거의 자신에게 접속을 한다 하더라도 미래가 달라지긴
어렵다.

당시 한국 정보부에서 근무하던 진명주의 부모는 아직 그녀의
능력을 인지하지 못하고 있었다. 2년간 해외 공관 파견 근무를 위
해 출국하던 길이었다. 진명주는 비행기에 대한 거부감을 계속 말
했지만, 부모는 아이다운 낯섦에 대한 공포감이라 여겨 대수롭지
않게 넘겼다.

결국 이륙 직전 비행기 안에서 진명주는 경기를 일으켰다. 하지만 공무 수행을 늦출 수 없었던 진명주의 부모는 신참 직원에게 진명주를 부탁하고 비행기에 탑승하였고, 진명주의 예견대로 사고를 당했다.

나중에서야 알게 된 사실이지만, 그 직원이 정철우 의원이었다. 정철우 의원은 진명주의 비범함을 키워줄 수 있는 미국 유학 역시 권유하고 후원하였다. 진명주가 한국에서 잠시 방황하던 시간 외에, 두 사람은 삼촌과 조카 사이처럼 각별하였다고 한다.

아무리 되짚어보아도 도저히 진명주와 매직 스피어에 대한 그녀의 집착을 연결시킬 수가 없다.

집착이 낳은 비극, 매직 스피어로도 바로잡을 수 없었던 가족의 비극, 매직 스피어가 초래했던 가족의 비극.

바라는 개발의 역사가 어머니의 인생에 폭력을 가하였다고 하였다. 무슨 뜻일까. 개발 프로젝트 진행 중 진명주에게 어떤 일이 일어났던 걸까.

바라가 마지막으로 남긴 말을 다시 천천히 읽고, 눈을 감았다.

매직 스피어를 통해서 갈 수 있는 단 한 번의 꿈으로, 나를 모르는 너로 돌아가.

그래야만, 네 미래가 손상되지 않아.

나는 망설이지 않는다.

오직 한 번이라면 더욱 그러하다.

되돌아가고 싶은 시공간으로, 과거의 너에게로, 과거의 네 꿈속으로.

수만 번도, 수십만 번도 더 후회하고 염원하였던 그 시간, 그 장소.

나는 두렵지 않다. 양자 이론을 바탕으로 한 현대물리학의 기적이거나, 다만 내게 주어진 마법이거나, 혹은 악마의 주술이라 할지라도 상관없었다. 나의 인생의 시계에 마지막은 2015년 9월 14일 새벽 6시로 맞춰져 있다.

카운트다운 하는 삶이 두어 달 빨리 종료된다 할지라도 아쉽지 않다. 바라가 보낸 메시지라면, 기꺼이 바라 속에서 죽을 수 있다. 단 한 번, 선명한 꿈속에서 바라를 만나고 바라를 살릴 수만 있다면……. 매직 스피어의 저주는 더없이 달콤하다.

전극이 장착된 특수 헤드캡을 쓰고 매직 스피어에 연결하였다. 남은 하나의 아이콘을 클릭하였다. 소립자를 확대한 것 같은 우주 속에 회오리가 빙글빙글 돌아갔다. 곧이어 떠오른 화면은 붉은 미로이다.

아, 이것이었나. 마지막에 내게 전하고 싶었던 말과 물건이, 이것이었나.

나는 눈가가 붉어진다. 그날 바라가 지녔던 목걸이의 펜던트를 화면에 가까이 대었다. 「화엄일승법계도」가 서서히 사라졌다. 그림이 사라진 자리에 마치 기념 일자를 입력하듯 단순한 형태로 연도와 날짜를 입력하는 공란이 나왔다. 기본으로 세팅되어 있는 날짜는 2015년 9월 14일이다. 바라가 또, 그 날짜를 각인시킨다. 나는 문득 소리 내어 웃는다.

걱정 마.

공바라, 너를 만나러 갈게.

하단에 팝업된 자판을 이용하여 새로운 숫자를 입력하였다.

2002. 11. 01.

시작 버튼을 누르자 화면 속의 붉은 미로가 빙그르르 회전하였다. 나는 매직 스피어를 가슴에 안고, 매트 위에 누웠다. 아무래도 좋다. 오작동으로 감전사하더라도, 바라를 만나는 꿈만 꿀 수 있다면 족하다.

강원도는 겨울이 빨리 오고 늦게 간다. 올해 겨울은 유달리 빠르다. 10월 말부터 날씨는 벌써 대기를 얼릴 듯이 차다.

강원도의 겨울에 워낙 숙달이 된지라, 가만히 서 있자면 견딜 만하지만, 맞바람을 안고 자전거의 페달을 전속력으로 밟고 있는 지금, 숨을 들이켤 때마다 작은 얼음 알갱이들이 콧속으로 들어와 기도에 알알이 박히는 느낌이다.

바라가 거의 한 달 만에, 나에게 메시지를 보냈다. 바라는 그날도 결석이었지만, 내가 등교하기 전, 내 자리에 쪽지를 두고 갔다.

'할 말이 있어.'

새벽에 교실에서 만나는 것은 수능을 두 달여 앞두었을 때부터 여의치 않았다. 새벽 등교를 하는 아이들이 늘어났기 때문이다. 바라와 나는 자율 학습이 끝난 후, 바라의 집 근처에서 만나야만 했다.

바라가 슬며시 놓아둔 쪽지를 본 순간, 나는 더없이 기쁘면서 동시에 몹시 화가 나는 양가감정에 빠졌다. 기쁘기 때문에 화가 났다. 고작 쪽지 한 장에 기뻐하는 내가 무력하고, 바라만 갈급하는 내 감정이 하찮게 느껴졌다.

자율 학습 시간이 조금씩 흘러갈수록 나는 비어 있는 바라의 자리를 확인하며 설명할 수 없는 불안감을 느꼈다. 꿈을 꾸고 있는 것도 아닌데 마치 생생한 꿈처럼 약속 장소에서 바라가 검은색 승합차에 납치되는 장면이 선명하게 떠올랐다. 나는 재수 없는 상상을 지우려 세수를 하였지만 소용없었다. 결국 자율 학습 시간을 다 채우지 못하고 자리에서 일어섰다.

바라를 만나러 가는 내내 나는 힘을 다해 자전거 페달을 밟았다. 깊은 의식의 내면에서 누군가가 서둘러, 서둘러야 해, 하고 끝없이 외치는 것만 같았다. 바라의 신변에 위협이 존재함이 마치 기정사실처럼 느껴졌다. 서둘러서 바라를 만나 그녀를 안전한 곳으로 피신시켜야 한다고 본능처럼 자연스럽게, 나의 머릿속 어딘가로부터 끊임없이 신호가 전달되었다.

슉슉, 소리를 내면서 자전거 바퀴가 빠르게 굴러갔다. 멀리 바라의 모습이 보인다. 바라는 하늘만 쳐다보고 있다. 대기권 너머 우주와 대화하는 중이겠지. 바라를 발견하자 심장박동수가 비정상적으로 높아졌다. 불안과 초조함이 극에 달하였다.

이유를 알 수 없어 곤혹스러워하면서도 나는 다리 근육이 호소하는 지독한 통증도 잊은 채 바라를 향해 전속력으로 달려갔다. 찌릭, 자전거의 경보음을 듣고서 바라가 고개를 돌려 나에게 시선을 주었다.

난 자전거를 내팽개치다시피 하며 내려섰다. 자전거가 요란한 소리를 내며 옆으로 쓰러졌다. 왜, 라고 묻는 바라를 껴안았다. 왈칵 눈물이 솟았다. 이유를 알 수가 없다.

대체 왜, 내가 울고 있는 걸까.

바라가 무언가 말하려 하였지만, 나는 서둘러 바라를 자전거 뒤에 태우고 그곳을 빠져나왔다.

"왜 그래?"

바라가 허리를 안고서 조그맣게 물었다.

"모르겠어."

바라는 다만 고개를 끄덕일 뿐, 더 이상 아무것도 묻지 않았다. 평소라면 인적이 드문 곳에서 바라가 좋아하는 별을 보면서 이야기를 나누었겠지만, 오늘은 환하게 불이 켜진 24시간 편의점으로 들어갔다. 손을 델 만큼 뜨겁게 덥혀진 캔 커피를 하나씩 골랐다.

"배고파?"

나는 바라가 김이 올라오는 호빵을 쳐다보는 것을 놓치지 않았다.

"저녁 안 먹었구나."

캔 커피와 같이 팥소를 채운 호빵 하나와, 만두소를 채운 호빵 하나의 값을 계산하였다. 우리는 기다란 스탠드 테이블 앞에 나란히 섰다. 바라는 팥소를 채운 호빵을 반으로 갈라 나에게 내밀었다.

"배고프다며."

"반씩 먹자. 난 팥도 먹고 싶고 만두도 먹고 싶어."

"두 개 다 먹어."

나는 만두소를 채운 호빵을 바라 앞에 두었다.

"아니, 똑같이 나눠 먹어."

바라가 나머지 호빵을 똑같이 나누었다. 각각 반으로 나뉜 호빵을 하나처럼 붙여 내밀었다. 바라와 나는 팥호빵을 동시에 크게 베어 물었다.

후아 후아 후아, 입을 벌리고 뜨거운 김을 뿜어냈다. 포근하고 달고 뜨거웠다. 몸이 순식간에 뜨끈하게 덥혀졌다. 두 사람 모두 만두소를 채운 호빵도 순식간에 먹어치웠다. 정신없이 호빵을 입으로 쑤셔 넣으면서도, 나는 호빵을 먹는 바라를 자꾸만 확인하고 싶은 충동이 들었다. 보고 있으면서도 보고 싶고, 손을 잡고 있으면서도 바라의 손이 맞는지 확인하였다. 그리고 바라의 뺨을 손가락으로 살며시 건드려보았다.

"응?"

바라가 나를 쳐다보았다.

"이상하게도, 자꾸 불안한 기분이 들었어."

"왜?"

"모르겠어. 네가 누군가에게 납치되는 장면이 떠올랐어."

순식간에 바라의 얼굴이 하얗게 질렸다.

"미안, 아니야. 그냥 개꿈 같은 거야."

바라는 여전히 희게 질린 얼굴을 한 채로 억지로 입술 끝을 끌어당겨 웃었다.

"물 가져올게."

정수기에서 받은 따뜻한 물로 입 안을 헹구고, 바라와 나는 뜨거운 캔 커피를 호주머니에 넣고서 편의점을 나왔다.

"이제 뭐 할까."

자전거 페달을 느리게 밟으며 물었다.

"〈보리수〉 듣고 싶어."

바라가 말하였다, 등에 얼굴을 묻고서.

"연습이 덜 되었어도 괜찮아. 가사 틀려도 괜찮아. 오늘 듣고 싶어."

"그래."

나는 이 시간이면 아무도 없을 학교 교정으로 향하였다. 느티나무 아래가 나의 무대였다. 바라가 나무에 등을 기대고 서서 막이 오르기만 기다리고 있다. 나는 독주회를 하는 성악가처럼 긴장하였다. 바라가 조금 웃었다. 신호처럼 나는 심호흡을 하고 노래를 시작하였다.

원곡대로 독일어 가사를 외웠다. 슈베르트가 반했다는 빌헬름 뮐러의 시는 염세적이고도 아름다워 노래를 부르는 동안 저절로 감정이 북받쳤다.

성문 앞 우물가에 보리수 서 있네.

보리수 그늘에서 나는 수없이 단 꿈을 꾸었고

나는 보리수 가지에, 사랑의 밀어를 새겼네.

기쁘나 슬프나 나는 언제나 보리수에 머물렀지.

오늘도 어두운 밤을 지나 방황하였네.

어둠 속에서 나는 두 눈을 감았네.

보리수 가지들이 흔들리며 나에게 속삭였지.

친구여, 내게로 오너라. 내게서 편히 쉬어라.

찬바람이 매섭게 불어와 모자가 바람에 날려도

나는 그대로 있었네.

그곳을 멀리 떠나 오랫동안 헤매어도

여전히 보리수의 속삭임이 들리네.

내게서 편히 쉬어라.

노래가 끝나고 잠시 동안 여운에 몸을 맡겼다. 바라도 움직임이
없었다. 바라의 눈이 물기로 반짝였다. 입을 자그맣게 벌리고, 아
아, 소리 나지 않는 감탄을 하였다.

"상상보다, 더 완벽해."

바라가 관객처럼 박수를 치더니 한 걸음 내게로 다가왔다. 그리

고 고개를 숙여 목에 걸고 있던 목걸이를 빼냈다. 정방형 금빛 펜던트가 달린 목걸이였다.

"엄마가 나한테 줬던 목걸이야. 네게 줄게."

"이걸 왜."

"네가 가지고 있어줘."

바라는 발꿈치를 들어 내 목에 목걸이를 걸어주었다.

"아무에게도 보여주지 마."

나는 교복 타이를 끄집어 내리고 와이셔츠 단추를 풀었다. 가슴 속 깊숙이 목걸이를 넣었다. 바라의 체온으로 데워진 목걸이는 마치 바라의 심장처럼 느껴졌다.

나는 코트 앞섶을 벌리고 추위로 몸을 떠는 바라를 가슴에 안았다.

"내 보리수나무는, 영원히 장현도 너야. 아무리 멀리 떨어져서 오랫동안 헤매어도 나는 여전히 보리수의 속삭임을 들을 테니."

바라가 품속에서 말하였다.

"그 말을 꼭 하고 싶었어. 그러니까, 우린 아무리 멀리 오래 떨어져 있어도, 설령 우주 저편에 있어도 연결되어 있어."

바라가 나에게서 떨어져 나왔다. 바라가 내 재킷을 벌리고 카디건 아래 와이셔츠 위로 손을 올렸다. 그리고 펜던트를 더듬어 찾더니 손바닥을 꼭 붙이고는 말하였다.

"우리 이제, 그만 만나."

나는 뜻밖의 말에 당황하여 입을 반쯤 벌렸다.

"현도야, 이제 우리 다시는 만나지 말자."

"뭐?"

바라가 언젠가는 나를 두고 훌훌 떠나버릴 수 있다는 막연한 불안감은 늘 가지고 있었지만, 오늘 이런 식으로 그럴 수는 없다.

"난 이제 네가 알던 그 집에 머무르지 않아. 짐은 거의 다 처분했어. 여기를 완전히 떠날 거야. 이제 한국엔 돌아오지 않아."

"어디로, 어디로 가는데."

"말해 줄 수 없어."

"바라야."

"나 때문에 네가 위험해질 수 있어."

"왜."

"설명할 수 없어. 그리고, 이미 넌……, 알고 있어."

바라가 가슴에 손을 짚은 채 고개를 숙였다.

"너, 쫓기고 있어? 혹시 빚이 있어? 아버지 때문이야? 왜, 무슨 나쁜 일에 휘말린 거야? 내가 상상했던 개꿈처럼 그래? 무슨 일인데? 우리 경찰서에 가자. 내가 같이 가줄게."

"아니야. 그런 일 전혀 아니야."

바라가 손을 떼고 나에게서 물러서더니 단호하게 말하였다.

"넌 지금 이 순간부터 나, 내 부모님, 우주 이야기, 내게서 들었던 모든 비밀 이야기를 지워야 해. 아니, 공바라를 완전히 지워."

"말도 안 돼. 너는 그런 게 가능하다고 생각해? 내가 너를 지우는 일이?"

"그러니까! ……넌, 왜 매번 어리석은 선택을 하니."

바라는 주먹을 움켜쥐고서, 울먹였다.

"장현도 너 정말, 넌, 왜 내 말을 듣지 않니. 왜 내 말을 듣지 않아?"

바라는 숨을 죽여 흐느끼듯 말하였다.

"내가, 나를 지우라 했잖아. 단 한 번의 기회라고."

"무슨 말인지 모르겠어."

갑자기 머리 전체를 바늘로 찌르는 듯한 두통에 난 머리를 감싸 쥐었다. 강한 현기증으로 세상이 빙글빙글 돌아 눈을 뜰 수가 없었다. 언젠가 꾸었던 꿈인지 겪은 일인지 순간적으로 판단하기 어려운 혼란 상태에 빠졌다.

바라의 납치, 생생한 나의 고통들, 무기력감, 죄책감, 울분과 체념, 절망, 모욕감, 수치, 상실감, 억울함…….

감당하기 버겁도록 많은 감정이 일시에 폭죽처럼 배 속에서 쾅쾅 터지는 것 같았다. 수만 가지 장면들은 와글와글 수천 명이 한꺼번에 내지르는 각기 다른 소리처럼 분간할 수 없었다. 누구인지 어디인지 짐작조차 할 수 없는 장면들은 온통 함부로 구겨둔 지도처럼 제대로 된 정보를 주지 못하고 찰나에 스쳐 사라졌다. 나는 구역질을 느끼며 입을 가렸다. 순간 선명하게 텍스트된 글자가 떠올랐다.

단 한 번의 꿈으로, 나를 모르는 너로 돌아가.

그래야만, 네 미래가 손상되지 않아.

이건 바라의 메시지? 무엇이지? 언제 내게 했던 말이지?

"현도."

바라가 내 어깨를 잡고 흔들었다.

"장현도!"

바라가 뺨을 두드렸다. 아직 얼이 빠져 있는 나를 깨우려는 듯이 양손으로 내 뺨을 감싸 쥐었다.

반복하여 내 뺨을 쓸면서 바라는 주문처럼 중얼거렸다.

"괜찮아, 괜찮아. 아무 일도 없었어."

나는 훅, 덩이처럼 뭉쳐진 숨을 내뱉었다.

"아무것도 떠올리려 하지 마. 넌 괜찮아. 좀 많이 피곤했나 봐. 집에 가서 쉬면 나아질 거야."

나는 고개를 겨우 끄덕였다.

"괜찮아, 분명히 괜찮아져. 그러면 나도 괜찮아."

"응."

"그러니까, 장현도."

바라가 내 눈을 똑바로 쳐다보았다.

"오늘 이후, 나는 너를 결코 두 번 다시 보지 않을 거야. 우연이라도."

"말도 안 돼."

나는 고개를 저으며 바라를 잡았다. 바라가 나를 조용히 뿌리쳤다. 나는 다시 강하게 바라의 팔을 붙잡았다.

"누구 맘대로, 싫어!"

내 목소리가 기어이 높아졌다.

"기다릴게. 너도 기다려! 지금이 아니라면, 그때라도 만나면 되잖아."

바라는 입을 다물었다.

"2015년! 2015년이라고 했잖아! 9월 14일. 엠파이어스테이트 빌딩에서 만나자고 했잖아! 네가 무엇이 되든, 내가 무엇이 되든 가기로 했잖아."

바라는 나를 뿌리치고 스쳐 지났다.

"따라오지 마."

바라는 뒤돌아보지 않고 냉랭하게 말하였다. 나는 한 걸음 뒤쳐져서 바라를 계속 쫓았다. 교정을 나서서 한참 후에야 멈춰 서더니 바라가 말하였다.

"일주일 후에 떠날 거야. 이 동네는 아니겠지만, 그동안 그 누구도 모르는 안전한 곳에서 머무른다고 약속할게."

이 세계, 이곳, 그리고 나

이 세계는 환상일 수도 있고 모든 존재는 꿈에 불과할지도 모르지만 내가 보기에 이들은 너무 현실적이어서 우리가 환상에 현혹되고 있지 않다는 것을 입증하기에 충분하다.

—고트프리트 라이프니츠

눈이 번뜩 떠졌다. 오랜만에 깊은 잠이 들었다. 꿈이 너무 생생하여 나는 바로 자리를 떨치고 일어나지 못하였다. 잠시만, 하며 다시 눈을 감았다. 길고 괴이한 꿈이었다. 꿈속에서 나는 바라가 내게 남긴 매직 스피어라 이름 지은 기계를 받고 열아홉의 나에게로 접속하였다.

꿈속에서 또 꿈을 꾸었다. 자각몽처럼 내 의지대로 꿈속의 내가 움직였다. 그날이었다. 내가 등교하기 전 새벽에 바라가 내 자리에 쪽지를 남겨놓고 간 날. 나는 자율 학습을 한 시간 남겨두고 바라에게로 갔다. 열아홉 살의 바라와 같이 자전거를 타고, 후후 불어가며 뜨거운 호빵을 나눠 먹었다.

누운 채로 손을 펴서 눈앞에 대고는 손가락으로 내 얼굴을 만져보았다. 꿈에서조차 믿어지지 않아 바라의 볼을 훑어봤던 손가락이다.

느티나무 아래에서, 바라에게 〈보리수〉 노래를 바쳤다. 바라의 눈이 물기에 젖어 반짝였다. 내게 목걸이를 걸어주고, 그리고 이별을 고했다. 바라가 마지막으로 매달리는 내게, S대 첫 축제에 초대를 하면 가겠노라 말하였다.

거짓말.

나는 가수면 상태를 유지하며 눈을 감은 채로 축제 기간 내내 혹시나 혹시나 하며 바라를 기다렸던 씁쓸한 기억을 떠올렸다. 의대 장터 앞에서 목을 빼고 오가는 여학생마다 살폈다. 혹여 놓칠까 화장실 가는 시간에도 옆 학번 짝에게 부탁하였다.

"어떤 여자?"

"얼굴이 희고 종아리가 날씬하고. 키가 한 이 정도?"

나는 내 턱 부근을 가리켰다.

"그리고 또?"

"눈 색깔이 특이한데."

"오올? 외국인 사귀어? 백인?"

"아니, 아냐. 머리가 까맣고 눈도 까만, 한국 여자."

"그런데?"

"그런 여자애가 누굴 찾는 눈치면 꼭 내가 올 때까지 붙잡아. 나를 안 찾아도 말이야."

"뭐? 어이, 이런 황당한 주문을 보았나. 아무튼 예쁜 여자는 보면 무조건 다 잡아놓을 테니 걱정 말고 맘 편히 싸고 와."

손을 흔들던 정태의 모습이 생생하다. 화장실에 다녀왔더니, 까만 눈 까만 머리 외에는 하나도 같지 않은 여자 둘을 데리고 있었다.

"우리 의예과 1학년 최고 킹카 왔습니다. 즉석 소개팅 되겠습니다아."

정태의 너스레에 여학생들이 웃었다. 그 여학생 중 한 명과, 정태는 레지던트 3년 차에 결혼하였다. 그땐 설마 그렇게 이어질 인연일 줄 몰랐지. 눈을 감고서 피식 웃다가 나는 번쩍 눈을 떴다.

이건 대체 뭐야, 아직도 자각몽 중인가?

시야에 잡히는 방 구조는 낯설기도 하고 익숙하기도 하다.

길이 든 침대, 책상, 전공 서적을 비롯한 책들이 빼곡히 꽂혀 있는 책꽂이.

나는 천천히 책상으로 다가가 액자를 집어 들었다. 학사모를 쓰고 어머니와 찍은 졸업 사진이다. 학장님도 계신다. 나는 의과대를 수석으로 졸업하였다.

"이렇게 훌륭하게 아드님을 키우시느라 수고하셨습니다."

학장님의 인사에 어머니가 눈시울을 붉히셨다. 어머니는, 작년에 지병으로 돌아가셨다. 내가 작년까지 레지던트로 있었던 대학 병원에서 치료를 받으시며 내내 기꺼워하셨다.

"제 아들이에요."

6인용 병실에서 다른 환자들에게 자랑스레 이야기하던 어머니는 임종을 앞둔 며칠 전까지도 더없이 행복하다, 여한이 없다 하셨다.

나는 머리를 세차게 저었다. 모두 거짓이다. 어머니는 요양 병원에서 쓸쓸히 돌아가셨다. 밀린 병원비 때문에 마지막까지 마음 편히 누워 계시지도 못했다. 그리고 나는 어제, 휴무일인데도 호출당해서 수술을 했던 오더리다. 저녁에 천식과 김 변호사님을 돼지 껍데기집에서 만났다.

두 갈래의 인생이 소용돌이치며 도르륵 말려 하나의 거대한 롤리팝 형태로 변하는 환영이 떠올랐다. 나는 현기증이 일어 머리를 양손으로 감싸 쥐었다. 눈을 감고 생각을 정리해 보려 애를 썼다. 도무지 아무것도 정리되지도, 믿어지지도 않는다.

책상 위에 있는 손때가 묻은 맥북 에어를 열었다. S병원에 출근하면서 스스로에게 준 선물이었다. 2015년 7월 24일. 난 습관적으로 스케줄러를 확인하였다. 내가 지금 해야 할 일은 샤워와 출근이다.

방문을 열고 오랜 반복으로 체화된 대로 샤워실에 들어갔다. 방두 칸짜리 소형 아파트이지만 수압이 좋은 샤워기 헤드에서 더운물이 콸콸 쏟아졌다. 레지던트 3년 차였다. 대출을 끼고 마련한 이 아파트에 처음 들어왔을 때, 어머니는 욕실을 가장 맘에 들어 하셨다. 물살이 좋기도 해라, 샤워기를 몇 번이고 틀었다 멈추었다 하였다. 샤워실에는 샴푸, 컨디셔너, 보디클렌저까지 세트로 나란히 놓여 있다.

충전을 하여 사용하는 전기면도기와 백화점에서나 구입할 수 있는 브랜드 애프터쉐이브로션까지 모든 것이 익숙하지만 동시에 익숙하지 않았다.

나는 드라이어로 머리를 말리고, 옷장을 열어 양복을 입었다. 거울 앞에 둔 지갑을 호주머니에 꽂고 핸드폰을 챙겼다.

S성형외과 원장 장현도.

지갑 속의 명함에 적힌 내 직함에 눈이 뜨거워졌다. 바라가 준 선물이 이토록 생생하고 기나긴 꿈이라면, 하루치만 살아도 족할 만큼 행복하였다.

다만 한 사람, 바라가 없다.

분명 연속적인 자각몽이라면 바라도 내 인생에 존재할 것이다. 하지만 핸드폰 기록에 바라의 연락처는 없다. 내가 지금 기억하지 못하는 바라에 대한 정보가 있다면 옷장 깊숙이 넣어둔 금고일 것이다.

금고의 비밀번호는 730KBR.

나는 와이셔츠 위로 목걸이 펜던트를 확인하였다. 〈보리수〉 노래를 불러주었던 날, 기억 속에 마지막으로 바라를 만난 날, 나에게 걸어주었던 목걸이다.

학교를 다니면서도 하루도 빼놓은 날이 없다. 매일 착용하면서

땀이나 물에 젖어 녹이 슬면 어떡하나 하는 걱정으로 성분을 감정받은 적이 있다. 동네 금은방 사장은 고개를 갸웃거렸다.

"겉은 24K 도금 같은데, 내부는 모르겠네요. 일반적으로 장신구에 사용하는 금속은 아닙니다. 금속인지도 모르겠어요."

호기심에 대학 연구실에 의뢰를 부탁한 적도 있다. 분석화학을 전공하던 박사과정 연구원이 최첨단 거대 장비를 가지고서도 동네 금은방과 비슷한 답을 하였다.

"뭐냐, 이거. 혹시 알아? 상온 초전도체라서 대박일지."

"초전도체? 그게 뭔데요?"

"전기 저항을 0으로 만드는 물질이라 하면 쉬우려나? 전기 손실이 0이라는 말이니 한마디로 마법 같은 물질이지. 걱정이나 기대는 말아. 지금까지 상온 초전도체를 만들어낸 적은 없으니까. 만들었음 노벨상 열 개는 받아. 이건 분명 초전도체는 아닌데, 뭔가 좀 다르네."

비밀번호를 누르고 금고 문을 열기 전, 기억의 뭉텅이가 툭 솟아올랐다. 마치 접혀 있는 책을 한 손으로 잡고 휘리릭 페이지를 빠르게 넘기듯이 기억의 장이 재빠르게 펼쳐졌다가 닫혔다.

금고 문을 열자 서류 봉투가 보였다. 펼치지 않아도 알 수 있다. 공바라에 관련된 조사 기록들이다. 바라의 흔적을 확인하려 무척 애를 썼다. 겨우 손에 넣은 건, 바라의 부모님에 관한 조사가 대부분이었다. 봉투를 집어내다가 바닥으로 툭 떨어뜨렸다. 봉투 아래 회색 주머니가 있다. 열지 않아도 주머니 안에 무엇이 들어 있는지 알 수 있다.

바라가 남긴 구식 핸드폰.

돼지 껍데기집에 갔던 저녁과 연결되는 유일한 물건이다. 어젯밤 기억이 떠오른다. 오랜만에 김 변호사, 최 형사, 천식과 함께 갈비집에서 늦게까지 반주를 곁들인 저녁을 먹은 뒤, 나는 정체 모를 이메일 한 통을 받고 사찰로 달려갔다. 전달 받은 물건은 전원이 켜지지 않는 구식 핸드폰이었다.

꿈이 아니다. 꿈이라면 이렇게 치밀한 논리 서사가 연속될 수 없다. 주머니를 열고 기계를 꺼내었다. 손바닥에 자그마한 기계가 닿는 감각이 놀랍도록 선연하였다. 기계는 핸드폰이 아니다.

매직 스피어.

지난 꿈에서 나는 이 기계를 작동시켰고 바라는 기계의 이름이 매직 스피어라 하였다. 머리를 세차게 후려 맞은 듯이 갑자기 시야가 흔들리고 충격으로 다리가 후들거렸다.

나는 바닥에 털썩 주저앉아 양손으로 머리를 쓸어 넘겼다. 만약 꿈이 아니라면, 내가 지금 있는 곳은 어디며 나는 누구란 말인가. 범람하는 강물이 덮치듯 다른 생과 이번 생과 자각몽이 내 존재를 휘감는다.

나를 알기 전, 너로 돌아가. 비틀린 네 인생을 바로잡아.

바라의 메시지.

너는 왜 내 말을 듣지 않아.

꿈에서 바라는 나를 맹렬히 비난하였다. 바라의 눈동자는 마치 암전 직전, 마지막 필라멘트를 태우는 전구처럼 빛났다.

바라는, 알고 있었다.

내가 매직 스피어를 사용하여 자각몽으로 접속하였다는 사실을.

난 날카로운 고통을 느낀다. 심장을 파고드는 통증을 이깟 아픔 쯤이야, 라며 짓씹었다. 바라는, 공바라는 아직 생사조차 확인되지 않았다. 달라진 삶, 달라진 존재인 내게, 여전히 바라는 생생하고 선명한 아픔으로 존재한다.

학교 축제에 오겠다는 바라의 거짓말을 순진하게 믿고서, 열심히 수능을 치르고 의과대에 진학했던 장현도, 삼십 대 초반이 되도록 지우지 못할 애틋한 첫사랑으로 바라를 간직한 장현도는 결코 짐작하지도 못할 참혹한 현실을, 나는 알고 있다.

공바라는 다시 살해되었다.

또한 바라는 자신의 미래를 이미 알고 있었다.

나는 바라 부모님에 대한 정보를 수집한 봉투를 펴 보았다. 공영수는 교도소 수감 중, 사망하였다. 사인은 심장마비. 2003년 1월이다. 시신 외관에 이상이 없고, 부검 소견도 특별한 바 없어 급격히 떨어진 기온과 과도한 스트레스가 겹쳐 발생한 돌연 심장사라 판단되었다.

바라는, 그 무렵 살해당한 것이 아닐까.

매직 스피어로 접속하기 전의 생에서 바라는 11월에 살해되었고 바라의 아버지는 곧이어 교도소에서 자살하였다. 그렇다면 매직 스피어로 접속하여 바뀐 현재에서 공영수의 사망 시점인 2003년 1월에 바라도 살해당했을 가능성이 크다. 서류를 빠르게 넘겨 공영수와 진명주의 사건 파일을 들춰 보았다.

2000년 10월 27일, 진명주 강원도 J시, T호텔에서 추락 사망.

최초 진명주는 혼자 체크인을 했고 유서와 비슷한 문서가 발견되어 자살이 유력했으나 옆방 투숙객이 다투는 소리를 들었다는 증언을 하였다. 이후 CCTV 분석 결과, 공영수가 호텔을 방문한 사실이 밝혀졌다. 나는 서류 봉투를 챙겨 출근 가방에 넣고, 금고 문을 닫았다.

나는 익숙한 출근길 끝에 S성형외과 건물에 들어선다. 입구에서 마주친 병원장이 반겨 맞이하였다. S성형외과를 선택한 이유는 파격적인 대우 때문이었다. 신 병원장은 수완이 좋은 자였다. 모교 대학 병원에 남는다면 만져볼 수 없는 금액의 연봉을 마다하기 어려웠다. 수술의 본능적 감각이라고 담당 교수님이 높이 평가한 나의 실력을, 병원장은 '전생에 메스를 잡은 기억이 고스란히 남은 명의'라고 추켜올렸다. 고작 레지던트 4년으로 도달하기는 어려운 정확도와 속도라 하였다.

본능이든 전생이든, 어떤 까닭에서인지, 나는 처음부터 수술에 대한 두려움이 적었다.

발바닥에 구멍이 뚫려 썩어 들어가고 발가락이 잘린 환자들, 항암 수술로 움푹 들어간 가슴, 사고로 으깨진 이목구비, 화상으로 처참하게 오그라진 손가락…….

대학 병원에 있을 때, 어떤 무참한 재건 수술에 임해서도 나는 단 한 번도 당황하지 않았다. 수술실에 들어서면 손상받기 전의 완전한 몸이, 수술 후 더욱 아름다워질 몸이 정확하게 그려졌다. 표피 아래로 지나가는 혈관, 신경, 지방층, 근육, 그 모든 것들이 완벽하게 조화로운 하나의 우주이고 세계였다. 나는 그 세계의 규칙과 이미 만들어진 길을 따르기만 하면 되었다. 숙련도와 집중도의 한계에 부딪히는 장시간 봉합도 절반가량으로 시간을 단축하였다. 꼼꼼한 나의 봉합술에 동료들은 내가 전생에 단순 재봉질로 먹고 살던 재봉사였으리라 농을 하곤 하였다.

S성형외과의 리셉셔니스트와 코디네이터, 간호사들은 이미 출근한 후였다. 문을 열고 들어서는 나에게 깍듯한 인사를 하였다. 새삼스러운 감격은 더 이상 없다. 나는 믿을 수 없을 만큼 빠른 속도로 달라진 생(生)의 장현도에 적응한다. 주저함 없이 내 방으로 자연스레 걸음이 옮겨진다. 병원장 공간을 제외하고 이 병원에서 가장 넓고 풍광이 좋은 방이다.

내 걸음은 언제나 보폭이 넓다. 허리는 꼿꼿하게 펴고 시선은 아래로 내리지 않는다. 비천한 출생, 지난한 어린 시절, 겨우 먹고살았던 학창 시절의 어려움은 원장 장현도에게서 찾을 수 없다. 태어나서 단 한 번도 넘어져본 적이 없는 사람처럼 나는 완벽해 보인다. 양복을 벗어 걸어두고, 가운을 덧입었다. 컴퓨터 화면으로 지난 수술을 빠르게 복기하고 오늘 해야 할 수술을 살핀다.

어제 있었던 늑연골 코 재건 수술.

"오진아 님, 절대 실패하지 않을 겁니다."

나는 환자와 눈을 맞추고 말하였다. 환자의 눈에서 눈물이 옆으로 타고 내렸다. 간호사에게 손짓을 하자 거즈로 눈물을 닦아냈다.

"꼭, 잘 부탁드립니다, 선생님."

"네, 편안한 마음으로 주무세요. 마취 들어갑니다."

환자는 완전히 마취 상태가 될 때까지 나와 눈을 맞추었다. 수술은 똑같이 반복되었고 완벽하였다. 꼬리를 물고 파생되는 두 개의 삶의 기억을 정리하느라 두뇌 회로가 빠르게 작동하였다. 눈을 감고 있자니 노크 소리가 들렸다.

박 간호사가 차트를 가슴에 안고 서 있다.

"원장님, 오늘 첫 수술은 오전 10시, H 환자입니다."

지난 저녁 맥줏집에 가자고 조르던 박의 얼굴을 떠올렸다. 수술 준비가 되었다고 말할 때마다 습관처럼 눈을 찡긋하면 코에 주름이 잡혔다. 박은 하나도 변하지 않았다. 이마에 솟은 뾰루지까지 그대로다. 다만, 원장 장현도에게 박은 그런 말을 한 적도 내색을 비춘 일도 없다. 눈을 찡긋거리지도 않았겠지. 내가 쳐다보는 시선에 당황하여 박은 얼굴을 붉힌다.

"알겠습니다. 나가보세요."

나는 컴퓨터 화면으로 환자의 상태를 꼼꼼히 점검하였다. 오늘 수술 세 건. 수술 일정을 마치면, 찾아볼 사람들이 있다. 내 핸드폰에 여전히 번호가 저장되어 있는 세 사람, 김정훈 변호사, 염천식, 최인원 형사. 2002년의 사건이 존재하지 않음에도 변함없이 내 인연으로 존재하는 세 사람을 만나야 한다.

이번 생에서도 세 사람과의 인연은 오래되었다. 그들과 최근에 나누었던 대화들을 떠올려본다. 어제, 나는 천식과 김정훈 변호사를 만났다. 껍데기집이 아니라 병원 근처 숯불갈비집이었다. 천식은 여전히 나를 형님이라 부르고, 김정훈 변호사는 편하게 말을 놓는다. 차이가 있다면 그 자리에 서울에 파견 나왔다던 최인원 형사도 합석하였다는 점이다. 최 형사는 나에겐 친근한 반말을 했고, 김 변호사에겐 반말도 높임말도 아닌 어중간한 말투, 특유의 강력계 형사식 어법으로 말을 했다.

그들의 인생은 크게 다르지 않았다. 김정훈 변호사는 여전히 사회 선생님 같은 국선변호인이고, 천식은 손을 씻었다고 주장하는 위조 전문가 전과자이다. 최인원 형사는 강원도 J시의 강력계 형사 팀장이다. 그들과 내가 인연을 맺은 계기가 변하였을 뿐이다. 최인원 형사와 김정훈 변호사는 어머니가 입은 금융 사기 사건 때문에 인연을 맺었다.

수능을 치른 그 달에, 돈을 빌려주었다가 신도시 아파트 분양권에 얼마간 저축했던 현금, 게다가 대출받은 돈까지 몽땅 날리게 되었다는 어머니는 애통하고 원통하여 밥 한술 뜨지 못하고 잠도 이루지 못했다.

서류상으로는 어머니가 본인의 의사로 고수익 고위험 부동산 건에 돈을 투자한 것이라 아무 하자가 없었다. 명동 거리 한복판에 지어 올린다던 대규모 복합 상가는 껍데기만 남았다. 어머니가 경찰서에서 몇 시간째 주저앉아 아무 형사나 다리를 붙잡고 패악을 부리며 울고 있다는 전갈을 받고, 비로소 나는 상황을 파악하였다.

무조건 어머니 좀 데리고 나가라는 말에 겨우 어머니를 부축하고 나오는 길이었다. 형사 한 명이 우리를 발견하고는 잠시만 있어보라 하며 경찰서 복도 의자에 앉혔다. 잠시 후, 그는 내게 약국 봉투 하나를 불쑥 내밀었다.

"감기약 사러 갔다가 하나 가져와봤는데, 약사 말로는 도움이 될 거라니까 드시게 해봐."

액체 청심원 한 병을 들고서 나는 고맙습니다, 하고 작은 목소리로 인사하였다.

"네가 장현도지? 이 동네에서 제일로 유명하다는 장현도."

예전 바뀌기 전의 삶에서도 그랬다.

"이름."

"장현도입니다."

최 형사는 조서에 입력을 하다 말고 길게 한숨을 쉬었다.

"네가, ○○고등학교, 그 장현도 맞지?"

내 얼굴은 확인할 수 없었지만, 최 형사는 분명 얼이 나간 나보다 더 참담한 표정이었다. 그는 조사를 바로 이어 진행하지 못하였다. 손으로 이마를 짚고서, 책상만 바라보더니 잠시 담배 한 대만 태우고 오겠다 하였다.

"이번에 수능도 그렇게 잘 봤다며. 내 조카가 그 학교 1학년이야."

어머니 일로 당황하여 제대로 대답도 하지 못하고 있자, 최인원 형사는 내게 자판기 커피 한 잔을 건네었다. 충격으로 형사의 설명을 제대로 이해하기도 벅찼다. 본인은 전문이 아니라 잘은 모르지만, 사연이 딱해 좀 알아보니 피해자가 한둘도 아니고, 어머니 피해액 정도는 명함도 못 내밀 수준이라 하였다. 상가 건축 자체가 사기인지 아닌지, 재판을 걸어도 몇 년은 걸릴 사안이고, 제일 윗선은 대기업 사모님과 줄이 닿아 있는 유명 법률 회사 출신 변호사와 이름만 대면 알 만한 연예인도 있어 아무리 노력해 본들 당장 피해액을 변제받을 길은 없다는 내용이었다. 절망적인 상황에 고개를 툭 떨어뜨리고 있자니, 최 형사가 어깨를 두드렸다.

"변호사를 한번 만나보겠어?"

변호사라면 돈이 얼마가 필요할까. 내 눈에 비친 걱정을 읽은 듯이 최 형사가 빠르게 말을 덧붙였다.

"돈은 걱정하지 말고. 얼마나 도움이 될 수 있는 상황인지는 모르겠지만 그래도 찾아가봐. 내가 연락해 놓을게. 좋은 분이야."

변호사 김정훈.

나는 건네받은 명함에 적힌 이름을 눈으로 읽으며 고맙습니다, 형사님, 하며 고개를 숙였다.

달라질 수 없는 건이었지만, 나는 지푸라기라도 잡는 심정으로 어머니를 모시고 무료 법률 상담을 해준다는 김정훈 변호사 사무실로 찾아갔다. 서류가 어지러이 쌓여 있는 허름한 책상에서 일어서며, 그는 초라한 모자를 반겨 맞이했다.

"어머니, 마음 답답하면 잠 안 자고 밥 안 먹고 그러지 말고, 저한테 오십시오. 여기 앉아서 커피도 마시고 하소연도 하세요. 제가 최대한 아는 대로 설명해 드리고 사건이 진행되는 과정도 알아다가 말씀드리겠습니다."

서너 차례 법률 상담을 받고는 어머니는 마치 심리 치유 상담을 받은 사람처럼 밥술을 뜨고 잠도 주무셨다. 사건을 해결해 주지는 못했지만, 나 역시 처음 본 날부터 까닭 없이 김정훈 변호사에게 신뢰와 감사가 넘쳤다. 처음 어머니를 모시고 간 날, 김정훈 변호사 역시 나에게 호감을 표시하였다.

"영광이네. 너같이 S대를 따놓은 학생이."

나에게 다가오며 활짝 웃었다.

"아니다. 만점? 그러니까 전국 수석도 바라본다고 했지?"

"그렇지 않습니다. 만점자가 많고 표준점수 변환도 있어서 무의미합니다."

김정훈 변호사는 통쾌하게 웃었다.

"이야, 이건 뭐, 별들의 전쟁이라서 실감이 안 나는 점수들이네. 아무튼 영광이다, 나를 찾아와줘서."

그가 내민 손을 붙잡으며 굵은 안경테 너머 짙은 쌍꺼풀이 진 눈을 마주하였을 때 나는 마음 한쪽이 뻐근해졌다. 이유를 알 수 없는 감격에, 표정을 애써 숨기려 시선을 피하였다. 김정훈 변호사가 어깨를 두드렸다.

"앞으로 훌륭한 사람이 되어서 이 세상을 좀 더 살기 좋게 만들어다오. 이과라서 법대는 안 갈 테고. 의대 간다지?"

한쪽 소파에 기진한 몸을 구부리고 있던 어머니가 고개를 번쩍 들었다.

"변호사 선생님, 울 아들이 S대 의대 가면 좋은 일도 많이 하고 돈도 많이 벌 겁니다. 그러문요. 그러려면, 내가 울 아들 짐짝은 안 되어야 하는데 무식하고 못 배워서 글자를 읽고도 뭔 뜻인지 몰라 도장을 아무 데나 찍어서……. 이제 몸도 다 망가져서 일도 못하는데, 내 생활비나 보텔까 싶어 맡긴 돈이……."

어머니는 가슴을 탕탕 두드렸다.

"내 울 아들 의대 학비까지 몽땅 날리고, 빚까지……. 이 사고를 쳤으니 어떡합니까. 아들한테 아무 쓰잘데기 없는 엄마라요. 울 아들, 잘난 아들, 단 한 번도 나한테 얼굴 한번 안 찡그렸습니다."

지나온 세월의 설움이 찢어진 혈관에서 울컥거리며 솟아오르는 피처럼 어머니의 목에서 토해졌다.

"에미 출신이 천하다고 손가락질 받아도, 애비도 모르는 자식이라고 수근거려도 나한테 눈 한번 흡뜬 적이 없습니다. 좋은 거도 못 먹이고 좋은 거도 못 입히고 참고서도 맘껏 못 사주고, 온갖 궁상 다 떨면서 내가 애 인생에 짐짝만은 안 되려고 모아둔 돈인데. 어떡해요, 이제 어떡해요."

무릎에 얼굴을 파묻고 어머니는 등을 떨며 흐느꼈다.

"괜찮습니다, 어머니."

변호사는 어머니에게로 다가가 상체를 숙였다.

"이렇게 훌륭한 아들이 턱 버티고 있는데, 뭐가 어떡할 일입니까. 보십시오, 비록 고졸 출신 국선변호인이지만 변호사가 돈 한 푼 안 받고 맨발로 반겨주지 않습니까."

어머니가 겨우 고개를 들며 눈물로 짓무른 눈을 주먹으로 문질렀다. 변호사는 티슈통을 어머니에게 건네었다.

"어머니는 현도 잘 키우신 것만으로도 이미 훌륭하십니다. 의대 학비는 장학 재단이나 후원자를 찾으면 됩니다. 저도 미진하지만 여기저기 장학 재단이나 후원자를 찾아볼 테니 걱정 마십시오. 그리고 그 성적이면 학교에서 장학금을 받을 수도 있으니 기다려봅시다."

김정훈 변호사의 말에 스며 있는 온정과 확신은 내게도 일어설 힘이 되었다.

기다려봅시다.

그 말대로 나는 장학금을 받았고 지역 후원자의 도움으로 얼마간 생활비를 마련할 수 있었다.

그해 겨울부터 닥치는 대로 아르바이트를 하며 돈을 모았다. 장학금을 놓치지 않기 위해 고등학생 때보다 더 열심히 공부하였다.

조금씩 빚을 갚아나가고, 어머니의 병치레를 감당하다 보니 의대 졸업식이었다. 삶은 고단하였지만, 희망의 샘에 펌프질을 멈추지 않았다. 심장이 뛸 때마다 희망이 내 핏줄을 타고 흘렀다.

"너는 좋은 의사가 될 거야."

바라가 또렷한 목소리로 말하였다.

"그러니 포기하지 마. 어떤 어려움이 있어도 너는 좋은 의사가 될 수 있어."

바라의 얼굴에 장난스런 미소가 어렸다.

"참 이상하지. 나는 왜, 네가 화려한 무대 아래 있는 모습도 떠오를까. 서른 즈음이라도 데뷔해 봐."

의대 학창 시절, 아르바이트를 서너 개 뛰느라 몸은 늘 젖은 솜을 짊어진 나귀처럼 무거웠다. 지하철에서 손잡이를 잡고 서서 꾸벅꾸벅 쏟아지는 졸음에 눈을 잠시 붙이곤 했다. 그러던 중에도 종종 기획사 명함을 받기도 하였다.

바라와 같이 갔던 대학로에서 만났던 KM 기획사 실장은 가끔 떠올랐다. 그녀는 또박또박 끊어 발음하였다.

"연락해. 수능 끝나고 연락해도 좋아. 기다릴게."

특유의 명료한 어투는 흔들리는 상대의 마음에 닻을 내리게 할 만큼 자신감이 넘쳤다. 조금만 생활에 여유가 있었다면, 한 번쯤은 찾아갔을지도 모른다. 나에게 춤은, 무대는, 시간과 중력의 지배를 받지 않는 곳이었으니.

하지만 그 시절 나는 오로지 중력과 시간이 지배하는 세상에서 생존만이 목표였다. 병색이 짙어지는 어머니와 이제 막 성인이 된 나는, 내가 대학을 졸업하여 제대로 된 벌이를 할 때까지 빚 독촉에 무너지지 않고 버텨야 했다.

학창 시절은 꽉 짜인 스케줄로 주위를 둘러볼 시간도 여유도 없었다. 친구들과 어울려 느긋하게 즐기는 점심 식사조차 사치였다. 1200원 하는 학생 식당 밥을 10분 안에 욱여넣거나 싸구려 햄 한 장과 마요네즈만 들어 있는 학생관 코너표 토스트 샌드위치로 끼니를 때워야 했다. 일주일에 두세 번은 샌드위치의 호일을 반쯤 벗겨 손에 쥐고 우물우물 씹으며 책을 보거나 이동하였다.

그런 중에도 더러더러 구애를 받기도 했다. 교양 강의나 도서관을 들먹였지만 누군지 얼굴도 이름도 처음처럼 완전히 낯설기만 한 여학생이 대부분이었다. 아르바이트하던 곳까지 찾아와 울어버리던 여자애도 있었다. 의대 동학번, 같은 조 여학생의 울음에 나는 난감해졌다.

"미안."

"도저히 안 돼? 내가 왜 싫어?"

"싫지 않아. 너 예쁘잖아. 멋지고 똑똑하고."

"그런데 왜?"

"지금 나로선…… 불가능이야."

"왜?"

고집스런 질문에 나는 허탈하게 웃었다. 고작해야 수능 시험이 인생에서 가장 큰 고비이고 역경이었을 여학우를 어떤 말로 설득할 수 있을까.

"내가 요즘 너무 피곤해."

여학우가 쌩하게 돌아섰다. 거절의 이유가 피곤이라니, 자존심에 금이 갔을 테다. 하지만 내겐, 남은 에너지가 없었다. 연애가 들어올 자리가 없었다. 허락된 모든 에너지와 공간은 여전히 바라만 소유하였다. 찾을 수 없어 혹여 세상에서 사라져버린 건 아닐까 싶어 더욱 절실했다. 바라를 떠올리면, 부인할 수 없는 강력한 감정이 출렁거렸다. 그리움은 죄책감과 등을 맞대고 찾아왔다.

수능 앞이어서, 바라에게 쉽게 설득되고 싶었던 걸까.

그러기에 바라를 맘 편히 보내었을까.

풋내 나는 첫사랑에 대한 감정과 부채감이라는 말만으로는 도무지 납득이 되지 않을 만큼, 나는 바라에게 지배받고 있었다. 그리하여, 2015년 9월 14일은 내가 나아갈 하나의 부표가 되었다. 반드시, 바라를 만날 수 있다는 믿음이 무명(無明) 속에 등불처럼 내 의식을 밝혔다.

마지막 한 사람, 천식은 고단한 의예과 시절 방학 때, 최 형사님을 통해 알게 되었다. 인사를 드리러 갔는데, 형사님이 주저하며 천식의 사진이 붙은 서류 한 장을 내밀었다.

"공부하느라 바쁘지? 신경 쓰이는 애가 있어서. 머리도 좋고 맘도 여린 녀석인데, 어쩌다가 이런 길로 들어서서 말이야. 좀 있으면 출감인데 이대로 나오면 또 일 년도 안 되어 다시 교도소행이야. 어디 취직이라도 해보려고 고입 검정고시라도 본다고 하는데 뭘 도와줘야 할지 모르겠어."

사진을 본 순간 무작정 마음이 갔다. 천안으로 내려가 소년교도소에 수감되어 있는 천식을 만나고, 주저하며 나를 바라보는 눈을 마주하였다. 내리막길 위에서 가속도가 붙어 굴러떨어지는 제 인생을 마주하는 그의 까마득한 절망감이 기이할 만큼 사무쳤다. 막막한 처지를 바꾸고 싶었겠지만, 막막한 처지에 뾰족한 수가 있을 리가 없다.

"염천식 씨."

"네."

"아니, 천식아."

천식은 체화된 불신이 깔린 눈으로 나를 도전적으로 쳐다보았다.

"내가 너보다 나이가 많아. 그러니까 천식아, 하고 부를게."

"뭐 그라든가요."

"최 형사님이 너 공부시키래."

"형사님은 고마 씰떼없는 소리를 주구장창. 아이고, 지는 공부랑 담을 쌓았다고요."

"담은 부수면 되고."

하, 천식이 고개를 돌리며 픽 웃었다. 검지를 들어 제 머리를 가리키며 면회창에 얼굴을 바싹 붙였다.

"지는, 머리가 돌이라예."

"나는 머리가 좋아."

"예, 예, 그렇겠지예. 전국 수석, S대 의대생이라매요?"

"그래, 맞아. 그런데 니 머리가 돌이면 내가 공부를 시키겠다 맘먹겠어?"

"네?"

"알아봤어. 지능지수가 130. 좋던데?"

천식이 눈을 찡그렸다.

"그거 다 찍었심더."

"초등학교 성적도 좋고. 내내 바닥을 치다가 1등 한 적도 있더라. 한 번이지만."

천식이 주먹을 움켜쥐었다.

"그거, 아아들 협박해서 시험지 보여달라 했어예."

나는 핏발 선 그의 눈을 보며 조용히 웃었다.

"내가 초등학교 때 치른 첫 시험, 3학년 중간고사에 올백을 맞았어."

"아, 네네. 잘났고 머리도 좋은 사람이니까 당연히 어릴 때부터 될성부를 떡잎, 그랬겠지예."

"그 일로 전학을 했어."

"네?"

천식이 눈이 번뜩 빛났다.

"사생아에 식당 방 한 칸을 얻어 거지꼴로 사는 내가, 그럴 리는 없다고 생각했겠지. 소문은 소문을 만들고, 편견은 다수의 편이 되면 공고한 믿음이 되어버려. 어머니가 저녁이면 술도 파는 자그마한 식당에서 일한다는 사실이 좋은 이야깃거리였지. 선생님 술 시중을 든다는 소문을 내 앞에서 지껄이는 아이를 사정없이 팼어."

"그런 새끼는 반 죽여놔야⋯⋯."

천식이 분노를 참지 못하고 욕설을 뱉었다. 나는 피식 웃었다.

"어디서나 일어날 법한 뻔한 스토리지?"

천식의 눈이 뻘겋게 충혈되었다.

"늘 그렇듯이 돈과 지위와 권력이 있는, 그렇지, 있는 집 자식이었어. 어머니가 빌고 또 빌었어. 무릎을 꿇었지. 집으로 돌아오는 길, 어머니는 소리 없이 울면서 따라 걷던 나를 세우더니 손을 꽉 잡았어."

나는 어머니의 말을 떠올려 그대로 반복하였다.

"현도야, 나는 백 번을 무릎 꿇어도 좋아. 백 번을 밟혀도 좋아.

네가 백 번을 1등 한다면……. 아니 천 번도 좋아. 만 번도 좋아. 몸이 다 부서져도 좋아. 자랑스런 내 아들, 현도야."

천식이 흐르는 눈물을 주먹으로 닦아냈다. 역시나 최 형사님 말대로 마음이 착한 녀석. 나는 편안하게 웃었다.

"염천식, 공부는 이제부터 하면 돼."

"지는, 그리 훌륭한 사람이 아입니더. 암만해도 그렇게 잘하지는 못해예. 중학교도 거의 못 다녔습니더."

"내가 하라는 것만 해."

"그래도."

"강남에서도 대기 번호 받아 기다려야 하는 유명한 과외 선생이야, 내가."

면회 시간이 다 되었음을 알리는 부저가 울렸다. 나는 엉거주춤 일어서는 천식에게 큰 목소리로 말하였다.

"검정고시 볼 거지?"

천식이 답 없이 돌아섰다.

"천식아."

돌아다보는 천식의 표정을 기억한다. 믿고 싶은 마음, 믿어도 될까 하는 불안, 희망을 가져도 될까, 그 희망에 결국 버림받고 더 비참해지지 않을까 하는 의심.

"너, 할 수 있어."

천식이 허리를 꾸벅 굽히며 인사하였다.

그날 이후, 시간의 제약으로 교도소를 자주 찾지는 못했지만, 매주 풀어야 할 양의 문제를 뽑아 메일이나 편지로 넣어주고 교도관을 통해 확인하곤 하였다. 오답을 정리하여 풀이를 알려주면 천식은 같은 실수는 하지 않는 영리한 제자였다.

천식은 숯불갈비집에서도 행님 행님, 큰 소리로 나를 불렀다. 처음엔 슨생님, 슨생님하고 불렀는데 나이 차이도 얼마 안 나는데 선생님은 거북하니 형이라 하랬더니 그때부터 나는 천식의 '행님'이 되어버렸다. 요즘 조직 일은 손을 씻고 나와 도배 일도 하고 전기공도 한다지만 역시나 손을 씻은 전 동료들이 매니저로 일하는 텐카페나 고급 룸살롱에서 여자들을 데리고 와서 S성형외과로 연결해주기도 하였다.

무슨 일을 봐주는지 캐묻지는 않았지만 여전히 불법체류자들과도 가까이 지낸다. 병원에 가지 못하는 사람들의 무료 진료는 내 담당이었다. 웬만한 건은 걸러서 한다는데, 나는 당장 시술이 필요한 외상에 가끔 호출되었다. 코피노 어린 소녀, 유나 역시 내 환자였다. 천식이 엄지손가락을 올리며 말하였다.

"행님은 마, 이 동네서 슈바이처 아임미까. 그라고, 행님이 신의 손 기술이지라. 우짜믄 그리 감쪽같이 상처를 싹 다 없애고 칵 내리앉은 코도 딱 올리고. 암튼 행님, 행님은 천국 가실기라예."

마지막 수술을 앞두고 나는 천식에게 퇴근 시간 무렵에 만나자는 문자를 보냈다. 두 시간여 동안 진행된 수술을 마치고 피로감을 떨어내려 찬물에 세수를 하였다. 옷을 갈아입고 내 방으로 갔더니 로비에서 천식이 기다리고 있다는 리셉션의 전갈이 있었다.

"들어오라 하세요."

이번 생의 천식은 서너 번 원장실에 들어온 적이 있다. 소파에 엉덩이를 퉁겨보고 벽면을 쓸어보며 고급스런 강남 성형외과의 수준에 놀라 자빠질 지경이라며 호들갑을 떨었다. 저번 생에서 천식이라면, 내가 원장실에 앉아 있는 모습을 보는 것만으로도 대성통곡을 했을지 모른다.

"행님아, 행님아. 내 죽어도 여한이 없심다. 울 행님은 원래 이래야 될 사람이었심더."

아마도, 나 대신 감격해 주었을 테다. 지난 생에서의 나를 기억하진 못하겠지만, 나는 천식에게 장현도 원장실에서 차 한 잔을 대접하고 싶었다.

노크 소리 후, 문이 열리고 천식이 내 방으로 들어왔다. 나는 담담한 척 천식에게 "왔어?" 하고 인사를 건네고 무얼 마시겠냐고 물었다.

"행님, 지는 마, 암끼나 잘 먹심더. 아가씨, 고마 찬물 한 컵만 주이소. 얼음 채워서 정신이 마 번쩍 나그로. 내가 아직 잠이 덜 깨가."

리셉셔니스트가 터지는 웃음을 참지 못하고 입을 가렸다.

"죄송해요. 언제 들어도 사투리가, 정말 차져요. 찬물 드릴게요."

"아니, 괜찮아요. 여기 생수 있잖아."

나는 책상 뒤에 설치된 자그마한 개인용 냉장고를 열었다.

"얼음이 없는데 괜찮으세요? 얼음만 가져올까요?"

"아이, 아임더. 고맙십니더."

천식이 일어서서 고개를 꾸벅 숙였다. 리셉셔니스트가 문을 닫고 나가자마자 천식은 특유의 안짱걸음으로 종종거리며 내게 다가왔다.

"행님!"

천식이 책상 위 명패를 손으로 쓸어보더니 번쩍 들어 눈앞에 올리고는 명패에 적힌 글자를 또박또박 읽었다.

"원장 장현도, 진짜 맞지예? 이거 꿈 아니지예? 몰카 이런 거 아니지예?"

나는 생수병을 쥐고 굳은 채로 천식을 보았다. 천식이 내게서 생수병을 채어 가더니 볼에 대어보고 웃, 차거, 하며 고개를 흔들었다.

"행님, 행님은 저기 갑자기 미친나 싶겠지만 지는 마, 꿈을 너무 오래 꾼 긴지 아님 지금이 꿈인지, 분간이 안 댑니다. 행님, 울 행님. 원래 행님은 이래야 했심더. 이리 훌륭한 사람이어야 했십니더."

천식이 몸에 비해 가늘고 유연한 손을 들어 눈물을 훔쳤다.

"네 꿈에서 나는 뭐였는데."

나는 떨림을 감추며 담담히 물었다. 천식이 손을 휘휘 저었다.

"말도 마이소. 황당해도 그리 황당할 데가. 행님이 제 감방 동료였심더. 지한테 감방 화장실 쓰는 거, 배식판 설거지 하는 거, 뜨거운 물 배급 오면 패트병에 넣어서 안고 자는 거, 이런 잡다한 교도소 생생 지식을 배왔다 아임미까. 지는 행님한테 공부 배와가꼬, 검정고시도 보고. 하기사 그거는 지금도 맞는 말이지만은예, 꿈에서는 행님이 내를 직접 감방서 가리치줬심더."

나는 천식에게로 다가갔다. 심장이 빠르게 뛰었다. 천식은, 기억하고 있다. 지난 생의 나를 모조리 기억한다. 그렇다면, 또 누가.

"누구한테 꿈에 대해 말한 적 있어?"

난 목소리를 낮추었다.

"아이요. 아이라예. 넘 어리둥절해가꼬, 낮에 소주 두어 병 마시고 도로 잤어예. 꿈이면 깨겠지 싶어가."

"알았어. 천식아, 하나만 묻자. 우리 어제저녁 어디서 먹었어?"

천식이 길게 찢어진 눈을 끔벅거렸다. 통통한 뺨이 실룩실룩하였다.

"그기, 진짜 미치겠다꼬요. 고마 마, 환장하고 팔딱 뜁니더."

"여기 건너편 숯불갈비집이야?"

"그건 맞는데, 근데 지는 와 다른 집도 기억납니꺼."

"S역."

천식이 눈을 휘둥그렇게 떴다.

"껍데기집!"

쉿! 나는 검지를 입에 가져다 대었다. 천식이 제 입을 양손으로 막고는 헉헉 숨을 몰아쉬었다. 천식에게 다가가 귓속말을 하였다.

"아무 말도 하지 마. 김 변호사와 최 형사님한테 전화해서 술을 정신없이 많이 마시고 취했다 깼더니 헷갈린다고, 우리 어제저녁 어디서 먹었냐고 물어봐."

천식이 잔뜩 얼은 채로 고개를 끄덕였다.

바뀐 인생을 알아차린 사람이 천식 외에 누가 있을까.

나는 초조하게 천식의 통화에 귀를 기울였다.

"예, 예, 변호사님. 그러니까 어제 있잖습니까, 지가 술이 느무 떡이 되게 취해가 헷갈리는데, 우리 어제저녁을 오데서 묵었심니꺼?"

천식도 나를 불안한 눈빛으로 한 번씩 살폈다.

"예, 낙원 갈비. 예, 예. 맞지예? 제가 한우 뜯었지예? 정신이 하도 없다보이, 한우 갈비를 뜯었는지 돼지 껍띠를 씹었는지 헷갈린다 아입미까. 마, 천한 입에는 한우 갈비고 껍띠고 똑같아 가, 똥을 디빌 수도 없고."

천식이 과장된 너스레를 떨었다. 예, 예, 절을 하며 전화를 끊으려다 말고 천식이 멈칫하였다.

"……예, 예. ……S역요."

천식이 핸드폰을 끊고 입술을 떨었다. 조용히 내 손짓에 따라 최 형사에게 전화를 걸었다.

"형사님, 천식임니더. 네, 네. 잘 들어가셨지예?"

천식이 통화를 이어가는 동안 나는 뚫어지게 천식의 얼굴만 바라보았다.

설마, 최 형사도?

"근데 지는 와 꼭 껍띠도 먹은 거 같십니꺼. 정신이 오락가락하나 봅니더. 제가 혹시 형사님한테 껍데기집으로 오시라 안 했습니까?"

천식이 나와 눈이 마주쳤다. 공포에 가까운 놀라움이 가득하다.

최 형사도 김 변과 마찬가지였다. 천식은 핸드폰을 주머니에 넣지도 못하였다. 손에서 핸드폰이 미끄러져 바닥에 툭 떨어졌다.

"행님, 이기 다 무신 일입니꺼."

"나도 좀 알아봐야겠어. 그동안 너는 입 다물고."

"제가 입에 자물통은 확실합니더. 그래도 이기 다 무신 조화라예."

나는 천식의 등에 손을 올렸다. 천식의 등이 벌벌 떨리고 있었다.

"나중에 설명할게."

혼란스러워하는 천식을 다독여 일단 집으로 보냈다. 머릿속에서 쾅쾅 폭죽이 터지는 것처럼 어지럽다.

몇 시간째, 나는 고집스레 몸을 붙박고서 꼼짝도 하지 않는다. 손바닥 크기도 되지 않는 작은 기계를 책상 위에 올려두고 상황을 정리해 보려 애를 쓴다. 책상 위에는 저번 생과 같이 「화엄일승법계도」가 붙어 있고, 나는 바라가 준 목걸이를 하고 있다. 매직 스피어를 제외하고 저번 생과 연결이 되는 물건은 목걸이가 유일했고, 매직 스피어로 달라진 인생을 기억하는 사람은 세 명이 전부였다.

병원에서 나오자마자 매직 스피어를 전해주었던 스님께 찾아갔지만 오늘 새벽, 설법을 위해 두 달이 넘는 일정으로 미얀마와 인도, 베트남에 이르는 긴 여정을 떠나신 후였다. 내게 보내주셨던 스님의 보리수 이메일 계정은 사라졌다. 개인 연락처는 받을 수 없었다. 평소 이메일조차 사용하지 않으신다 하였다. 분명히 스님은 좀 더 깊은 내용을 아시리라 짐작만 될 뿐 확인할 길이 묘연하였다. 자그마한 기계를 손바닥으로 쓰다듬어본다.

꿈을 꾸지 않는 너에게 꿈을 선물하고 싶어.

짧고도 긴 꿈이라고 바라는 설명하였다. 내 책상 위, 매직 스피어 옆에 나란히 목걸이를 벗어두었다.

열쇠는 목걸이가 쥐고 있지 않을까.

바라의 어머니가 바라에게 줬다는 목걸이는 매직 스피어에 접속할 수 있는 암호였다. 이번 생에서 바라는 내게 목걸이를 직접 걸어주었다.

'만약, 뒤바뀐 과거의 시점에서 바라가 목걸이를 주지 않았다면?'

진명주는 목걸이가 없이는 매직 스피어가 작동할 수 없게 만듦으로써 이중 보안을 하고, 목걸이를 가진 사람이 주도권을 쥘 수 있도록 의도했다. 목걸이가 품은 비밀은 매직 스피어의 암호 해제 역할, 그것이 전부일까?

내부가 어떤 금속인지도 모른다는 목걸이, 최 형사가 바라의 환영을 접하면서 내게 줄 수밖에 없었다는 목걸이의 사연과 형태를 정확하게 아는 사람은 지난 생을 기억하는 세 사람 외엔 없다.

심호흡을 하고서 매직 스피어 전원을 켰다. 놀랍게도 전원이 정상적으로 켜졌다. 분명히 전달 받은 어제는 켜지지 않았는데, 오늘은 지난 생의 경험과 똑같은 형태로 전원이 들어왔다. 화면이 떠오르고 아무것도 달라진 점을 찾을 수 없다. 두 개의 아이콘, 두 개의 메모가 전부다. 바라가 매직 스피어를 스님께 맡긴 시기가 그해 가을이었을 테니, 이것은 그 후 내가 11월에 접속하여 바꿀 수 있는 영역이 아니었다.

단 한 번의 꿈으로, 나를 모르는 너로 돌아가.
그래야만, 네 미래가 손상되지 않아.

바라의 메시지가 의미하는 바를 짐작하여 본다. 바라는 내가 바라를 모르던 시간으로 돌아가 바라와 새벽을 공유하지 않도록, 마음을 나누지 않도록 바꾸길 원했던가. 그리하여 달라진 나의 생에서 내가 매직 스피어를 받을 일도 없기를 의도했던 것일까. 11월의 그날, 내가 어떻게 한들 누군가에 의해 살해당할 본인의 운명은 바꿀 수가 없다는 것을 그녀는 미리 알고 있었던 것일까. '살해'라는 단어에 나는 심장이 조여들어 저도 모르게 몸을 움찔거린다. 바라의 살해. 바라는, 왜 매직 스피어를 사용하지 않았을까. 나는 이내 고개를 저었다.

아무것도 떠올리려 하지 마. 넌 괜찮아.
괜찮아, 분명히 괜찮아져.

바라는 매직 스피어로 접속한 내가 겪는 혼돈과 현기증, 구역질에 당황하지 않았다. 떠올리려 애쓰지 않으면 곧 괜찮아진다고 안심시켰다. 공바라는 이미 매직 스피어로 접속했었다. 분명히 진명주를 구하려 했을 것이다. 바라도 나처럼 실패하였다. 진명주의 죽음은 바뀌지 않았다.

나는 눈을 감고서 공바라를 떠올린다. 바라가 내 눈 앞에서 납치되어 살해당했던 날은 나의 내부 깊숙이 패어진 아물지 못하는 흉터였다. 터진 상처에서 언제나 뜨거운 쇳물 같은 죄책감이 흘러 가슴을 녹여 내렸다. 기적적으로 돌아간 그날.

다시는 만나지 말아.

열아홉의 나는 바라의 결별 선언 앞에서 당황하였다. 무슨 말을 해도 마음을 돌리게 할 수 없었다.

너는 결코 알 수 없어.

바라의 완강한 태도는 나의 소년다운 기개를 무참히 꺾었다. 나의 모든 열의가 하찮게 느껴졌다. 그 후, 긴 시간 동안 갑자기 모습을 감춰버린 바라를 그리워하고, 원망하고, 걱정하고, 잊으려 다짐하고, 결코 그러하지 못하며 세월을 보냈다. 지난 생의 기억 속에 잠재된 죄의식과 후회, 바라를 향한 절대적이고 필사적인 감정의 잔영 때문이었으리라. 이번 생에서도 나는 다만 이루지 못한 풋사랑에 대한 미련이라고 하기엔 도저히 설명되지 않을 깊이로 바라를 가슴에 품고 살아왔다.

　나는 책상에서 매직 스피어를 집어 들어 둥글려진 네 모서리를 쓰다듬었다. 천문학적 규모의 자본과 일반인은 상상할 수도 없는 기술과 최고급 두뇌들이 이 기계의 개발에 투입되었을 것이다. 바라의 운명, 그로 인해 변형된 나의 인생에 대한 해답을 구하려면 매직 스피어를 개발한 진명주에서부터 시작해야 한다. 진명주 살해 사건에서 놓친 퍼즐을 찾아야 한다. 진명주의 죽음에 어떤 비밀이 숨어 있는 걸까.

　나는 진명주에 관해 수집했던 정보들을 책상 위에 펼쳐놓았다. 자료를 찬찬히 훑으며 진명주 사건을 처음부터 다시 구성하여 본다. 진명주는 살해되기 몇 해 전에 개인 연구소를 열었다. 양자 이론과 정보 통신의 결합이라는 애매한 주제를 두고서 진명주는 끝없이 연구에 매달렸다 하였다. 알려진 바에 따르면 진명주는 미 정부 기관 소속 연구원이었다. 진명주의 개인 연구소도 사실 미 정부든 다국적기업이든 간에 거대 단체가 후원하는 연구소와 연결되어 파생되는 업무를 수행하는 정도였다는 설이 유력하다.

　살해되기 두 달 전, 진명주는 연구소를 비우고 갑자기 한국으로 돌아왔다. 입국 이후, 진명주가 국내에서 무슨 일을 하며 어디에서 거주했는지 확인이 불가능하다. 공영수 역시 진명주의 귀국 사실을 당일에 알았다고 진술하였지만 어떻게 알게 되었는지에 대해서는 진명주가 연락을 취하였다고 최초 진술하였다가 모든 통신 기록에서 그렇지 않음이 밝혀지자, 함구하였다. 그 점이 공영수의 진명주 살해 의혹에 심증을 더하게 만들었다.

호텔에 투숙한 진명주는 시체로 발견된 후에야 그 신분이 밝혀졌다. 호텔은 타인 명의로 예약되었는데, 그 인물은 완벽한 가상 인물이었다. 당시의 미비한 시스템을 고려해 본다면 진명주에게 통신망을 이용한 해킹이나 정보 조작은 컴퓨터 게임의 1단계 정도 수준의 노력만을 요하지 않았을까.

어쩌면 진명주는 마지막 두 달을 한국에 머무르지 않았을지도 모른다. 매직 스피어의 마지막 단계를 비밀리에 마무리하기 위해 다른 신분으로 제3국에 있었던 건 아닐까. 진명주의 죽음에 대한 기사는 해외에서도 다뤄졌었다. 기사 뭉치 중에서 예전 동료가 인터뷰한 내용이 내 눈길을 끌었다.

"진명주를 마지막으로 본 건 벌써 1년도 전입니다. 그녀는 늘 바쁘고 내부의 생각에 사로잡힌 사람이었습니다. 그날도 많은 대화를 나누진 못했습니다. 털모자와 긴 코트에 머플러를 두른 명주는 오로지 눈만 보였습니다. 모스크바는 추운 도시입니다."

진명주가 매직 스피어의 마무리 작업을 러시아에서 한 걸까.

추리를 이어가던 중 하나의 의문에 사로잡혔다.

J시.

진명주가 살해당하고, 바라와 내가 고등학교를 다녔던 지역이다.

'진명주는 대체 왜, 강원도 J시로 왔을까?'

바라는 그 당시에는 서울에 있는 고등학교에 재학 중이었다.

진명주는 왜 홀로 신분을 숨겨가면서 아무런 연고도 없는 강원도 J시에 와서 머물러야 했을까.

바라는 왜 J시로 왔을까.

언젠가 바라에게 물은 적이 있다.

"왜 여기로 왔어?"

"엄마가 선택한 곳이야."

"무슨 선택?"

"엄마가 영원히 머물러도 좋다고 선택한 곳이기도 하고, 엄마가 내 학교를 선택한 곳이기도 해."

진명주가 생을 마감해도 좋을 장소로 J시를 골랐다는 의미일까.

나는 바라의 학교를 선택하였다는 말을 되짚어본다. 그 말은 진명주가 죽기 전, 바라의 위장 신분 전학이 가능하도록 대부분의 조처를 취해놓았을 수도 있다는 말이다.

그렇다면 진명주는 J시에서 바라가 머물 학교에 들렀을 가능성이 높다, 라는 생각을 하는 순간, 문득 떠오른 장면이 있었다. 나는 급히 서류를 뒤져, 진명주의 사진과 T호텔에 머무를 때 사용했던 가명을 다시 보았다.

"아!"

나는 짤막한 소리를 내지르며 얼굴을 문질렀다.

나는, 진명주를 보았다. 날짜도 진명주가 J시에 머물렀던 시기와 정확하게 일치한다. 그 날은 개교기념일 전날이었다.

휴일을 앞둔 활기와 소란스러움은 종례 시간에 최고조에 달했다. 담임선생님은 학급 회장인 나를 통해 '사고만 치지 말 것'이라는 종례 내용을 전하고 우리 반만 따로 하는 학습지 숙제를 걷어오라 지시하셨다. 학습지를 들고 교무실에 가니, 교무실은 텅 비다시피 하고 담임선생님도 이미 퇴근하신 이후였다. 학습지를 책상 위에 가지런히 두고 돌아서는데, 저만치 건너편에서 물리 선생님이 손짓하셨다. 물리 선생님은 연방 손목시계를 흘끔거렸다. 약속에 늦어 바쁜 눈치였다. 물리 선생님 앞에 낯선 여자가 앉아 있었다. 그녀는 나를 보며 몸에 밴 서양식 미소로 눈인사하였다. 회보랏빛 색을 들인 안경알에 가려져 눈은 잘 보이지 않았지만 선량한 기운이 느껴졌다.

"시력 보호 안경이에요. 눈이 햇빛에 약해서."

"아, 네."

나는 꾸벅 머리를 숙이며 인사하였다.

"장현도입니다."

물리 선생님은 앞에 앉은 여자분을 소개하였다.

"캐나다에서 고등학교 선생님을 하시는 분이야. 건강도 나빠지고 해서 한국으로 나오실 계획인데, 딸이 한국에서 학교를 다녀야 해서 걱정이 많으신가 봐."

물리 선생님이 평소보다 빠른 어투로 말했다. 마침 나가려던 참에 여자에게 붙잡혀 좀 성가시다는 눈치였다.

"맞아요. 갑자기 눈이 이렇게 되어서 한국으로 나올까 해요. 여행 왔다가 이곳이 좋아서 혹시 여기 머무르면 어떨까 하고 학교도 몇 군데 둘러보고 있어요."

"현도 네가 학교 소개 좀 해드려라."

물리 선생님은 외투를 입고 가방을 들고 일어섰다. 그러곤 여자를 제대로 쳐다보지도 않고서 나에게 학교 내부 안내를 부탁하였다.

"교실도 보시고 싶다 그러시니, 안내해 드려."

"네, 선생님."

"이 학생이 우리 학교에서 제일 우수한 인재예요."

좀 미안한 내색으로 물리 선생님은 여자에게 덧붙였다.

"아, 그래요?"

찬찬히 관찰하듯이 나를 바라보는 눈길에 부끄러워져서 나는 얼굴이 약간 달아올랐다. 외투 자락을 펄럭이며 물리 선생님이 잰걸음으로 나간 후, 여자와 나는 천천히 교무실을 나섰다. 여자가 나에게 먼저 말을 건넸다.

"장현도 군이라고 했죠? 몇 학년이에요?"

"1학년입니다."

"아, 그럼 열여섯? 한국식으로는 열일곱이겠네요."

"네."

"열일곱은 아픈 나이죠. 몸은 컸고 마음은 매일 바뀌고, 그런데 나를 바라보는 세상의 시선은 그대로예요. 그래서 많이 다치는 나이예요."

혼잣말처럼 중얼거리던 여자가 나를 보며 활짝 미소 지었다.

"케이티 킴이에요. 반가워요."

나는 조금 주눅이 든 채로 학교 이곳저곳을 안내하였다. 불편하게 굴지 않았지만 여자는 지금까지 내가 겪어왔던 어른들과 분위기도 대화법도 확연히 달랐다. 다행인 점은 한국어 구사가 자연스러워 대화를 영어로 할 필요는 없었다는 것이다. 다른 학부모들에 비해 훨씬 어려 보이기도 했다. 화장기 없는 깨끗한 얼굴이나 하나로 묶은 긴 생머리, 맑고 여린 목소리, 아무 무늬 없는 중성적인 디자인의 코트와 바지 때문인지, 여자는 고등학생 딸이 있다는 것이 도무지 상상이 되지 않을 만큼 학생 같은 분위기를 풍겼다.

꼭 본인이 다닐 학교인 것처럼 책상과 걸상, 흑판과 창문까지 꼼꼼히 살펴보았다. 여자를 정확히 기억하는 이유는 창을 가리키며 했던 말 때문이다.

"창가 자리에 앉으면, 하늘이 잘 보이나요? 새벽녘이나 밤에는 별도 보이겠죠?"

여자는 학교가 가르치는 과목, 성적, 진학률, 그 무엇도 묻지 않았다. 당황해하는 나를 보고 빙그레 웃었다.

"내 딸도 나처럼 수업보다는 창밖에 관심이 많을 것 같아서 그래요."

진명주가 사망하기 사흘 전이다.

나는 한숨도 잠을 이루지 못하고 결국 도로로 차를 몰았다. 다음 날인 토요일 수술 스케줄은 취소하였다. 고속도로 위를 달리는 동안 차가워진 대기와 차량 내부의 온도 차이로 창에는 희뿌연 이슬이 화선지에 떨어뜨린 먹물 자국처럼 서서히 번졌다. 에어컨 바람을 앞창으로 내보내는 소리가 쉭쉭 요란하였다. 운전을 하는 동안에도 머릿속으로 진명주의 사건을 가능한 변수들을 하나하나 짚어가며 재구성하고 다시 허물었다.

김 변호사와 최 형사는 황당한 사태를 파악해 보기 위해, 이미 오늘 오전부터 J시에서 만나 장현도가 구속되었던 사건에 관련된 자료를 모두 뒤졌다고 하였다. 그리고 통화로 간략하게 내게 그 내용을 전달하였다.

"없어. 깨끗해. 그날 비슷한 사망 사건도 교통사고도 없어. 너는 물론 공바라도 그날 근처 사건 기록에 아예 올라 있지를 않아."

이번 생에서는 그 날짜에 바라의 납치도 원조 교제도 교통사고도 전혀 없었다. 날이 밝은 이후, J시에 내려가서 그들을 만나기로 했지만 도저히 참을 수가 없어 서둘러 출발하였다.

J시에 도착한 시각은 새벽 4시가 조금 넘어서였다. 진명주가 머물렀다는 T호텔에 체크인을 하면서 최 형사에게 이미 도착했으니 조식을 같이하면 좋겠다는 문자를 넣었다. 호텔 방에서는 오래된 카펫에서 풍기는 특유의 먼지 냄새가 났다. 두터운 이중 커튼을 완전히 젖히고 베란다로 통하는 문을 열었다. 강원도의 새벽 공기는

여름에도 서리를 품은 듯 차갑다. 작은 철제 원형 티 테이블과 의자에는 새벽이슬이 맺혀 있다. 허리 높이의 베란다 난간에는 낙상 주의 플라스틱 경고판이 부착되어 있었다. 난간에 손을 짚고 아래를 내려다본다.

지금 이 방, 7층에서 진명주는 떨어졌다. 진명주가 투숙했던 방 옆방 투숙객은 남녀가 큰 목소리로 다투는 소리를 들었다고 진술하였지만, 추락 당시 비명 소리는 듣지 못하였다고 하였다.

다툼 끝에 이성을 잃은 공영수가 진명주를 밀었다면 진명주는 등을 뒤로 한 채로 추락하였을 것이다. 물론 이미 사망한 진명주를 위에서 던졌을 수도 있다. 부검 결과 강력한 수면제와 알코올 성분이 검출되었다. 진명주는 수면 장애로 평소 수면제를 처방받아 복용하고 있었다.

혈중 알코올 농도는 0.237퍼센트.

진명주는 추락 시 이미 의식이 없는 상태였을 가능성이 높다. 공영수는 살해 혐의를 적극적으로 부인하였다. 진명주의 팔에 난 상처는 몸싸움의 흔적일 수 있지만, 공영수는 진명주와는 다소 격앙된 말다툼이 있었을 뿐, 그녀에게 상해를 입힌 적이 전혀 없다고 진술하였다.

살해 동기는 사업 운영 중 자금난에 몰린 공영수가 진명주의 재산을 노린 것으로 파악되었다. 사건 직후 자살로 수사가 진행된 까닭에 시간을 벌었던 공영수는 조사가 시작되기 전 몸을 감춰 2개월 가까이 잠적했고, 바라 역시 그 시기에 위장된 신분으로 전학을 하였다. 공영수는 이후, 스스로 경찰서로 찾아가서 자수하였다. 그는 1심 재판에서 살인죄로 징역 12년을 선고받고 이후 항소심 재판 진행 중, 사망하였다. 공영수가 수감되어 있던 곳은 서울남부 교도소였다.

바라가 아버지를 면회 가는 눈치는 없었다. 주말을 이용해 다녀 왔을까 하고 생각해 보다가 나는 고개를 저었다. 같이 서울에 갔던 날 바라는 강원도로 온 이후 처음으로 서울에 와본다고 하였다.

바라는 어머니를 살해한 아버지를 면회 한번 가지 않을 만큼 증오했던 것일까. 아니라면, 갈 수 없는 또 다른 사연이 있었던 것일까. 고양이 페이스페인팅을 하고 챙이 긴 모자를 눌러쓰던 바라가 떠오른다. 분명히 당시에도 신변의 위협이 있었다. 두서없는 생각의 꼬리를 자른 것은 핸드폰 알림음이었다.

최 형사로부터 김 변호사와 같이 30분 후에 도착한다는 메시지가 들어왔다. 두 사람 모두 이 시각까지 나와 마찬가지로 잠을 이루지 못한 모양이다. 최 형사는 공영수와 진명주 사건에 대하여 추가 자료를 챙겨 올 것이다. 사건 파일 자체를 다 가져오겠다고 장담하였다. 나는 잠시 책상 의자에 앉아 금고 속 봉투에 담은 공바라 부모의 사건에 대한 정보를 받을 때 나누었던 예전 대화를 떠올린다.

"알아보니, 진명주는 빙산 같은 사람이야. 수면 윗부분으로는 판단이 불가능한 사람이었더라고. 진명주가 알려진 것 이상으로 엄청난 재산을 모은 건 맞았어."

최 형사가 찜찜한 기분을 털어내려는 듯 쯧쯧, 혀를 차며 입맛을 다셨다.

"진명주 박사는 정보기관 산하 연구원 아니었습니까? 그런데 무슨 재산을 그렇게나 많이 모을 수 있었죠?"

"아니야, 단순한 연구원이 아니었어. IT 분야에서 독보적인 천재 공학자였지. 당시에 정보 통신은 팡팡 터지기 시작할 즈음이니까, 우스갯소리로 진명주가 종이에 쓰윽 하고 휘갈기면 정보 통신 쪽에 새로운 사업 아이디어와 기술이 생겼다잖아."

"그래서 공영수 박사의 벤처도 성공가도를 달렸군요."

최 형사는 고개를 끄덕였다.

"다들 그렇게 알고 있었지. 정보기관 관리를 받는 마누라가 직접 기업은 못하니 공 박사가 아이디어만 받아서 한국에 와 벤처한다고. 와이프 잘 만난 덕에 기업도 일으킨다며. 그런데 좀 더 파고들어 알아보니 말이야……."

"사실이 아니었나요?"

"그래. 공영수의 사업에 넘긴 것도 있었겠지만 그것은 극히 일부였던 것 같고, 비공식적 루트를 통해 다른 쪽으로 팔아 챙긴 부분이 훨씬 더 컸어. 진명주는 그 자본을 종잣돈으로 해서 벤처 캐피탈 투자로 돌아섰어."

"정보국 소속인데 그게 가능합니까?"

"본격적으로 기업과 투자를 건드리기 시작했을 때 진명주는 정보국과 공식적인 관계를 정리한 것으로 되어 있어."

바라에게서 전해 듣기만 했던 진명주의 이미지와는 사뭇 다른 행보였다. 세상과 분리되어 자신만의 세계에 사로잡힌 과학자 같았는데.

"투자도 당연히 성공적이었고요?"

"아무래도 천재 공학자이고 미 정보국과 관계가 있었으니 정보가 많았겠지. 인큐베이팅하는 IT 업체에 전략적인 투자를 하였는데 다들 이른바 초대박을 친 거야. 벤처 캐피탈을 끼고 모조리 재투자하는 식으로 단기간에 상상도 못할 규모로 돈을 불렸어."

"대중에게는 그다지 잘 알려지지 않은 사실이네요."

"정보국 관련이니까, 아마 관리도 했겠지. 이제 한참 지난 일이고 하니 여기저기 미국 보고서 들쑤시고 루머들 조각을 맞춰보고 하니까 대충 그림이 잡힌 거지. 이런 시시콜콜한 뒷이야기들을 대중이 어떻게 알아."

나는 진명주의 예상치 못한 과거 이야기에 미간을 찌푸리며 고개를 저었다.

"혹시, 정보국과 관계가 나빠지진 않았을까요?"

"그건 아닌 듯해. 워낙 능력도 외모도 출중하다 보니 인맥이 좋았어. 진명주가 뭔가 미 정보국 고위층과 다른 거대 자본들 사이의 다리 역할을 한 느낌이야. 설에 의하면 러시아 고위층과 접촉하고 있다는 말도 있었고. 뭐, 그때도 냉전이야 끝난 지 오래니 러시아가 주적은 아니었겠지만."

나는 실소에 가까운 웃음을 흘렸다. 공영수와 별거를 하며 바라를 한국에 내버려두고서 진명주가 한 일이 고작 부의 축적이라니.

"천재 과학자가 완벽하게 세속화될 때 어떤 일이 벌어지는지 진명주가 그 표본을 보여주는군요. 그래서 대체 얼마나 성공을 거둔 건가요."

최 형사가 머리를 쓱쓱 긁었다.

"일단 재산이 미국 내 차명으로도 기업 몇은 살 수 있다고 할 만큼 어마어마했고, 스위스 은행 구좌에도 엄청난 금액을 넣었다는 말도 있고. 하긴 그전 몇 해가 미국 나스닥의 최고 버블 성장기였으니까. 극비로 진행된 투자도 있어서 말야. 아마 공영수가 구체적 금액은 모르지만 상당히 기대했었나 본데……."

최 형사가 씁쓸한 표정으로 담배를 피워 물고 깊이 빨아들이더니 연기를 내뿜으며 말을 이었다.

"희한하게도 단 한 푼도 없었어. 어마어마한 빚만 있었어."

뜻밖의 조사 결과였다.

"그러면 살해 동기가 인정되지 않는 것 아닙니까."

"공영수도 그렇게 주장했지. 그런데 차명과 스위스 은행 계좌까지 있었으므로, 당시 진명주의 자산을 확인할 수 없었지. 그리고 재산이 아니더라도 두 사람 사이가 좋지 않았으니까 말야. 공영수에게 여자도 있었어. 공영수는 극구 부인했지만, 증거가 즐비했어.

사진에, 카드 내역에……."

"좀 우습네요. 증거를 즐비하게 남기며 외도라니."

"그래도 될 만큼 껍질만 남은 부부였을 수도 있고. 별거가 몇 년째였는데."

나는 호텔 방의 차가운 침대 시트에 똑바로 누웠다. 환하게 밝힌 불이 눈을 찔러서 팔을 들어 눈을 가렸다. 고등학교 1학년 가을에 만났던 진명주의 얼굴과 목소리를 떠올렸다. 학교를 찾아왔던 진명주는 결코 그런 사람이 아니었다. 바라처럼, 자신만의 세계에 갇혀 있을지언정 정부 고위층과 정보국을 교묘하게 주물러 사리사욕을 채우려는 저급한 욕망에 사로잡힌 사람이 아니었다.

그렇다면 공영수는 자신의 아내, 딸의 엄마를 죽이고 싶을 만큼 돈에 집착하는 사람이었을까.

바라는 아버지에 대해 어떤 말을 했던가, 기억을 되짚어본다. 2학년 1학기가 끝날 무렵, 오직 바라에게만 누구에게도 제대로 털어놓지 않았던 내 부모에 대한 이야기를 하였다.

"나는 아버지가 없어."

정적에 잠긴 새벽 시간, 나는 바라를 쳐다보지 않고 말하였다. 마치 국어 참고서를 소리 내어 읽듯이 태연함을 가장하였다.

"아니, 정확하게 말하자면, 난 생물학적 아버지가 누구인지조차 몰라."

바라를 향해 돌아앉았지만, 바라는 무던한 태도로 나를 쳐다보기만 하였다. 바라의 어깨 위로 교실 형광등 불빛이 쏟아지고 있었다. 난 눈을 가느스름하게 뜨고 말을 덧붙였다.

"더 우스운 사실은 내 어머니도 진심으로, 도무지 내 아버지가 누구인지 모르겠다는 거야."

바라가 자리에서 일어서 한 걸음 내게로 다가왔다. 나는 말을 멈추지 않았다. 겨우 토해낸 미끈거리는 덩어리가 도로 기도로 미끄러져 들어가 숨을 틀어막을 것만 같았다.

"내 어머니는 여러 남자를 상대하는 직업을 가지고 있었어. 그래서 모른다고. 내…… 아버지를."

바라가 손을 내 오른 어깨에 조용히 두었다.

"나는, 부끄럽지 않아. 그렇지만 누구에게도 말해 본 적은 없어."

난 바라를 담담하게 올려다보았다.

이제 너는 내게 어떤 위로를 건넬까. 동정? 연민?

아니, 어쩌면 잔혹한 비웃음.

바라는 어깨에 올린 손을 거두지 않고 무표정하게 나를 내려다보기만 하였다. 동정도 연민도 비웃음도, 심지어 위로조차 아니었다.

"내 아버지는 지금 교도소에 있어."

흠칫 놀라는 기색을 모르는 척하며 바라가 차분하게 말을 이었다.

"내 엄마를 살해했다는 죄목이야."

나는 놀라움에 입을 벌린 채로 고개를 저었다.

"응, 나는 결코 믿지 않아. 아니, 사실이 아니야. 사실이 아니니까 믿지 않는 거야."

나는 내 어깨에 올려진 바라의 손을 잡았다. 바라의 손을 쥔 왼손 위로 내 얼굴을 기울였다.

겹쳐진 손 두 개를 내 어깨와 볼 사이에 가두고서, 나는 비스듬히 바라를 올려다보았다. 바라의 머리 뒤로 청백색 형광등이 겹쳐 눈이 시렸다. 눈을 찡그리자 바라가 다른 손을 들어 내 눈을 가렸다.

"누구에게도 말하면 안 돼."

"응."

"내 부모가 누군지 짐작 가는 사람이 있어?"

"……응."

바라가 내 눈을 가리고 있던 손을 내렸다. 갑자기 시야가 열리자 불빛과 바라의 실루엣이 뒤섞여 바라의 주위로 빛이 잔물결처럼 흔들렸다. 나는 눈을 깜박이며 자리에서 일어섰다. 잡은 손은 그대로였다.

"믿어줘. 내 아빠는 좋은 사람이야."

"응."

"다만, 나는……."

바라가 입을 꾹 다물었다. 턱이 잔잔하게 떨렸다. 바라의 왼손을 잡은 채로, 나는 다른 손을 들어 바라의 눈을 가렸다. 바라가 갈라진 목소리로 겨우 말을 이었다.

"……나는, 다만 엄마랑 아빠가……. 엄마가, 너무 보고 싶을 뿐이야."

나는 어찌할 바 몰라 하며 바라의 눈을 덮은 내 손등에 가만히 입술을 붙였다.

"바라야."

나는 손을 사이에 두고 입술을 붙인 채로 바라를 불렀다. 내 입에서 나오는 숨이 뜨거웠다. 내 손 안에 잡힌 가느다란 바라의 손이, 나와 맞닿은 바라의 얼굴이 슬픔으로 흔들렸다. 깨어지기 직전의 도자기처럼, 불안한 균형이었다. 나는 눈물이 솟을 것만 같아 억지로 마른침을 삼켰다. 바라는 가만가만 숨을 내어 쉬기만 할 뿐 울음을 터뜨리진 않았다.

바라가 부모님의 이야기를 하며 감정의 동요를 보인 것은 그날이 처음이자 마지막이었다. 이후로 바라는 종종 믿어지지 않을 만큼 편안하고 만족스러운 표정으로 아빠에 대해 이야기했다.

"아빠는, 좋은 사람이야. 아빠는 엄마를 머리부터 발끝까지 사랑해. 엄마도 아빠를 사랑하지만 중력장이 달라. 아빠는 엄마에게 속한 행성이야. 엄마는 아빠 없이 살 수 있어도 아빠는 엄마가 없다면 매우 고통스러워할 거야. 엄마는 아빠 없이 빛을 만들어도 아빠는 엄마의 빛을 받아야 하니까. 그러기에, 더욱 사랑해. 그래서 가끔은 불행했겠지만."

바라에게 엄마는 살해당하지 않은 사람이고, 아버지는 더군다나 살해범이 아니었다. 공영수, 이름을 발음하며 바라는 조금 웃었다.

"공수래 공수거. 할아버지가 욕심 부리지 말라는 뜻을 담아 지어주신 이름이라 했어. '공수레'라고 아빠는 스스로 자신의 이름을 놀리고 그러면서 즐거워했어. 일생에 욕심은 단 한 번, 진명주였대. 그다음에는 리틀 진명주, 공바라가 욕심이래. 아빠는 빈 수레 하나에 엄마랑 나만 싣고 다닐 거라고 했어."

나는 침대에서 일어났다.

호텔 편지지에 공영수, 진명주, 공바라 세 사람의 이름을 썼다. 만약 모두 제3자에 의해 살해당했다고 가정한다면, 원인은 매직 스피어일 것이다. 혹은 매직 스피어를 탐한 공영수가 진명주를 살해하였을 수도 있다. 하지만 만약 공영수가 구속된 후 다른 이에 의해 바라가 살해되고 공영수도 살해되었다면, 이는 분명 매직 스피어에 대해 정확한 정보를 가진 다른 누군가가 있다는 말이 된다. 바라의 말을 따르자면, 후자일 가능성에 무게가 실린다.

그렇다면 대체 누가.

톡톡, 호텔 방문을 노크하는 소리에 나는 자리에서 일어섰다. 최형사, 그리고 김 변호사다. 문을 열고 선 나를 보고 최 형사가 얼떨떨한 표정을 지었다. 최 형사는 변함없이 머리는 부스스하고 몸은 담배 냄새에 절어 있었다. 뒤이어 얼굴을 내민 김 변호사도 별반 다르지 않다. 유행에 뒤처진 품이 크고 낡은 양복까지 그대로다.

나는 으쓱하며 양팔을 벌렸다. 한숨도 잠을 못 자 핏발 선 눈으로 우리는 서로를 마주 보았다.

"마법이 존재하나 봅니다. 아님 우리 모두 단체로 환각을 보던가요."

"뭐든. 난 좋아서 춤이라도 추겠어."

최 형사가 나를 덥석 껴안았다. 김 변호사가 두 사람을 동시에 껴안고 등을 마구 두드렸다.

"어휴, 이 자식. 어휴, 어휴. 진즉 이래야 했을 녀석이."

얼결에 깊은 포옹을 마치고 최 형사가 무안한 듯이 코를 팽 풀었다.

세 사람은 테이블에 둘러앉아 진명주 사건 파일을 펼쳤다. 관할 경찰서가 아니라서 예전 동료한테 부탁하고 사정하여 오래된 자료를 겨우 뒤져서 찾아왔다고 하였다. 김정훈 변호사와 둘이 하루 종일 같이 다니면서 이번에 맡게 된 다른 재판에 참고할 사안이 있다는 둥 거짓도 섞고 사정도 해가면서 자료를 받고, 당시 형사를 찾아다니며 사건 경위를 설명 들은 모양이었다.

세 사람 모두 진명주 사건의 현장 사진들을 처음으로 확인할 수 있었다. 진명주의 시신, 방에 있었던 소지품, 호텔 방의 세부 사진들까지 하나씩 검토하다가, 나는 문득 앞 장으로 돌아가 사진 하나를 자세히 들여다보았다.

"이건 뭔가요? 바셀린?"

나는 진명주의 소지품을 찍은 사진 중 자그마한 통을 가리켰다.

"응, 맞을걸?"

"세면 용구를 포함해서 개인이 소지한 미용 물품은 슈퍼에서 구입할 수 있는 크림 한 통 뿐인데, 바셀린은 미국에서부터 챙겼네요."

나는 사진을 자세히 들여다보면서 말하였다. 김정훈 변호사가 설명을 더했다.

"진명주가 아토피가 있다고 적혀 있어. 심한 건 아니고, 손목 안쪽 주름 부위랑 입술 부위? 손목에 상처가 있어서 혹시 자살 상흔인가 조사했더니 병원 기록에 아토피라고 나왔거든. 입술에도 아토피가 있었다네. 바셀린 같은 보습제를 안 바르면 찢어질 정도로 심했나 봐. 연구소에서도 큰 통으로 두고 입술에 발랐다고 하더라."

입술 아토피?

나는 기억 속에서 진명주의 얼굴을 떠올렸다. 화장기는 하나도 없었지만 입술은 반짝거렸다. 학교 건물을 돌아보던 중에도 진명주는 백에서 바셀린을 꺼내어 입술에 문질렀다. 나는 페이지를 급히 넘겨 되돌아갔다. 사진 속 호텔 티 테이블 위에는 양주병과 온더록스 잔이 있었다. 술잔은 두 개였다. 그중 하나에서 진명주의 지문이 검출된 것으로 기록되어 있다. 다른 하나에서 일부 검출된 지문은 공영수의 것과 일치하였다.

"공영수가 같이 술을 마셨다고 진술했나요?"

"아니, 본인이 방에 있을 때 술은 없었다고 했어. 진명주도 멀쩡한 상태였다고 했고."

"이상한데요?"

"뭐가?"

"진명주가 머물렀던 시기라면 강원도는 이미 추운 겨울입니다. 호텔 방 온도는 자동으로 맞춰져 있을 테고, 라디에이터에서 나오는 열기는 방을 몹시 건조하게 만들었을 겁니다."

"그런데?"

최 형사는 아직 내가 무슨 말을 하는지 모르겠다는 눈치였다.

"진명주는 책상에서 책을 읽고 있었어요. 라디에이터는 책상 바로 옆에 있습니다. 바셀린도 책상 위에서 발견되었죠. 사진을 자세히 보면 바셀린 통 옆에 면봉 하나가 있습니다. 진명주는 그 시간 즈음에도 바셀린을 발랐을 겁니다."

"아, 그렇군. 아토피는 건조하면 심해지고 그런 건가?"

"특히 입술이라면 이런 난방 장치가 있는 고온 건조한 방이 최악이죠. 분명히 바셀린이 수시로 필요했을 겁니다."

최 형사는 뭔가 감을 잡은 듯 사건 파일의 사진을 눈에 바싹 붙였다.

"그런데 그게 어쨌다는 거야?"

김 변호사가 최 형사를 너머다 보고는 내게 물었다.

"책상 위 물컵에는 희미하게 자국이 보입니다. 그런데, 훨씬 더 상세한 사진 컷에서 술잔은 너무 말끔해요."

김 변호사는 눈썹을 찡그리며 최 형사 옆으로 고개를 붙이고는 사진을 다시 보았다.

"정말 그런 것도 같고."

"그럼 진명주가 술을 안 마셨다는 거야?"

"그럴 가능성도 있지 않을까요."

"뭐야, 이거."

최 형사는 머리를 쓸어 넘겼다.

"만약에 말입니다. 누군가가 진명주, 공영수, 공바라를 모두 죽이고 싶어 했다면 어떻습니까."

"셋 다 동일인이 살해했다는 거야?"

"그런 가정 하에 사건 조사를 진행했을 때 모순이 생기냐는 겁니다."

나는 와이셔츠 속에 숨겨져 있던 목걸이를 꺼내었다.

"기억나십니까?"

김 변호사와 최 형사가 동시에 고개를 끄덕였다.

"말씀해 주십시오, 최 형사님. 위험을 무릅쓰고 이걸 저에게 주신 이유를."

최 형사가 찡그려서 주름이 잡힌 이마를 한 번 문지르고는 답하였다.

"그러니까, 닥터 장이 과실상해죄로 복역한 사건 말이야."

"그렇죠. 그 인생에서 말입니다."

"꿈에 바라가 나왔어. 공바라. 그것도 세 번이나. 내가 꿈에서도 누군지 몰라서 물으니, 웃으며 말했어. 저는 공바라예요. 형사 아저씨, 내 목걸이를 찾아주세요. 엄마가 내게 주신 유품이에요. 그 목걸이를 현도에게 전해주세요. 반드시 그래야만 해요. 선명하게 말했어."

"⋯⋯그랬군요."

"다음 날, 그다음 날도 꿈에서 빤히 보고만 있길래⋯⋯."

최 형사는 몸을 떨며 양팔을 문질렀다.

"너무 생생해서 나는 그때부터 귀신을 믿어. 그리고, 세상에 못 믿을 건 없다고 생각해. 지금 이 순간도, 네가 하룻밤 사이에 장현도 원장이 된 현실을 난 명백하게 믿는다고."

나는 꿈에서 최 형사를 찾아간 바라를 떠올리며 목걸이를 만지작거렸다. 가슴 가운데가 살이 꽂힌 것처럼 뻐근하다.

"온통 뒤바뀌었는데도 제가 계속 간직하고 있는 물건 두 가지 중 하나가 이 목걸이예요. 이번 생에서는 바라가 직접 이 목걸이를 제게 주었어요. 또한 이 목걸이의 존재와 사연을 정확하게 아는 사람만 나의 다른 생을 기억합니다."

김 변호사가 고개를 끄덕이며 덤덤히 물었다.

"그럼 다른 한 가지 물건은 뭔데?"

"매직 스피어."

"응? 그게 뭔데?"

"꿈을 통해 과거로 접속하는 기계예요. 저는 바라가 죽기 전에 맡겼던 물건을 이제야 전해 받은 것이고요. 단 한 번만 사용 가능하다고 했으니 이젠 무용지물일지도 모르죠. 저는 그 기계를 통해서 과거 바라가 살해되던 날에 접속했습니다. 그 장소에 두 시간 일찍 가서 다른 곳으로 피했습니다."

"대체, 그 기계가 어떻게."

최 형사와 김 변호사 모두 눈을 둥그렇게 떴다. 도저히 믿을 수 없다는 반응이었다.

"매직 스피어는 마법은 아닙니다. 미 정부에서 비밀리에 추진하던 프로젝트였고, 파기된 이후 일부 과학자들이 은밀하게 진행시켰습니다. 진명주가 처음부터 핵심 인력으로 그 프로젝트에 관여했습니다. 어쩌면 마지막 완성은 오로지 혼자 해냈을지도 모릅니다."

"이거, 스케일이 왜 이렇게 커?"

최 형사는 입을 떡 하고 벌렸다.

"매직 스피어의 존재를 아는 사람은 극소수이고, 그것이 완성되어 실현 가능하다는 사실을 아는 사람은 어쩌면 희생된 바라 가족 외엔 없을 수도 있습니다. 아니, 어쩌면 그들을 살해한 다른 한 사람도 알고 있을 수 있겠지요. 같이 연구했던 연구원이든, 미 정보국이든. 아마 마지막 완성을 위해 도움을 얻었을 러시아 정보국일 수도요."

"어이, 이거 미치겠구만."

최 형사는 정신이 없다는 듯 머리를 좌우로 잘게 흔들었다. 김정훈 변호사가 상황을 정리하였다.

"그러니까, 네 말은 지금 그 가족이 모두 그 기계 때문에 살해당했다는 거야?"

"네, 진명주의 살해부터 새로이 가정해야 또 다른 한 사람을 찾을 수 있습니다. 어쩌면 그 사람은 지금, 내가 매직 스피어를 통해 과거를 바꾼 사실을 알아챘을 수도 있습니다. 그렇다면, 매직 스피어의 존재를 아는 저, 그리고 세 사람 모두 위험에 빠질 수도 있습니다."

최 형사는 이맛살을 찌푸리더니 안 그래도 말이야, 하고서 이야기를 꺼내었다.

"그 사건에서 너한테 차로 상해 입었던 사람, 네가 바라 살인범이라고 주장했던 사람 말이야."

"네."

"뭔가 찝찝하고 궁금하기도 하고 해서 찾아봤거든. 지난번 사건의 기억을 더듬어서 비슷한 생년의 이름을 몽땅 뒤졌어. 주민번호까지는 도무지 기억이 안 나서 말이야. 이름도 평범해서 좀 귀찮긴 했는데 아무튼 이민석, 그자로 추정되는 사람이 12년 전에 사망했어."

"낙상인가요? 저번처럼?"

"아니, 죽은 연도도 좀 당겨졌고, 사인도 교통사고야. 차를 몰고 가다가 중앙선을 넘은 트럭과 충돌했어."

"그렇다면, 바라는 역시……"

나는 차마 말을 잇지 못하였다. 김 변호사가 씁쓸하게 덧붙였다.

"그래, 논리대로라면 이민석이 바라를 살해하고, 본인도 얼마 지나지 않아 살해당했다는 이야기지."

나는 손을 들어 주먹으로 바싹 마른 입술을 문질렀다. 마지막 기억에서 호빵을 후후 불어가며 먹던 바라가 떠오른다. 보드라운 살결 아래로 따뜻한 피가 흐르던 바라. 바라의 영혼은, 육신은 어디에 있단 말인가.

"공영수가 교도소에서 죽었던 시기에 사망한 신원 미상의 사체를 찾아볼 수 있을까요."

"뒤지다 보면 나오겠지."

"바라로 추정되는 사건이나 백골 사체가 있다면, 알려주십시오."

최 형사는 굳은 표정으로 고개를 끄덕였다.

"이민석의 행적을 조사하는 게 가능합니까?"

"할 수 있는 만큼 해보겠지만 이미 죽은 지 10년이 넘은 사람이고, 너무 오래된 행적이라서. 살아 있기만 하면 또 해볼 만한데. 그 외엔 바라와 관계되는 사람 중 만나볼 만한 사람이……."

"정철우 의원이 있지 않습니까."

내 말에 최 형사가 황망하다는 표정을 지었다.

"지금 여당 대표를 일개 형사가 뜬금없이 어떻게 만나? 나와 공바라는 아무 관계도 없는 사람이 되어 있는데."

"제가 한번 만나볼까 합니다."

"어떻게?"

"병원장과 친분이 있습니다. 월요일에 선거구 사무실로 축하 인사를 드리러 간다는데, 따라가볼까 합니다."

김 변호사가 이해가 된다는 듯 고개를 끄덕였다.

"지난번 생에서, 네가 정철우 의원의 도움을 받았지. 병원에 취직할 수 있도록 해주고 말이야."

"그건 지난번이고, 이번은 아예 닥터 장을 모를 텐데요? 그래, 닥터 장, 정철우 대표를 만나서 뭐라고 하려고? 바라 가족이 살해되었다고 하려고?"

"글쎄요. 그래볼까도 싶습니다만."

"뭐?"

최 형사가 뜨악한 표정으로 반문했다. 김 변호사는 최 형사보다
는 정철우 의원과의 만남에 긍정적인 반응이었다.

"닥터 장을 기억하지 못한다 해도, 그분이 움직이면 사건이 좀
더 쉽게 해결되겠죠. 기억으로는 바라와 바라의 엄마를 무척 아끼
셨으니 말입니다."

"그렇다면 좋겠지만."

최 형사는 반쯤만 설득이 된 채로 동의하였지만 본인이 생각하
기엔 만고에 쓸데없는 짓이라며 툴툴거렸다.

최 형사 말이 옳았다.

정철우 의원은 눈코 뜰 새 없이 바빴고, 그를 만나려는 사람들
은 분 단위로 쪼개진 약속 시간을 위해 줄을 서서 기다려야 했다.
신 병원장이 아무리 정 의원을 후원한다고 하더라도 예외는 아니
었다. 마치 감기 철 동네 소아과처럼 북적거리는 선거구 사무실에
서 신 병원장과 나는 합쳐서 5분어치의 가치가 있는 사람일 뿐이
었다.

의례적이고 기계적인 악수에도 정철우 의원은 몸에 밴 따스하

고 품위 있는 태도를 보였다. 신 병원장이 나를 소개하며 S대를 수석 졸업한 S성형외과 최고 실력자라고 비행기를 태웠다. 정철우 의원이 "아, 그래요? 최고 엘리트시군요" 하고 내 쪽으로 눈길을 주는 기회를 놓치지 않았다.

"엘리트는 아니고 평범한 시골 출신입니다. J시 ○○고등학교 03년 졸업생 중 제가 제일 출세한 건 맞습니다만 병원장님에 비하면 실력은 아직 한참 멀었습니다."

정철우 의원이 움칫하였지만, 짧은 순간이었다. 짧은 순간 동안 나와 맞부딪힌 시선을 거두지 않으며 빠른 판단을 마친 듯하였다.

"○○고등학교 출신이시라고요."

"고등학교 이름이 특이하지요. 그저 작은 시골 고등학교입니다."

정철우 의원은 내 말이 끝나기 전에 되물었다.

"03년도 졸업이라면, 공바라를 아십니까?"

나는 고개를 갸웃하였다.

공바라, 공바라.

이름을 두어 번 혀에 굴려보고는 고개를 얕게 끄덕였다.

"기억은 납니다."

"친하지는 않았나 보군요."

"같은 반이었지만 대화를 나눠본 기억은 그다지 없습니다."

정 의원이 몹시 아쉽고 안타깝다는 표정을 만들었다.

"바라는, 내 조카딸이나 손녀 같은 아이였습니다. 백방으로 노력했지만 지금은 찾을 수가 없습니다. 생사조차도……."

비서관이 정해진 시간이 지났다는 눈짓을 하였다. 정 의원은 나만을 바라보며 말하였다.

"바라와 한 반 친구였다니, 조금 더 이야기를 나누고 싶습니다. 따로 초대를 해도 되겠습니까."

나는 고개를 숙이며 기꺼이 초대에 응하였다. 인사를 마치고 고개를 든 순간, 정 의원의 깊고 차분한 눈매가 문득 파도처럼 일렁이고 있다는 사실을 깨달았다.

진명주에 대한 그리움, 혹은 바라에 대한 안타까움이 정 대표의 가슴에 강을 이룬 걸까.

남겨진 사람들

"한번 앉아보실래요?"

"응?"

"창가 제일 뒷자리에 앉아서 하늘을 보실래요?"

"그럴 수 있을까?"

여자는 아직 청소 중이거나 종례 중인 교실들을 창문을 통해 넘어다보았다.

"여긴 3학년 교실이라 그렇고, 1학년은 거의 다 귀가했을 겁니다. 아, 저희 반은 확실히 한 명도 없이 비어 있을 거예요. 오늘, 청소도 종례도 없이 바로 마쳤거든요. 집으로 간 친구들은 몇 명 없겠지만"

나는 여자를 3층 복도 제일 안쪽에 있는 우리 반 교실로 안내하였다. 예상대로 교실은 텅 비어 있었다. 문을 열고 먼저 들어서면서 나는 눈에 보이는 큰 쓰레기들만 대충 수습하였다.

"들어오세요."

"고마워."

여자는 교실에 들어서자마자 곧장 창가 제일 뒷자리로 걸어갔다. 학생처럼 의자를 빼고 앉아서 책상에 턱을 괴고는 창만 쳐다보았다. 유달리 까맣고 윤기가 흐르는 검은 머리칼이다.

"어떠세요? 하늘이 잘 보이시나요?"

"응. 잘 보여. 좋아."

여자는 창만 바라보면서 답하였다.

"해가 뜨기 전, 새벽에는 훨씬 더 좋아요. 별이 보이던 하늘색이 계속 바뀌거든요. 해가 뜨는 모습도 볼 수 있는데, 보통 해는 저기 저쪽 산 위로 떠오릅니다."

나는 여자의 옆으로 다가가 평소와 다르게 수선스러운 설명을 덧붙였다. 창 너머 하늘을 바라보며, 턱을 괴고 앉은 여자가 나를 가만히 올려다보았다.

"새벽에 학교에 오는구나."

"네, 제가 제일 먼저 학교에 옵니다. 등교 시간까지 새벽 시간을 대체로 혼자 씁니다."

"와, 멋있다."

여자가 나를 올려다보며 앉으라는 신호로 옆자리를 두어 번 두드렸다. 나는 요구대로 옆에 앉아 창을 바라보는 여자의 옆모습만 보았다. 뚫어지게 여자를 보는 동안 이유 없이 가슴이 울렁거리고 눈물이 쏟아질 것만 같았다.

여자가 바라보는 창밖으로 짧은 겨울 해가 빠르게 기울어진다. 곧 사그라질 저녁 빛 속에서 여자도 곧 사라져버릴 것만 같다. 오늘 처음 본 낯선 사람인데, 마치 오랫동안 기다려왔던 사람처럼 안타깝고 그립다. 여자가 가만히 나를 돌아다보다가 손을 들어 내 턱을 가벼이 스친다. 나도 모르게 흘러내린 눈물이 턱에 맺혀 있다.

"일몰이 아름다워. 그치?"

"……네. 하지만, 일몰 때문이 아니라……."

"응?"

"저도, 제가 왜 이러는지 모르겠습니다. ……꼭, 오래 알았던 분 같아요."

"그래? 내가 친밀하다는 뜻인가?"

"모르겠어요. 분명 처음 뵙는 분인데, 오래 기다린 분 같고."

나는 답답함에 억지로 마른침을 삼켰다. 심장이 둥둥 큰 소리를 내며 뛰기 시작했다.

"막막하고, 그리고 지금 너무 불안합니다."

난 훅훅, 얕은 숨을 내뱉었다.

"왜 불안해? 괜찮아, 천천히 설명해 봐."

여자는 나의 손을 다정하게 감싸 쥐었다.

"현도, 맞죠?"

교복에 붙은 이름표와 내 얼굴을 찬찬히 번갈아 보며 여자가 말하였다.

"장현도, 현도 군. 괜찮아. 어떤 이야기도 좋아. 말해 봐요."

"제가 아는 누굴 닮았는데, 이 자리에 앉았던 사람 같은데, 기억이 나지 않아서. 아니, 떠오르는 얼굴이 아는 사람이 아니에요. 자꾸만 이상한 질문이 튀어나올 것만 같아서……."

나는 두통으로 미간을 찌푸렸다.

"무슨 질문이든 괜찮아. 난 질문을 좋아해."

"왜 멈추지 않으세요? 지금 하시는 일, 뭔지 모르지만 위험해요."

난 고개를 흔들었다.

"저, 한 번도 이런 적 없습니다. 누군가를 보고서 말해 주지 않은 일이 느껴진 적은 없어요. 제가 왜 이러는 걸까요. 저를, 혹시 아시나요? 만난 적이 있습니까?"

여자는 고요히 고개를 저었다. 천천히 눈을 가린 안경을 벗고서 나를 마주하였다.

"혹시 나를 보면 나를 닮은 누군가가 떠오르나요?"

여자의 눈동자는 내가 분명히 아는 눈동자, 아니 사랑하는 눈동자이다.

붉은 꽃 수술을 품은 눈동자.

여자의 얼굴에 소녀가 겹친다.

나는 손을 뻗어 여자의 손을 잡는다.

불명확한 정보들이 뱅글뱅글 회오리바람처럼 나를 휘감는다.

현기증으로 감각이 흐려진다.

독한 약에 취한 것처럼 이성이 무뎌지고 오직 하나, 기억의 저편,

무의식의 뒷자리 어디선가 맹렬하게 뚫고 치솟는 분노만이 나를 통째로 뒤흔든다.

"이해할 수가 없어요. 하지 마세요. 위험해요. 대체 왜! 당신이 왜! 왜, 그게 필요해!"

나는 여자에게 화를 내고 있다.

여자가 움켜쥔 내 주먹을 양손으로 감싸 쥐고 천천히 두드리며 나를 지그시 바라보기만 한다. 나는 분노와 안타까움과 형언할 수 없는 불안감에 휩싸여 온몸이 뜨거워진다. 눈으로 화산 같은 열기가 폭발할 것만 같아 차마 여자를 똑바로 바라보지 못한다.

"현도 군."

나는 주먹에 머리를 대고서 책상 위로 엎드렸다. 어지러워 견딜 수가 없다. 숨을 몰아쉬었다. 격렬한 운동을 한 이후처럼 온몸의 근육과 호흡계가 제대로 말을 듣지 않았다. 이마에서 식은땀이 솟았다. 여자가 마치 아이에게 하듯이 등을 다독다독 두드렸다.

"이해해 줬으면 좋겠어요."

나는 목이 졸리는 듯한 느낌에 기침을 하며 몸을 일으켰다.

"미안해요."

등을 쓸어주며 여자가 의미를 알 수 없는 사과를 한다.

"고마워요."

붉어진 태양 빛을 받으며 여자는 울고 있다.

"나는 도저히 멈출 수가 없었어요. 이젠, 멈춘다 해도 돌이킬 수가 없어요."

"불가능합니까? 도저히 바꿀 수 없습니까. 당신 같은 천재가, 당신같이 미래를 보는 사람이! 바꿀 수 없는 일입니까!"

내가 아닌 다른 이가, 내 입으로 말을 하고 있다. 나는 구역질이 나 입을 틀어막는다.

"어쩌면, 당신이 할 수 있겠군요."

마지막 저녁 빛이 붉게 타오르다가 순식간에 사라져버린다.

여자의 눈에서 빛이 사라진다.

나는 기침을 하면서 잠에서 깨어난다. 붉은 전자시계는 정확하게 새벽 5시를 가리킨다.

침대, 책상, 사진, 커튼…….

모든 것이 똑같다. 침대에 앉은 채로 어지러운 머리를 양팔로 감쌌다. 이번 생에서도 마찬가지로 난 보리수 메일을 수신한 후, 스님께 자그마한 구식 핸드폰을 전달 받았다. 전원은 켜지지 않았다. 하루 이틀 지나 켜보았지만 여전히 소용없었다. 나는 그것을 바라와의 추억으로 간직하려고 금고에 보관하고 있었다. 분명히, 오늘은 전원이 켜질 것이다. 매직 스피어는 사용자가 매직 스피어로 과거에 접속한 시간이 되기 전까지는 그로 인해 변경된 과거 시간에서 매직 스피어로 재접속할 수 없도록 설계되어 있었다.

나는 오직 바라에게만 집중하여 기억을 되짚는다. 겹쳐진 기억들의 갈피를 잡으며 엉킨 실타래에서 천천히 실을 뽑아내듯이, 달라진 기억만 추출하려 노력한다.

목걸이를 주던 날의 기억이 바뀌었다. 바라는, 편의점에서 작은 목소리로 빠르게 말한다. 나는 입이 막힌 사람처럼 바라의 말을 듣고만 있다.

아빠는 엄마를 죽이지 않았어. 끔찍하게도 살리고 싶어 했지.

두 달 넘게 어디 있는지 연락조차 되지 않던 엄마는, 급발진 사고로 사망했어. 아빠는 꼭 실성한 사람 같았어. 잠도 자지 않고 먹지도 않고 방에 틀어박혀 무언가에 몰두하였어.

얼마 후, 아빠는 들뜬 표정으로 나를 불렀어. 커튼을 꼭꼭 닫은 뒤 엄마의 유품인 목걸이를 보여주었어. 소리 죽여 말하였어.

"엄마 목걸이야. 내가 목걸이를 몰랐어. 이제 비밀을 풀었어."

열성적으로 아빠는 설명했지. 엄마를 다시 살려놓겠다고 큰소리쳤어. 나는 아빠까지 잃을까 봐 두려웠어.

엄마의 급발진 사고가 있은 지 이 주가 되던 날 새벽, 아빠가 나를 흔들어 깨웠어. 아빠가 펄쩍펄쩍 뛰었어.

"바라야, 엄마가 살았어."

하지만 아빠는 갑자기 목이 졸리는 듯한 신음 소리를 내며 바닥에 고꾸라졌어. 나는 스위치를 더듬어 불을 환히 밝혔어.

우리가 있던 곳은 집이 아니라, 작고 허름한 숙박업소였어. 아빠는 비명을 지르며 마치 치명적인 공격을 당한 짐승처럼 울부짖었어. 양손으로 머리를 감싸며 흐느꼈어.

"바라야, 엄마가 죽었어."

아빠는 털썩 주저앉아 바닥을 두드리고 이마를 짓찧었어.

"엄마가 열흘 전에…… 다시 죽었어."

단 하나라도 더 좋은 상황이 없었어. 아빠의 회사는 갑자기 부도 직전 상태였고, 아빠는, 엄마의 살인 용의자가 되었어.

나는 어느 쪽이 꿈이었을까, 혼란스러워했어.

아마 그 전이 꿈이었나 봐.

아빠와 나만 아는 꿈.

아빠는 가방을 꾸렸어. 점퍼 안에 깊숙이 무언가를 넣고는 나를 재촉하여 그곳을 떠났어. 우리는 낡은 소형차를 타고 새벽의 어둠 속에 숨어들었어. 나는 내 배낭 속에 넣어둔 서류 봉투를 확인했어. 끔찍한 일이 호텔에서 일어나기 바로 이틀 전, 엄마는 아무도 모르게 나를 찾아왔어. 나를 오랫동안 껴안고 말했어.

"바라야, 강원도 J시로 가. 별이 많이 보이는 곳이야. 학교도 가봤어. 창으로 보이는 하늘이 아주 멋지더라. 이건 학교에 들어갈 수 있는 서류야. 필요한 사람들 연락처도 있어. 잘 보관해야 해."

엄마가 이마에, 콧등에, 뺨에 그리고 입술에 입을 맞췄어. 머리를 쓰다듬고 뺨을 다시 부비고, 물기로 반짝이는 눈에 나를 오랫동안 담았어.

"좋은 친구더라."

"누구?"

"멋지고 좋은 친구야."

"혹시, 내 미래에 대한 꿈을 꿨나요?"

"응."

엄마는 목에 걸고 있던 목걸이를 내게 걸어주었어. 아빠가 가지고 있던 목걸이와 비슷한 모양이지만 분명히 다른 것이었어.

"바라야, 이 목걸이 속에 우주가 있고, 우주 속에 엄마가 있어."

나는 의문스럽다는 눈빛을 했어. 엄마는 미소를 지으며 내 코를 두드렸어.

"그럴 줄 알았어, 공바라. 모두 설명해 줄 순 없지만, 목걸이 속에는 일종의 작은 컴퓨터 칩이 들어 있어. 일반적으로 생각하는 반도체가 아니야. 새로운 물질이야. 그 속에 엄마의 파동을 담았어. 맞아, 이 목걸이만큼은 일종의 마법이야. 꿈을 자각하게 해주거든. 그리고 목걸이 성분에는 조금 더 많은 비밀이 있어. 아직 증명하진 못했지만, 어쩌면 네가 증명할 수도 있겠구나. 혹은 네 친구가 말야."

덜컹거리는 차 속에서 나는 엄마가 남긴 기억을 곱씹었어.

기억만으로만 남은, 내가 직접 겪지 않았던 일들.

그런데 어차피 우리의 기억은 모두 그런 식이야. 머릿속에서만 존재하니까. 직접 겪었든, 꿈이든 간에 다를 건 또 무언가 싶어.

아빠와의 도피 생활은 이틀 후에 끝났어. 나를 J시에 내려놓으며 아빠는 마지막으로 내게 말했어.

"잠시만 기다려. 꼭 바뀔 수 있어. 우린 다시 예전으로 돌아갈 거야."

한 달이 되지 않아 나는 아빠가 자수했다는 기사를 읽었어. 그리고 또 한 달 후, 내게 국제 소포 하나가 도착했어. 엄마가 부탁하신 소포였어.

네가 이걸 확인하였다면, 엄마가 우주 속을 유영한 지도 두 달이 더 지났겠구나.

바라야,

나는 질량이 구속하지 않는 빛의 입자가 되어 우주 공간을,

네 주변을 지금도 맴돌고 있어.

엄마가 남긴 자그마한 물건과 짤막한 메모를 들고서 나는 티끌보다 작고, 동시에 무한대보다 큰 우주의 바다 한가운데에 던져진 기분이었어. 차라리 음의 에너지의 구멍이 되고 싶었어.

단 한 번만 과거로 접속이 가능하다는 바라의 말은 거짓이었다. 매직 스피어는 정상적으로 작동하였다. 나는 위험을 무릅쓰고 과거로 접속하여 진명주를 설득하였지만 실패로 끝났다. 금고 속 서류는 바뀌지 않았다. 진명주, 공영수, 공바라의 비극적 운명도 바뀌지 않았다. 매직 스피어를 통해 접속한 공영수도, 나도, 어쩌면 바

라도 진명주를 살리지 못했다. 마음을 바꾸게 할 수도 없었다. 누구의 인생도 크게 달라지지 않았다. 다만 나는 반복된 삶에서 끊임없이 공바라와 진명주에 집착하였다. 달라진 기억 속에서 십수 년간 풀 수 없었던 공바라의 수수께끼 같은 말을 이제야 비로소, 알게 되었다.

봉인이 해제된 기억은 함부로 밀려와 몸을 덮치고 정신을 헤집는다. 해일이 지나간 자리처럼, 파괴된 기억들의 잔해가 어지러이 널브러져 있다. 수습에는 조금 더 시간이 필요하다. 화장실에서 세면을 마치고 거울을 들여다본다. 흰자위의 붉은 실핏줄은 핏물이 번져 나올 듯 선명하다. 남자의 눈은 흉폭한 불안감에 휩싸여 있다.

나는 매직 스피어를 가지고 책상 앞에 앉았다.

진명주.

입술을 꾹 다물며, 그 여자의 눈물을 생각한다.

악어의 눈물 따위.

당신은, 뭐야. 도대체 뭐야.

남편과 자식과, 자신의 목숨을 걸고 하는 도박이 흥미로웠어?

세상 살기가 심심한 천재 과학자의 광기였어!

전원을 켜고 편지 모양의 아이콘을 누른다. 추가된 파일은 없다. 나는 금고를 뒤지고, 이메일 계정마다 검토하고, 혹여라도 처박아 두었을지 모를 국제 소포를 찾아 집 안 곳곳을 샅샅이 살폈다.

아무것도 없다.

진명주의 메시지 따위.

구질구질한 변명도, 설명도 무엇도 없다.

화염처럼 몸을 태우던 분노가 가라앉은 후, 부서진 기억의 조각들을 서서히 맞춰나갔다. 피로감에 젖은 몸을 쓰디쓴 에스프레소로 달래며, 떠오르는 파편마다 단서가 될 만한 것들을 화이트보드에 적어나갔다.

기존의 사망 시점 전에 벌어진 진명주의 급발진 사고 사망.

공영수, 매직 스피어 사용으로 급발진 사고에서 진명주를 되살림.

이후 호텔로 진명주를 찾아감. 어떻게? 왜?

공영수의 상황이 누군가에 의해 조작? 살인죄 누명.

공영수의 매직 스피어는 어디로?

공바라, 진명주가 준 또 다른 매직 스피어.

목걸이와 매직 스피어는 페어 개념? 열쇠와 자물쇠?

공영수는 목걸이를 언제 다시 획득? J시 호텔에 목걸이를 얻으러 간 것일까?

기억을 더듬으며 바라가 이번 생에서만 새롭게 나에게 남긴 말을 해석하고 유추하였다. 예상과 달리 매직 스피어는 두 개였다. 새로운 정보와 추측에 따라 과거를 재구성하였다.

진명주의 급발진 사고 직후, 공영수는 진명주의 유품에서 매직 스피어와 목걸이를 찾아냈다. 아마 공영수는 진명주가 비밀리에 진행하던 매직 스피어 프로젝트를 눈치채고 있었을 가능성이 높다.

또 다른 이 역시 매직 스피어의 완성을 알고 있었다. 진명주를 사고로 위장하여 살해하면서까지 매직 스피어를 가지고 싶었던 자의 계획은 마지막 순간 공영수로 인해 실패하였다. 공영수는 매직 스피어로 급발진 사고 당일 과거를 바꾸어 진명주를 죽음으로부터 가까스로 구해냈지만, 진명주는 다시 호텔 방에서 살해당했다. 공영수의 인생은 완전히 나락으로 처박혔다.

그날 호텔에 찾아간 공영수는 진명주와 매직 스피어를 두고 다투었을까? 목걸이는 진명주가, 매직 스피어는 공영수가 가지고 있었을 가능성이 높다. 공영수는 매직 스피어를 돌려주지 않았을 것이다. 그럼 목걸이는 언제 어떻게 획득했을까? 공영수는 급발진 사고 당일로 접속한 그날까지, 진명주의 매직 스피어를 노리는 자의 존재를 알지 못했을까?

어쩌면 공영수는 진명주의 급발진 사고는 살해가 아니라 단순 사고로 알고 접근했을지도 모른다. 그랬기에 진명주를 살린 이후, 모든 문제가 해결되었다고 안심한 상태에서 무방비로 당했을 것이다. 급발진 사고를 조작했던 인물은 급발진 사고는 물론 호텔 방에서 진명주를 살해하고 공영수를 살인범으로 몰기 위한 상황을 조작하는 일까지 단시간 안에 거침없이 진행할 수 있는 사람이다. 바라의 살해를 사주하고 공영수의 사망을 주도하고, 아마도 그 일을 직접 했을 살수까지 처리해 버렸을 정도로 주도면밀한 악인.

범인은 일반인일 수가 없다. 보이지 않는 힘을 행사하고, 입을 막

고, 정보를 통제하고 조작할 수 있는 권력을 가진 사람이다. 이를
테면 미 정보국이나 러시아 정보국의 숨어 있는 권력의 핵심. 진명
주가 줄타기를 하며 정보와 후원을 교환하고 그러던 중에 매직 스
피어의 완성을 알게 된 권력자일 것이다. 그런 사람의 손에 공영수
의 매직 스피어가 있다면!

발끝부터 기분 나쁜 한기가 스멀스멀 올라왔다. 뒷목덜미로 굵
은 뱀 한 마리가 축축하고 미끌거리는 몸을 밀며 기어오르는 느낌
이다. 순간 나는 내 귓구멍 속으로 혀를 날름거리는 뱀의 환영에
사로잡혔다. 뱀은 늙은 남자의 얼굴로 바뀌었다. 소리를 지르려는
순간 뱀의 아가리가 목구멍으로 쑥 파고들었다. 팔을 허공에 휘저
었다.

꺼져! 사라지라고!

소리가 되어 나오지 않는 고함을 질렀다.

으악!

비명을 지르며 눈을 떴다. 소파에 앉은 채로 깜박 잠이 들었다.

생생한 뱀의 느낌에 나는 몸을 떨었다. 뜨거운 물을 마시며, 나
는 저려오는 미간을 함부로 문질렀다.

매직 스피어를 두 번째로 사용하여 진명주를 만나고 며칠이 흐
른 후, 주말 저녁이었다. 집 거실에서 나는 비밀을 공유한 세 사람

과 사건의 퍼즐을 맞추고 있다. 내가 매직 스피어를 다시 사용했다는 사실을 이들은 모르고 있다. 다만 매직 스피어가 두 개일 가능성에 대해서 언급하였을 뿐이다.

화이트보드에 잔뜩 적힌 글자들을 보면서 김정훈 변호사가 말을 던졌다.

"다른 매직 스피어도 움직이고 있다면, 우리는 거의 죽은 목숨이겠군. 공바라, 공영수나 이민석을 봐. 사건을 조작해서 사람 죽이는 일이 이토록 쉬운 사람이니. 이건 러시아 정보국일 수도 있다고. 진명주가 마지막 두 달은 러시아에 가서 작업을 마무리 했을 수도 있어. 진명주가 죽고 난 뒤 예전 동료가 러시아에서 진명주를 봤다고 인터뷰했었잖아."

"그럴 가능성이 높지만, 다만 한 가지. 이민석은 한국인이었습니다."

"킬러한테 살인 의뢰하는 거야 몇 다리 건너서 하는데 국적이 무슨 상관이겠어. 미 정보국이나 러시아 정보국 쪽 개인이거나 어쩌면 정보국 조직 차원이겠지."

최 형사가 불을 붙이지 않은 담배를 물고서 시니컬한 어조로 물었다.

"이것 참, 그럼 매직 스피어를 가진 그 누군가가 우리 존재를 안다면 우린 이미 과거 어느 순간에 갑자기 죽어버리거나 죄를 뒤집어쓰고 감옥에 갇히거나 그러는 거야?"

"공영수의 경우는 그랬겠죠."

"그러니까 내가 다음 날 아침 눈을 떴는데 머리를 맞아서 병신이 되어 있다거나, 사기 절도 혹은 살인죄로 죄수복을 입고 있거나? 아, 이거 끔찍해서."

김 변이 과장된 동작을 섞어가며 농담조로 말하였다.

"아이씨, 변호사님, 무섭심더. 그런 소린 와 해가지고."

천식이 팔을 꼬며 몸을 비틀었다. 최 형사가 담배 필터를 질근 씹더니, 고개를 갸웃하였다.

"그런데 닥터 장, 매직 스피어 전달 받은 날이 며칠이었지?"

"7월 23일요."

"그렇지, 그게 말야, 스님이 임의로 그 날짜에 주셨던 게 아니라면 바라가 그 날짜를 정한 거야?"

"네, 바라가 지정한 날이라 하셨습니다."

"이상하지 않아? 바라의 매직 스피어는 왜 꼭 2015년 7월 23일에 전달되어야 했을까?"

나는 눈썹을 찡그렸다. 그 점이 늘 마음에 걸렸다.

"모르겠습니다."

"널 죽도록 고생시켜 보겠다는 의도가 아니라면, 바라는 분명히 이유가 있었어. 네가 좀 더 빨리 과거로 접속하면 더 위험해지거나, 목숨을 잃는다거나."

"맞심더!"

천식이 박수를 딱 쳤다.

"그런 이유가 아니면 그분이 행님을 장장 십삼 년이나 그 개고생을 시키며 똥밭에 구르게 할 리가 없심더."

"맞아, 굳이 십삼 년이 지난 특정 날짜를 지정할 이유가 없어."

박수를 치며 반색하는 천식 외에도 다들 최 형사의 추리에 동의를 표하였다.

"그래서 말인데, 문득 혹시 그런 건 아닐까, 싶네. 다른 사람이 지니고 있는 매직 스피어가 그 날짜로 기능을 잃는다든가. 그래서 그 사람이 네가 또 다른 매직 스피어를 가진 걸 알고 널 해하기 위해 자신의 매직 스피어로 접속하는 일만은 피하게 하려고 말야. 네가 적어도 예상치 못하고 과거가 뒤바뀌는 사태는 없도록."

최 형사가 말을 채 마치기도 전에, 나는 별안간 매직 스피어에 접속할 때면 날짜를 입력하는 난에 기본으로 세팅되어 있던 날짜가 떠올랐다.

2015. 09. 14.

불현듯 숨겨진 메시지를 벼락처럼 깨달았다. 그 날짜는, 바라가 맞춰놓은 약속 날짜가 아닌, 매직 스피어의 수명이다. 그리고, 나의 수명이기도 하다.

"행님, 어디 안 좋으심꺼?"

내가 손으로 머리를 짚자, 천식이 걱정스런 얼굴로 내 어깨를 두드렸다. 다들 근심을 담은 눈으로 나를 보고 있다.

"괜찮습니다. 잠시만요."

나는 양해를 구하고, 그들을 거실에 남겨둔 채 내 방으로 들어갔다. 매직 스피어를 확인해야 했다.

2015. 09. 14.

숫자는 변하지 않았다. 내게 시간이 얼마 남지 않았다.

궁지에 몰린 짐승처럼 손가락을 깨물며 방을 빙글빙글 돌았다.

어떻게 해야 하나. 범인이 미 정보국이든 러시아든 한국 정보국이든 간에 그 세력이 막강한 상대라면, 나는 무엇을 할 수 있나.

아직 바라의 살해 장소도 증거도 없다.

만약 진명주의 살해 증거를 찾을 수만 있다면……!

어떻게 이미 사라져버린 15년 전의 그 사건의 증거를 찾을 수 있나. 더군다나 상대가 강력한 권력이라면.

소리를 지를 것만 같아 이를 악물었다. 산산이 쪼개어져 흩어질 것만 같은 이성을 기를 쓰고 붙잡는다.

내가 가야 한다. 진명주가 살해당한 15년 전이든, 바라가 죽은 13년 전이든, 그들의 죽음 이전으로 가야 한다.

사람들에게 나의 결심을 알릴 생각이었다. 두 번째 매직 스피어로 접속하여 얻은 정보를 모두 털어놓고 최적의 전략을 짜내야만 한다.

방문을 열기 전, 천식의 목소리가 문 너머로 들렸다. 잔뜩 격앙된 어투였다.

"아니, 우쨌든 그건 행님이 결정해야 할 문제죠. 지금은 그 매직 머시기가 되는지 안 되는지도 모른다 아임미까!"

"안 된다면 더 말할 필요도 없고, 된다면 말해서는 안 되고."

김 변호사의 말을 자르며 최 형사가 단언하였다.

"매직 스피어는 작동해. 닥터 장은 이미 한 번 더 다녀왔어."

"무슨 말이죠? 다녀오다니."

"달라진 기억이 있어요. 오늘 여기 와서 매직 스피어가 두 개일 수 있다는 말을 듣고 기억해 냈는데, 닥터 장이 수년 전에 공바라 부모님 사건을 조사해 달라고 부탁하면서 진명주 살해 날짜 일주일 이내에 일어난 급발진 사고를 조사해 달라고 했거든?"

"급발진요?"

"바라가 수수께끼 같은 말을 한 적이 있다고. 그런데, 급발진 사고는 전혀 없었죠. 이제야 이해가 돼. 공영수가 급발진 사고를 당한 진명주를 매직 스피어로 살린 거야. 닥터 장이 매직 스피어로 다시 접속해서 바꾼 과거가 뭔지는 모르겠으나, 그 일 때문에 공바라가 과거의 닥터 장에게 또 다른 매직 스피어에 대해 이야기를 해 준 거고."

"최 형사님, 그렇다면 더더욱 현도에게 알려선 안 되죠. 분명히 다시 간다고 할 겁니다."

김 변호사의 말이 끝나기도 전에 천식이 자리에서 벌떡 일어서며 소리를 질렀다.

"아이죠! 매직, 그거는 행님 거고, 우주에 있는 그 여자분 거니까! 여자분이 행님 과거 바꾸라고 준 행님 거니까, 행님이 결정해야 합니데! 와 쉬쉬합니까. 여자분 시체도 못 찾으면, 언제 어디서 죽었다 그건 말해 주야지예!"

나는 문을 활짝 열고 그들에게로 다가섰다.

"바라를, 찾았습니까?"

최 형사가 내 시선을 외면하였다.

"바라를, 찾았냐고요!"

목소리가 떨리고 주먹이 절로 쥐어진다.

"답해 주십시오. 바라를 찾았습니까!"

최 형사가 답 없이 숨을 탁 내뱉었다.

"어디, 언제, 어떻게! 바라가 대체 어디에서!"

나는 주먹이라도 휘두를 듯이 다그쳤다. 최 형사가 못마땅한 눈빛으로 바라보더니 입을 열었다.

"그래, 바라인지 아닌지 몰라도, 비슷하게 죽은 사건은 있어. 신원 미상 처리되었어. 시신 훼손도 심했고."

"어딥니까, 어디서, 언제냐고요! 왜, 알려주지 않습니까!"

이성을 잃고 소리를 높이자, 최 형사가 가방을 열고는 파일 하나를 꺼내어 내게 집어 던졌다.

"야, 미친놈아. 이제 제대로 산 거 며칠이나 되었다고, 너 또 거기 가서 죄 뒤집어쓸래? 거긴 너까지 깔아 죽여도 아무도 모를 장소라고. 저번처럼 허술하게 눈에 많이 띄는 오피스텔도 아니야. 산길 도로에서 밀어버려서 시체가 아래 산속에 처박혀서 거의 다 썩어서 발견되었다고."

나는 벽을 두드리며 비명을 질렀다. 으악! 악!

"바라야, 공바라!"

억울하게 교도소살이를 하던 시절에도 질러보지 않은 비명이었다. 바라야! 나는 실성한 사람처럼 계속 악을 썼다. 천식이 발버둥

치는 나를 뒤에서 껴안았다.

"행님, 행님, 진정하이소."

나는 천식을 뿌리치려 몸을 버둥거리며 소리를 질렀다. 천식이 행님, 부르며 먼저 울음을 터뜨렸다. 가까스로 이성을 붙잡고서 나는 길게 숨을 내쉬었다.

"놔라."

나를 감싸 안은 천식의 팔을 두드렸다.

"행님요."

"……이제 괜찮다. 놔도 돼."

천식은 휘청거리는 나를 부축하며 일인용 소파에 앉혔다.

"형사님, 사고 날짜는요? 장소는요? 지금이라도 수사하면 안 됩니꺼."

코를 훌쩍이며 천식이 묻자, 최 형사가 길게 한숨을 쉬었다.

"닥터 장, 포기해. CCTV 화질이 안 좋아서 트럭이랑 부딪히는 사고 장면만 있지 차종조차 확인이 안 돼. 게다가 바라가 도로 위로 불쑥 나타나 반쯤 앉았어. 꼭 약에 취한 애처럼 비틀거리다가 트럭 불빛을 보면서 말야……. 밤길에 기사는 사람인지 산짐승인지 몰랐다고 하면 그만이야. 찾는다 해도 불가능해. 게다가 바라가 왜 거기에 있었는지도 모르겠어. 주변에 사람도 건물도 없는 곳인데. 근처에 걸어서 다닐 수 있는 건물이라곤, 버려진 별장 외엔 없어."

최 형사의 설명을 듣는 동안 심장박동이 다시 서서히 빨라졌다. 나는 희뿌예진 시야 때문에 눈을 부볐다.

"내가 다시 갈 겁니다. 바라에게 갑니다. 엉망으로 망가져도 좋습니다."

"현도야! 지금 간다고 해도 범인이 누군지도 모르고……."

나는 김 변호사의 걱정 어린 말을 끊었다.

"범인이 누구든 내가 바라를 구하면 됩니다."

최 형사가 얼굴을 찡그리며 고개를 돌렸다. 참을 수 없다는 듯 담배에 불을 붙여 깊이 들이마셨다. 숨을 내뿜자, 희뿌연 연기가 고민에 가득 찬 그의 얼굴을 가렸다.

"네 집, 금연 규칙 한 번만 위반할게."

"어휴."

김 변호사가 한숨을 길게 쉬고는, 천식이 주방에서 따라 온 찬 물을 받아 내 앞에 내밀었다.

"현도 너는 일단 물 좀 마시고, 진정하자."

내가 물컵을 받아 들어 남김없이 비울 때까지 아무도 입을 열지 않았다. 침묵 속에서 모두 시선을 맞추지 않고서 각자 깊은 생각에 빠졌다.

나는 한참 동안 손에 쥐고만 있을 뿐, 최 형사가 집어 던진 바라의 파일을 차마 펴 보지 못했다. 한 번의 오더리, 두 번의 의사 생활 동안 끔찍한 사고를 당한 신체는 수없이 보았다. 잠재의식 속에 각인된 의학 공부와 체화된 의술은 눈을 감고도 오차 없이 수행할 수 있을 만큼 완벽했다. 이번 생에서 나는, 인턴 시절부터 기이할 만한 수술 능력을 보였다.

"타고난 서전(surgeon)이야."

외과 교수님은 특별한 관심과 예외적인 칭찬을 거듭했다. 그러다보니 성형외과뿐 아니라 일반외과까지 전공해도 될 만큼 수없이 많은 수술에 참여하게 되었다. 선후배와 동료의 질시의 시선조차 잠시였다. 어느 순간 나는 수술에 있어서 예외적인 천재가 되어 있었다. 레지던트 시절에는 늘 수급이 달리는 응급 외과에서 종종 도움을 요청하기도 하였다.

앰뷸런스를 타고 실려 온, 교통사고로 망가진 육체들이 눈앞에 어른거린다. 두부가 함몰되고 내출혈로 장기가 부풀어 오르고 얼굴이 일그러지고 사지가 부러지고 으스러진, 숨이 붙어 있는 순간까지 끔찍한 고통을 겪는 사람들.

바라를 그렇게 죽게 할 순 없다.

나는 침묵을 깨고 냉정을 되찾은 음성으로 선언하였다.

"나는 과거를 바꿀 겁니다. 다시 바꿔서 바라를 살려낼 겁니다."

"인마, 바꿨는데 죽었잖아. 또 바꿔도 죽을 수도 있어. 어쩌면 너는 다시 저번처럼 인생 털릴 수도 있다고!"

"뭐 어떻습니까. 이미 원하는 만큼 살아봤는데요."

나는 피식 웃었다. 세 번의 인생이 중첩되면서 삶의 길이도 폭도 세 배 이상 증가된 느낌이었다. 바라에 대한 감정 역시 마찬가지다. 김 변호사가 차분하게 다독였다.

"닥터 장, 아니 이것 봐, 장현도. 상대가 사채업자 따위 수준이 아닌 매직 스피어를 노린 미국이나 러시아 정보국이라면, 이번에 다시 돌아가면 너 죽을 수도 있어. 네가 매직 스피어를 가진 걸 눈 치챘을 수도 있다고."

최 형사가 소리를 버럭 지르는 대신, 미간에 잔뜩 주름을 잡고 서 어색하게 설득을 시작하였다.

"현도야, 우선 차분히 생각이라는 걸 좀 해보자. 진명주가 살해 된 날부터 증거를 수집해야 해. 결정적인 증거만 확보하면 된다고. 범인이 누구이든 간에 증거만 확실하면 잡을 수 있어. 그러니까 누 구든 바라 살해범으로는 넣지 못해도 말야. 혹시 진명주는 범인을 직접 만났을 수도 있어. 진명주가 매직 스피어를 가지고 있었다면, 아니 가지고 있었다고 오해했다면."

"네, 그랬을 겁니다."

나는 고개를 끄덕였다.

"아마도 범인은 진명주를 죽이기 직전이나 죽인 후에 공영수가 매직 스피어를 가지고 있다는 사실을 알았을 겁니다. 어쩌면 바라 의 매직 스피어는 그 존재를 몰랐을 가능성도 있습니다. 아니, 몰 랐습니다. 아니라면 어떤 수를 써서든 바라가 죽기 전에 내가 가지 고 있는 매직 스피어까지 손에 넣었겠지요."

최 형사가 뭔가 짚이는 듯이 수첩에 써놓은 기록을 확인하였다.

"바라가 공영수한테 한 번도 면회를 가지 않았다고 했나? 공영 수의 아버지는 충격으로 쓰러져서 반신불수 상태였고, 어머니는 한 해 전에 돌아가셨어. 남동생 가족이 아버지마저 모시고 미국으 로 갔다고 되어 있거든. 사채 때문이었다고 짐작했는데, 혹시 범인을 피해서 공영수가 조치를 취한 거라면. 그러니까 뭔가 공영수의 약점이 될 수 있는 사람들은 숨어버리게 한 거 아닐까. 공바라는 최대의 약점이니 찾으려고 혈안이 되었을 테고. 아마 바라가 출국하기도 어렵게 미리 손을 써놨을 수도 있어. 출국장에서 잡히도록."

천식이 작은 눈을 커다랗게 떴다.

"그럼, 공바라 그 여자분을 협박용으로 납치했다고예?"

"응."

"공바라 그 여자분을 납치하고 교도소에 있는 공영수를 협박했단 말입니까? 교도소에서 그기 우찌 가능합니까. 교도관이 옆에서 다 듣고 있어예."

천식의 말에 김 변호사가 고개를 저었다.

"변호사 접견."

나는 고개를 끄덕였다.

"접견실에서는 교도관이 배석하지 않으니까."

볼펜을 툭툭 두드리며 잠시 생각에 잠겨 있던 최 형사가 입을 열었다.

"한 가지 이상한 점이 있었죠. 공영수의 자수."

김 변호사가 최 형사의 말을 받았다.

"공영수는 얼마든지 더 숨을 수 있었는데 자수했단 말이죠?"

"닥터 장 추론으로는 공영수가 매직 스피어를 가지고 있었다는 건데."

"그렇습니다. 수감 직전까지는 가지고 있었을 겁니다."

"매직 스피어까지 있었는데도 사용하지 않고 도피를 했어. 신분을 위조해서 다른 나라로 갈 수도 있고, 그런데 갑자기 자수?"

최 형사는 종이에 떠오르는 대로 메모를 하면서 말을 이었다.

"어쩌면 매직 스피어로 과거에 몇 차례 더 접속했을지도 모르고. 그러다가 상대하기 어려운 범인이 진명주를 노리고 있었다는 걸 알아챘겠지. 그랬다면, 매직 스피어를 안전한 장소에 숨기고 본인과 바라의 안전을 위해 감옥에 스스로 들어갔을 수도 있어. 시간이 지나 감옥에서 나왔을 때, 과거를 바꾸면 그만이라고 믿었을 테니까."

"혹은 매직 스피어는 공영수가 목걸이는 진명주가 각각 가지고 있었을 수도 있습니다. 진명주가 목걸이는 몸에 지니고 다니고 매직 스피어는 안전한 장소에 숨겨두는 식으로 보관했다면요. 범인은 진명주에게서 목걸이만 획득하고 이후에 공영수를 협박해서 매직 스피어까지 손에 넣었겠죠."

나는 아빠에 관해 이야기를 하던 바라를 떠올렸다. 몹시 애틋한 부녀 사이였다.

"접견 기록을 뒤질 수 있을까요. 분명히 바라의 사진을 보여주었거나 음성을 녹음해서 들려줬을 텐데. 아니면 핸드폰으로 목소리를 들려줬을까요?"

"전자 기기는 반입이 원칙적으로 금지되어 있지만, 불가능한 것은 아니지. 사진이야 출력해서 보여주면 될 테고. 변호사 접견 기록은 아직까지 남아 있지 않을 텐데. 공영수 사건을 맡은 변호사들을 찾아봐야지."

김 변의 말을 받아 최 형사가 덧붙였다.

"바라 사건 이후, 일주일 안에 공영수가 죽었어. 심장마비는 약물 투여 같은 방식을 사용하면 살해를 위장할 수 있어. 감방 동료를 매수하거나 의도적으로 같은 감방으로 히트맨을 넣었을 수도 있겠지. 목을 매어 죽었다는 것도 마찬가지. 그럼 그때 공영수에게서 매직 스피어를 받았다는 말이겠지? 바라가 죽을 때, 바라를 미끼로 매직 스피어를 받아낸 거야. 그러니까 우리는 진명주 사건에 집중해서……."

나는 고개를 저으며 말을 잘랐다.

"복잡해요."

"응?"

"진명주의 살해범이 추측한 대로 미 정보국이나 러시아 정보국이라면 우리가 결코 상대할 수 없습니다."

"그렇다고 손 놓고 당할 순 없잖아."

"매직 스피어를 빼앗기지 않으면 됩니다."

"어떻게? 너 설마……."

"저는 일단, 바라를 살릴 겁니다. 그래야 매직 스피어도 그들 손에 넘어가지 않을 수 있어요."

"행님!"

천식이 내 손을 붙잡았다. 나를 걱정하는 눈빛이 간절하다. 천식이 꿀꺽 말을 삼키듯 침을 크게 삼켰다. 나는 천식의 손을 두드렸다.

"괜찮을 거다."

"행님, 행님 그라다 잘못되면. 그때 행님 고등학생 아입니까. 고등학생 혼자서 그걸 우찌 해결합니까."

천식이 금방이라도 울 것처럼 얼굴을 찡그렸다.

"아니, 혼자가 아니야. 너는, 나보다 어려서 나를 돕기 어렵겠지만, 사회인이었던 김 변호사님과 최 형사님은 도와주실 수 있으니."

"어떻게?"

"제가 변호사님께 구조 요청을 보내고, 형사님께 알리고 가겠습니다. 두 분은 분명 와주실 겁니다. 저는 교통사고 지점까지 가서 폐가가 되었다는 별장을 살펴보겠습니다. 바라가 납치되기 전에 구할 겁니다."

나는 최 형사가 가지고 온 파일의 겉장을 넘기고, 세로철 되어 있는 종이 한 장을 넘겼다.

풀숲에 내버려진 흰 뼈가 정수리에 꽂힌다.

검은 머리칼이 아직 남아 있는 백골. 바라의 뼈.

사진을 더듬으며 나는 내 속을 맹렬한 기세로 깡그리 먹어치우며 솟아오르는 분노를 삼킨다.

경로의 합*

"양자 이론을 좋아하는 여자애더군. 수준에 맞춰서 슈뢰딩거 고양이 놀이를 해볼까. 슈뢰딩거는 그럴싸하게 복잡한 상자를 가정했지만 그럴 필요는 없어. 빨간 부채, 파란 부채 이야기와 같거든. 어둠 속에서 쑥, 빨간 부채를 줄까, 파란 부채를 줄까, 도깨비가 묻는 대신 이런 질문은 어때?"

"빨간 버튼과 파란 버튼이 있어. 하나는 더미이고 다른 하나는 잠금 장치를 해제시키지. 일산화탄소는 빠른 속도로 퍼지고 있지

---

* 경로의 합(sum over path)이라는 용어는 리처드 파인먼의 이론에서 따왔다. 이론물리학의 새로운 장을 열었던 리처드 파인먼이 제시한 접근법으로, 이에 따르면 뉴턴의 물리학의 세계에서 물체의 이동 경로는 유일한 경로가 아니라 가장 확률이 큰 경로이다. 결국 A에서 B로 가는 모든 경로의 합은 A에서 B로 이동할 양자역학적 확률이라는 결론이 도출된다.

만, 아직 바라는 살아 있어. 50퍼센트의 확률로 문이 열리면, 50퍼센트의 확률로 바라가 살 수 있어. 선택은 네가 해."

귀에 꽂힌 이어폰에서 기계음으로 변조된 음성이 선택을 강요하였다.

"저런, 선택은 빠르게 해. 여자애가 바닥을 기고 있어. 머리를 움켜쥐고 구역질을 하는데? 아, 지금 웅크렸다가 다시 기어가기 시작해. 문에 거의 도착했어."

붉은 버튼, 푸른 버튼, 붉은 푸른 붉은 푸른.

나는 머리를 쥐어뜯으며 비명을 질렀다.

"선택은 빨리 해야 할걸? 여자애가 일어서는데? 쯔쯧, 다시 바닥으로 엎어졌어. 저런 주먹을 쥐고 다시 일어나는군. 문에 다다랐어. 문고리에 닿는 순간 선택도 사라져. 서둘러!"

나는 혼이 빠진 상태로 버튼을 눌렀다. 붉은 버튼.

제발!

"안타깝군."

나는 갇혀 있는 차 속 트렁크가 들썩거리도록 큰 소리로 비명을 지른다. 달칵, 소리와 함께 트렁크의 잠금이 해제되었다.

나는 오랜 시간 구부리고 있어서 저린 다리로 절뚝거리며 뛰었다.

바라의 사고 장소까지, 얼마나 어디로 가야 하는 걸까.

바람이 불어오는 방향으로 위치를 가늠하며 달려간다.

별장의 검은 그림자가 괴물의 이빨처럼 어른거린다. 나는 도로 한 가운데에 주저앉았다. 흥건한 핏자국, 이미 늦었다.

헤드라이트 불빛이 멀리서 반짝인다. 나는 이대로 죽을 수는 없다고 주먹을 쥐고 일어섰다.

차는 무서운 속도로 달려온다.

몸을 도로 옆으로 날렸지만 차의 속도를 감당할 수 없다. 몸이 떠올라서 도로 밖으로 튕겨 나간다.

얼굴에서 불이 인다. 끔찍한 통증이 온몸을 강타하였다. 어깨가 으스러지고 다리 관절이 꺾어지고 머리에서 피가 흐른다. 나는 눈을 감았다.

요란한 경찰차 사이렌 소리.

"현도야! 장현도! 현도야!"

최 형사님의 목소리.

사위가 어둡다. 몸을 뒤척이자 향내가 배어 있는 이불이 사각사각 소리를 낸다. 눈을 뜨고 자리에 앉는다. 저려오는 하체를 몇 번이나 주무른 후에 천천히 일어섰다. 느린 걸음으로 창가로 다가가 창을 열자 선선한 바람이 얼굴을 스치었다. 나뭇잎들이 바람에 흔들리는 소리가 차르르 차르르 잔잔한 파도 소리처럼 밀려든다. 산사의 새벽 공기는 투명하게 응축되어 있다. 나는 달고 찬 공기를 깊이 들이마신다.

어색한 동작으로 방을 나와 천천히 움직였다. 걸음을 걸을 때마다 꼭 넘어질 것만 같다. 왼 다리가 통나무처럼 뻣뻣하다. 끊어졌던 근육과 신경 일부가 영구 손상된 상태이다. 무릎 인대는 복원 수술을 했지만 완벽하게 돌아오지 못했다. 무거운 다리를 질질 끌며 세면대 앞에 섰다. 물을 묻히다 말고, 뿌연 거울을 닦았다. 기억 속의 얼굴보다 더 흉측하여 나는 저도 모르게 비명을 질렀다.

아, 아, 악.

난 괴물 같은 얼굴을 일그러뜨리며 입만 더 크게 벌릴 뿐, 목소리를 내지 못한다.

이번 생의 나는, 장애를 가진 몸으로 누더기 조각보처럼 너덜너덜해진 기억과 싸우며 지냈다.

바라가 납치되기 전에 구하겠다는 계획은 실패였다. 폐가가 된 별장 근처에서 내가 먼저 납치되었다. 마치 기다리고 있었다는 듯이 덤벼드는 성인 남자 두셋을 감당할 수 없었다. 정신을 차렸을 때, 나는 좁은 트렁크 안에 갇혀 있었다. 바라의 납치와 살해를 직접 실행한 자들의 얼굴을 정확하게 보지 못했다. 이민석이 포함되었는지 아닌지도 확실하지 않다.

이어폰으로 들리던 변조된 목소리마저 최종 지시자는 아닐지도 모른다. 살인의 쾌감을 즐기는 미치광이 악인들이었다. 드문드문 그들이 영어로 나누는 대화가 들렸지만 목소리를 구분할 수는 없었다. 한 명은 분명히 이질적인 악센트가 있는 비영어권 사람이었다. 알아들을 수 없는 단어들과 짤막한 대화는 러시아어였을까.

사고 이후 나는 기억의 일부를 잃고 목소리를 잃었다. 눈부터 턱까지 형체가 온통 일그러질 만큼 얼굴 한쪽에 깊은 흉터를 새기고, 산골의 작은 절에서 일꾼으로 살고 있다. 왼팔과 다리가 자유롭지 못하니 힘쓰는 일은 하지 못하여, 소소한 잡일을 거들었다. 자잘한 주방일을 하고, 얇은 종이에 주름을 잡아 만든 연꽃잎을 줄을 맞춰 십이면체 등에 붙이는 일을 하거나 어설픈 탱화를 그렸다. 사고 이전의 모범생인 나는 다른 이들의 기억 속에만 존재할 뿐, 나는 나와 나의 세월을 전부 기억조차 하지 못했다.

장현도는 세상에 존재하지 않는다. 2003년에 다시 일어난 교통사고로 사망한 사람이다. 내 신분은 나보다 두 살 많은 어느 실종된 남자로 위조되었다. 생명의 위협으로부터 목숨을 부지하기 위한 궁여지책이었다.

사고가 나던 날, 내가 최 형사를 찾아갔다고 한다. 얼떨떨한 표정으로 무언가에 홀린 사람처럼 있더니, 자꾸만 마음에 걸린다며 폐가가 된 별장 부근을 찾아가보고 싶어 했다고 한다. 덧붙인 요구가 있었다.

"만약, 내가 사고를 당하거나 죽을 위기에서 벗어난다면 나를 서류상으로 사망 처리하고 다른 사람으로 살도록 해주세요."

"뭐? 무슨 소리야?"

"반드시 2015년 8월 6일까지는 살아야 합니다. 그렇지 않으면 다

같이 위험해집니다."

최 형사는 수수께끼 같은 나의 말에 반신반의했지만, 사건 조사를 하던 중 트럭을 몰았던 용의자 이민석 역시 의문사하자 형사로서 촉이 곤두설 수밖에 없었다.

내가 수술 후에 누워 있던 중환자실이나 입원실조차 안전하지 않았다. 타 병원으로 후송 중, 교통사고가 다시 발생하였다. 침대 위에 있던 나를 온몸으로 감쌌던 어머니 덕분에 나는 즉사를 피할 수 있었다. 죽음의 살은 어머니를 꿰뚫었다. 혹시나 하는 마음에 구급차를 뒤쫓아 오던 최 형사와 김 변호사는 나를 가까스로 구조하고, 내가 그 사고로 사망하였다고 진실을 은폐하였다.

나는 기적적으로 회복했고, 작은 산사에 들어가 무기력하게 하루하루를 보냈다. 최 형사와 김 변호사가 가끔씩 들러 기억을 되살리려 노력했지만 머릿속은 자욱한 안개에 잠겨 있었다. 시간이 흐르면서 어렸을 적 일은 드문드문 떠올랐다. 고등학교 시절도 띄엄띄엄 앨범을 펼치듯이 한 장면, 두 장면씩 기억이 났다. 모든 기억을 잃었을 때도 지울 수가 없던 첫 번째 교통사고 장면, 단 한 사람만 선명했다. 그 소녀와의 첫 만남도 생생하였다.

네가 나의 무덤이 된다면, 나는 그 속에서 영원히 살아갈 텐데.

사무치는 아픔이었다.

산사에서 두 번째 여름을 맞이할 무렵 최 형사가 웬 녀석 하나를 데리고 왔다. 갓 출소한 천식이었다. 나를 흘끗 쳐다보고는 시선을 피하는 천식에게 손을 내밀었다. 천식은 엉거주춤 상체를 구부리고는 손을 잡았다.

"얘, 공부 좀 가르쳐줘."

최 형사의 말에 나는 내 목을 가리키며 소리 없이 웃었다.

"괜찮아. 글로 가르치면 되지."

천식은 심성이 고운 녀석이었다. 내가 조금이라도 힘들라치면 어김없이 달려와 짐을 들어주고 빗자루를 빼앗았다. 손이 무뎌서 다 채우지 못한 단추를 채워주고 신발 매듭을 묶어주었다. 내 입 모양을 빠르게 잘 읽어 천식과는 대화를 나눌 수도 있었다.

행님, 행님 하고 부르며 공부도 곧잘 따라 했다. 생긴 것과 다르게 잔정이 많아 맛있는 찬이 나오면 슨생님이 많이 드셔야 한다며 꼭 내 접시에 얼른 덜어놓곤 하였다. 천식은 고입 검정고시에 합격한 후에도 산사를 떠나지 않았다. 1년 반을 넘게 같이 머물렀다. 내려간 이후에도 간식거리를 잔뜩 들고서 종종 찾아와 마치 일 년쯤은 못 봤던 것처럼 나를 반가이 껴안곤 하였다.

산골 속 작은 절에서의 일상은 단조롭다. 매일 새벽 남들보다 이른 하루를 기도로 시작하였다. 새벽 기도 예식을 따라 절을 하고 경을 외고, 설법을 어깨너머로 들었다. 법성계를 외고 화엄경을 공부하였다. 한 해, 두 해, 오 년, 십 년……. 시간이 흐르면서 나는 끝없이 내면으로 침잠하여 본질에 대해 끈질기게 의문을 품다가, 더 이상 침잠할 수 없을 무렵에 이르러 거대한 세상과 무한대의 우주로 의식을 넓혔다. 우주와 존재는 결국 하나로 연결되어 있었다.

광활한 우주 세계에서 존재를 존재로 구분 짓는 것은 무엇인가. 나는 이 우주에서 존재가 존재함에 대해 끝없이 고뇌하였다. 무와 유, 자와 타, 과거 현재 미래, 분별과 하나 됨, 나와 우주와 같이 상반된 대척점에 있는 개념은 거대한 진리와 맞닿을 때 비로소 제대로 이해할 수 있었다. 마치 티끌이 우주이고 우주 속에 티끌이 있듯이, 우주 속에선 과거 현재 미래가 없이 구세십세호상즉이 이루어지듯이.

무(無)는 무가 아니다. 비어 있고 없기 때문에 비로소 채울 수가 있어 묘하게 있는 것, 즉 묘유(妙有)이며 공(空)이다. 바라가 좋아한다는 디락의 음의 바다에 뚫린 구멍처럼, 없으되 있음이, 즉 묘유(妙有)함이 공(空)이다.

마찬가지로 집착과 애착으로 존재함이 아니고 형상과 경계에 갇혀 있음으로 존재함이 아니다. 따라서 분별을 여의면 세상 모든 것이 내가 아님이 없다 하였다.

모든 세계와 모든 우주가 다 '참 나'임을 깨달은 이, 경계를 의지하지 않고 모양을 여의고 허망을 깨뜨리고 깊고 깊은 반야바라밀에 들어가는 자, 온갖 번뇌를 고요히 잠재운 자……. 나는 어렴풋한 깨우침을 얻으며 비로자나불을 떠올렸다.

한 겁을 모든 겁에 넣고 모든 겁을 한 겁에 넣으면서도 그 모양을
파괴하지 않는 이, 한 세계를 모든 세계에 넣고 모든 세계를 한 세
계에 넣으면서도 그 모양을 부수지 않는 이, 한 법을 온갖 법에 넣
고 온갖 법을 한 법에 넣으면서도 어지러이 뒤섞지 않는 이, 한 중생
을 온갖 중생에 넣고 온갖 중생을 한 중생에 넣으면서도 그 모양을
유지시키는 이.

비로자나불은 바라가 사랑하던 우주였다. 그 깨달음을 얻었던
날, 화엄경 약찬게를 속으로 읊어보았다.

대방광불화엄경(大方廣佛華嚴經)
용수보살약찬게(龍樹菩薩略纂偈)
나무화장세계해(南無華藏世界海)
비로자나진법신(毘盧遮那眞法身)*

비로자나불의 정토인 화장세계,
그곳의 가장 밑바닥에는 바람이 지나가고
그 위에는 향수의 바다가 흐른다.
가운데에 있는 연못은 무량무수 무진무궁한 세계이다.

---

*비로자나불에 대한 해석과 화엄경 약찬게에 대한 해석은 『월호 스님의 화엄경 약찬게 강설』(조
계종 출판사) 외 여러 자료를 참조하였다.

화장세계의 숭고한 아름다움을 묘사하는 경을 외면서 바라를 그리워했다. 바다와 같은 우주에 꽃으로 장엄한 세계를 펼친 화장 세계 속에, 바라는 머물고 있을까. 화엄경 약찬게는 화엄경의 공덕으로 마무리된다.

풍송차경신수지(諷誦此經信受持)
초발심시변정각(初發心時便正覺)
안좌여시국토해(安坐如是國土海)
시명비로자나불(是名毘盧遮那佛)

이 경을 읽고 외어 믿어 지니면,
첫 마음 낼 때가 곧 깨친 때이니
이와 같은 국토 바다에 편히 앉으면
이 이름이 비로자나 부처님이네.

합장을 하고 고개를 숙였다. 우주를 깨닫고, 우주 바다에 편히 앉을 수 있는 자, 비로자나불을 향해.

사고 이후, 나는 목소리를 잃어 말을 할 수 없으니 기나긴 세월 동안 침묵 속에서 오로지 나의 내부만 들여다볼 뿐이었다. 깨우침은 희미하게 이룬 듯하다가 이내 멀어지곤 했다.

답답한 마음에 몸부림이 날 즈음, 나는 우주를 품고 있다는 나의 내부를 내내 파고들면서 붓을 잡고 하루 종일 탱화를 그렸다. 그러기를 또 수년이 지났다. 지난봄 내가 완성한 그림에 석가여래가 중심에 계시고 8대보살, 10대제자, 호법선신(護法善神)인 대범천(大梵天)과 제석(帝釋)과 사천왕(四天王)과 팔부중(八部衆)이 주변을 둘러싸고 있었다. 정교한 그림을 보며 스님이 물으셨다.

"네 어찌 그림이 이다지도 늘었느냐."

나는 종이에 글을 썼다.

'세필 붓 점 하나가, 완성된 그림 종이만 해집니다. 티끌에 우주를 담고 싶습니다.'

〈영산회상도〉가 완성되던 날, 주지스님이 말씀하였다.

"네가 천도시키고 싶은 영혼을 내 가장 먼저 올려주마."

천도재가 있던 날, 귀를 찢는 듯 커다란 대풍류 소리를 들으며 나는 알록달록 한지로 장식한 가마 뒤를 따랐다. 위패를 가슴 높이로 들고, 한 걸음 한 걸음 걸어 법당으로 향하였다.

범패가 우렁우렁 공간을 울리고 바라춤 사위에 따라 장삼이 숭엄하게 휘날렸다. 영혼을 모시고, 대접하고, 영가의 탐진치를 씻어내는 관욕을 치르고, 삼불 보살에게 공양을 마치고, 영가의 극락왕생을 기원하는 찬불 의례를 마쳤다.

오로지 단 하나 선명한 기억인 공바라.

나는 바라만을 위해 모든 의식을 치렀다. 암자의 뒷마당에서 마지막 회향 의식이 거행되었다. 불을 놓고, 스님이 경을 읽으셨다.

"영가 영가, 곡부 공가 바라 영가야."

바람이 거세게 불어 밝힌 불을 끈다. 나는 주위를 한 바퀴 도는 스님을 따랐다.

영가야, 영가야, 곡부 공가 바라 영가야."

스님이 눈을 감고 『지장본원경』을 다시 외었다. 바람이 세차게 불어, 내가 일일이 뼈대를 만들고 한지에 색을 입힌 후 한 장 한 장 붙여 살을 만들었던 신장님들이 흔들린다. 마치 살아 있는 생물처럼, 점점 거대하게 커진다. 나는 눈을 깜박였다.

스님이 내 손을 잡으셨다.

"네가 놓지 못하는구나. 놓지 못하는구나. 공바라 영가가 떠나지 못하는구나."

나는 바닥에 주저앉아 아이처럼 울음을 터뜨렸다.

2015년 8월 6일, 자그마한 절에서 잠이 깬 나는, 어제까지 살아왔던 내가 아니다. 나는 세면대 앞에서 소리를 낼 수 없는 비명을 삼켰다. 이내 끔찍한 흉터로 뒤덮인 얼굴을 비누로 문지르고 양치질을 하였다. 호스로 대야에 물을 받아 몸 구석구석을 깨끗하게 씻었다. 물기를 닦고 옷을 단정히 입고서 다리를 절룩이며 대웅전 법당으로 향했다. 법당 앞에 서서 차마 들어서지 못하고, 생생한 이생의 기억과 지난 생의 기억들로 지나치게 무거운 머리를 깊이 숙였다.

지난달 말에 최 형사님이 산사를 찾아와 회색 주머니와 편지 한 통을 내게 건네었다.

보리수나무를 물었던 곳에, 밀어가 아직도 남아 있네.

편지를 쥐고 있는 손이 바르르 떨렸다.

"스님이 찾아오셨어. 큰스님 심부름이라 하면서 이걸 내게 줬어. 오래전 네 친구의 부탁으로 너에게 전달할 물건인데 전달할 길이 없고 유족도 없어, 수소문 끝에 장례를 치러줬다는 나를 찾았다고."

난 소리 없이 눈물을 흘렸다. 바라가 남긴 물건이었다. 비록 작동되지 않는 구형 핸드폰이었지만, 바라의 물건이기에 소중히 간직하고 있었다. 8월 6일 새벽이 되어서야 일시에 덮쳐오는 여러 생의 기억들 속에서 나는 매직 스피어의 존재를 알아차릴 수 있었다.

여러 생을 통과하며 겪은 흔적들의 올무에 몸이 묶여 있다. 이대로는 바라를 구할 수도, 살릴 수도, 없다. 범인에게 내 존재가 노출되었으니 어느 과거로 돌아가야 쥐도 새도 모르게 죽임을 당하지 않고 살 수 있을까.

나는 천천히 고개를 들고 대웅전에 들어섰다. 작은 등불이 석가모니불과 관세음보살, 지장보살을 따스하게 밝히고 있다. 뭉근한 빛무리에 잠긴 부처님을 바라보았다. 합장을 하고 무릎을 꿇었다.

좌복에 이마를 대고 양손을 머리 옆에 붙여 손바닥을 하늘로 향하였다. 정성스런 마음으로 삼배를 올렸다.

고요히 앉아 과거 현재 미래의 부처님, 온 세계에 편재하시는 시방삼세제불을 떠올렸다.

'일미진중함시방(一微塵中含十方), 일체진중역여시(一切塵中亦如是).'

한 알의 티끌이 우주이고 우주가 곧 티끌이다. 미진이 곧 시방세계이다. 한없는 시간도 한 생각에서 싹트고 곧 찰나의 생각이 한없는 시간이다. 티끌 같은 인간이 곧 우주이고, 무한의 시간을 품고 있는 존재이다.*

대웅전에서 새벽 기도가 시작되기 전, 나는 관음전으로 자리를 옮겼다. 천수천안을 가지신 관세음보살님이 나를 굽어보셨다. 나는 머리를 붙이며 절을 올렸다.

화엄성중, 화엄성중, 화엄성중…….

천배를 올리고, 답을 구할 길 없어 천배를 더 올렸다. 입으로 뱉어지지 않아 속으로 외며 다시 천배를 올렸다. 땀이 비 오듯 쏟아지고, 육체의 고통이 매섭게 달려들었다. 의식과 무의식의 경계가 파도처럼 밀려오고 밀려갔다. 시간이 멈추고 육신이 낱낱이 흩어지고 내 속에 내가, 육신 속에 정신이 단단한 마니보주가 되었다가 무명을 밝히는 등불이 되었다가 나비가 되어 주위를 팔랑이다 하였다.

---

* 법성게. 지광 스님의 「신심명 법성게」와 《불교신문》 불교용어사전 '시방세계'를 참조하였다.

화엄경 약찬게 108독을 마치니 사방이 칠흑 같은 한밤이다.

안좌여시국토해, 시명비로자나불.
이와 같은 국토 바다에 편히 앉으면 이 이름이 비로자나불일세.

여전히 마음을 내지 못하여 깨치지 못하고, 무명 속에서 광명의 길로 가지 못한다. 아인슈타인의 상대성이론이 밝혔듯이 질량을 가진 인간은 한계를 뛰어넘지 못한다. 속도를 높일수록 무한대의 질량이 되어버려 빛을 따라잡지 못하는 나는, 관세음보살님 앞에서 쓰러지듯 고꾸라졌다. 신체적 한계를 수차례 넘긴 몸은 녹아서 사라질 듯 흐물거리지만 정신만은 쨍하게 밝다. 육신에 붙은 흐린 눈이 감기고 내부의 눈이 떠진다. 그럼에도 나는 이 생을 버리지 못한다. 끈질긴 집착은 내 육신보다 강하고 내 정신보다 견고하다. 나는 손가락으로 더듬더듬 더듬어 안주머니에 넣었던 매직 스피어를 꺼냈다.
　나는 한 번 더 여행을 떠나기로 하였다.

눈꺼풀 아래로 눈동자가 바르르 경련하듯 떨고 있다. 나는, 눈꺼풀을 힘겹게 밀어 올리고 새벽의 사나운 기운에 잠긴 나의 세상을 응시한다.

다시 익숙한 방이다. 산사에서 떠났던 이번 여행에서 나는 바라를 구하러 가는 나를 저지해야 했다. 아무 일도 모른 채 일상으로 복귀하도록 애를 썼다. 이제 나는 다시, 장현도 원장이다. 기적적으로 죽지 않고 살아 돌아와서 내 방의 침대 위에서 눈을 뜬 순간, 보리수 메일을 제일 먼저 떠올렸다. 기억이 중첩되어 확신할 수 없었다. 이번 생에서 무사히 매직 스피어를 받았는지 확인하기 위해 이메일을 열어봐야 했다.

기억과 현실과 내생과 지난 생, 나의 존재에 대한 혼란으로 어지럼증과 구역질이 밀려왔다. 한 손으로 입을 막고 랩톱 컴퓨터를 열고서 이메일에 접속하였다. 거짓말처럼 메일이 있다. 하지만 보리수 메일만이 아니다. 수신 확인을 하지 않은 다른 메일이 있다. 발신은 미국의 한 대학 계정이었다. 영어로 된 단 한 줄의 메일을 읽었다.

오래된 벗, 명주의 부탁입니다.

첨부된 파일을 클릭하였다.

〈용감한 안내자에게〉

나를 지칭함이다. 나는 어떤 공도 받아낼 자신이 있다.

비웃을 텐가, 진명주.

네가 만든 괴물로 스스로 자멸하고, 남편을 망가뜨리고, 딸을 결국 죽게 만들고서, 아직 파괴되지 않은 나를, 지켜보고 있나. 이 목걸이로!

　나는 목걸이를 온 힘을 다해 움켜쥐었다. 목걸이 모서리에 손바닥이 패는데도 통증을 느낄 수 없다. 기억의 잔해 속에서 여인의 음성이 떠오른다.

　"기억해 줘. 오늘 우리 만난 날짜. 장현도, 나는 기억할게. 오늘 날짜와 장현도를."

　나는 문서의 암호란에 월일을 네 자리 숫자로 입력하고 JHD를 이어서 입력한다.

　핏발 선 눈을 부비며, 나는 진명주의 편지를 읽는다.

나의 빛, 루키디타스

현도 군, 당신은 당신의 기억을 믿습니까.

당신이 믿는 기억은 어느 삶, 어느 생입니까.

석존께서는 우주 만유는 모두 무량무수한 인연을 따라 존재하고 변해가는 것일 뿐, 하등의 주체가 없으므로 나라고 인정할 것이 없다, 나의 존재란 시간과 공간의 인연 따라 만난 한 점에 잠시 존재하고 있을 뿐이라고 하셨습니다. 양자역학에서는 미세한 양자적 사건 하나로 당신이 겪고 있는 세계와 당신이 태어나지 않은 세계가 분리된다는 터무니없어 보이는 이야기를 하고 있습니다.

결국 불교와 물리학이 무한함 속에 발생한 존재에 대해 같은 이야기를 하고 있지요. 본디 우주는 무한하고 무한함을 인정하면 모든 것의 발생 가능성은 0이 되지 않습니다. 『법화경』「여래수량품」

에서는 우주의 무한성을 이렇게 설명합니다.

"어떤 사람이 오백천만억 나유타 아승기의 삼천대천세계를 잘게 부수어 아주 작은 분말로 만들어, 그 분말을 가지고 동쪽으로 날아가 오백천만억 나유타 아승기 번째의 국토를 지날 때마다 한 미립자씩을 떨어뜨리면서 계속 날아가 마침내 그 미립자를 모두 다 떨어뜨렸다."

나유타는 0이 11개가 붙는 숫자이고, 아승기는 수로 표현할 수 없는 가장 많은 수입니다. 삼천대천세계를 잘게 부수어 만든 작은 분말이, 행성이고 별이겠지요.

그렇다면 시간과 공간 따라 만난 인연인 우리의 생이, 한 점이랄 것도 없고 잠시라고도 표현할 수 없는 시공간 위에 머무르는 것입니다. 더군다나 양자적 사건으로도 쪼개어져 다른 점에 존재할 내 생이라면, 무엇이 진정한 내 것이라 집착하고 주장하겠습니까.

아인슈타인이 말했듯이 질량은 속도를 뛰어넘지 못합니다. 빛의 세계로 나아갈 수 없는 질량을 가진 존재라서, 우리는 내 삶, 내 기억, 내 것에 집착합니다. 내게 기억은 식물의 마디나 나이테 혹은 옹이와 같습니다. 시공의 인연 따라 잠시 한 점에 머물렀을 내 삶이 끝나면, 나는 그 마디를 짚고 나이테를 세어보고 옹이를 더듬으며 차가운 우주 속을 유영할 것입니다. 존재의 하찮음과 존재의 영원함을 동시에 체득하며 살아가는 동안 나는 하잘것없는 순간의 기억들에 나를 의존하였습니다.

무한 속에 소멸되어 사라질 육신이 아깝지 않습니다. 나의 모든 에너지를 빠르게 우주 공간에 내던지고 음의 바다 속에 가라앉은 나는 좋고 싫음의 분별이 없어 마음이 없고, 그리하여 괴로움도 없고 집착도 없는 무안계 내지 무의식계(無眼界 乃至 無意識界) 속 무수상행식(無受想行識)을 경험할 테니까요. 영혼이 검고 짙은 바다 속을 최초의 우주처럼 씨앗으로 떠돌다가 시간과 공간의 인연 따라 발화할 것입니다. 나는 씨앗 그대로일 수도, 팽창하여 우주가 될 수도 있습니다. 우주의 층을 내려가다 보면 가장 작은 양자에도 우주가 있습니다. 티끌 속에 우주가 있듯이……. 나는 티끌이어도 족합니다.

목이 마르군요. 나는 차가운 물을 한 컵 마시고, 물 알갱이들이 내 소화기관을 거쳐 내 피와 살이 되는 과정을 상상합니다. 물은, 나의 모든 것을 기억하고 있을까요.

성난 목마름으로 바라의 아버지, 공영수가 나를 쫓고 있습니다. 나는 이 호텔로 몸을 감춘 후, 아직 그 사람에게 연락하지 않았습니다.

나흘 전이었습니다. 당신의 학교를, 바라가 다닐 그 학교를 방문하기 전 날, 나는 공영수를 만났습니다. 예상치 못한 엉뚱한 곳에서 그 사람은 불쑥 나타났습니다.

"그 차를 타면 안 돼. 꿈을 꿨어. 당신이 급발진 사고로 죽는 꿈."

나는 조용히 웃었습니다. 기계는 모두 성공적입니다. 공영수가 화를 냈습니다.

"비웃지 마! 나는 당신에게 날개옷을 결코 돌려주지 않아."

공영수는 품에서 작은 기계를 꺼내어 내 눈앞에서 흔들었습니다. 나와 십칠 년을 부부로 살았던 공영수만 짐작할 법한 장소에 보관했던 기계입니다. 아마도 내가 죽은 후 발견했을 기계로 접속했겠지요. 공영수는 접속하자마자 선녀 옷을 먼저 숨겼습니다.

나는 이제 목걸이 하나 외엔 아무것도 가지고 있지 않습니다. 내가 과거로 갈 수 없는 이유입니다. 당신이 가지고 있는 기계는 바라가 지니고 있던 것이겠지요. 나는 어제, 당신과 바라의 고등학교 주소를 전달했습니다. 내 죽음이 확인되고 두 달 후, 기계는 스위스 은행 금고에서 꺼내져 바라에게로 전달될 것입니다.

나는 공영수, 그 사람을 사랑합니다. 그의 인내심 강하고 온화하고 이성적인 면을 좋아했습니다. 바라와 나는 잠시도 가만히 있지 못하고 이곳저곳을 번뜩이는 양자와 같습니다. 다만, 쉽사리 겉으로 드러내지 않을 뿐입니다. 언제나 거세게 요동치는 내부에서, 우리는 기억과 상상과 꿈을 감당해야 합니다. 그 순간조차 감각기관에 지배받아 괴로움을 겪게 되어, 안이비설신의(眼耳鼻舌身意) 육근을 통해 인지한 색성향미촉법(色聲香味觸法) 육경에 익사하지 않으려 안간힘을 썼습니다.*

---

*육근은 몸의 감각기관(눈, 귀, 코, 혀, 몸)이고 육경은 그 감각기관이 취하는 감각 대상이다. 눈은 색을, 귀는 소리를, 코는 향을, 혀는 맛을, 몸은 감촉을 느낀다. 이 모든 작용은 의근, 즉 마음에서 인식함으로써 비로소 이루어지는 것이다. (육근, 육경에 대한 각주 설명은 『붓다 수업』(법상 스님, 민족사, 2013) 등에서 참조)

그러면서 쌓아온 나의 기억은 거대한 의식과 연결되는 통로이고, 나의 꿈은 거대한 우주와 소통하는 장치입니다. 그러니, 나의 기억과 나의 꿈이 거짓이라면, 나 혹은 나의 미약한 능력에 대한 그들의 가없은 집착과 하찮은 욕심으로 조작된 것이라면, 나는 이미 어느 우주에서도 구원받지 못하고 죽은 상태입니다. 소스 코드가 오류 난 컴퓨터처럼 존재를 모조리 뒤엎어야 할 것입니다. 오백천만억 나유타 아승기 국토를 오백천만억 나유타 아승기의 삼천대천세계를 가루로 만든 숫자만큼 곱한 공간에서도 내가 씨앗이 될 시공이 없습니다.

처음으로 길러본 손톱이 톡톡 키보드에 부딪히는 소리가 낯섭니다. 글을 쓰는 이 순간에도 마음이 바빠집니다. 나는 미끼를 물고 숨어들 누군가를 기다리고 있습니다. 누군가가 누군지 알 수는 없습니다. 통통 발소리도 없이 가면을 쓴 채로 숨어들 것이기 때문입니다. 하지만 나는 가면 뒤의 얼굴을 확인할 수 없습니다. 내 망설임과 두려움 때문입니다.

내게 남은 이생의 시간이 얼마 되지 않음을 알고 있습니다. 두렵지는 않습니다. 포기하지도 않습니다.

공영수는 소리를 높일 것입니다.

바라를, 우리 딸 바라를, 버릴 수 있냐고.

결코 그렇지 않습니다. 나는 바라의 뺨을 부볐던 순간을, 바라의 작은 발에 입을 맞추고, 젖내 나는 목덜미에 코를 파묻을 때를, 나를 닮은 눈동자와 눈을 맞출 때를 사무치게 기억합니다.

두 팔을 벌리고 뛰어오던 작은 바라, 조금 더 자란 바라, 아름다운 소녀가 된 나의 바라, 바라입니다.

바라의 생이 선명하게 보입니다. 우리가 지은 죄 때문입니다. 모든 운명이 뒤틀리기 시작한 지점을 찾고 싶습니다. 나는 완전히 실성한 사람처럼, 시한폭탄을 입에 물고 있는 사람처럼 모든 것을 되돌리고자 합니다. 공영수는 믿지 못합니다. 내가 그 사람을 깊은 마음으로 사랑할 수 있다는 사실을, 믿으려 하지 않습니다. 그리하여 시공의 연으로 우리는 지금과 마찬가지로 살을 부비며 살아갈 수 있다는 말을 들으려 하지 않습니다. 결국, 아무리 발버둥 쳐도 나와 바라, 공영수는 이생에서 정해진 끈을 끊어낼 수 없을 듯합니다. 나는 경계에 꺼들리는 그리하여 유한한 경계 속에 나를 가두고 마는 이기심 가득한 사람일 뿐입니다.

이제 당신에게 아주 오래전 이야기를 고백할까 합니다.

고국, 이라는 말을 쓰곤 하였습니다. 나의 그리운 나라, 내 조국, 펄럭이는 태극기를 보지 않고도 애국가를 듣지 않고도 나는 고국을 그리며 눈물을 흘렸습니다.

고국에서 나는 학교생활에 도무지 적응하지 못하는 아이였습니다. 친구들이 쓰기 노트에 줄을 맞춰 글씨를 쓰고, 구구단을 외고, 꽃 이름과 동물의 이름을 외고, 사회의 규칙을 암기하는 동안 나는 제일 뒷줄에 앉아 조용히 아무것도 하지 않았습니다.

초록빛 페인트가 벗겨진 나무 책상을 하루 종일 쳐다본 날도 있고, 창밖의 하늘만 본 날도, 창틀에 끼워진 유리만 본 적도 있습니다. 하루 종일 선생님만 뚫어져라 본 적도 있습니다. 나를 꾸짖는 선생님의 입술을 보고 내 고막을 흔드는 소리의 파동과, 그것을 인식하고 정리하는 내 뇌신경의 움직임, 변화하는 선생님의 감정의 파동, 내 몸으로 흡수되는 타인의 강한 증오심을 느꼈습니다. 마치 내 고막을 음파가 흔들듯이, 타인의 뇌파가 나의 뇌 한 부분을 자극할 수 있음을 깨닫기도 하였습니다.

나는 무엇이 이 나무 책상을 구성하고 있을까, 창 너머 끝없이 펼쳐진 하늘은 무엇으로 구성되었을까, 유리와 나무와 하늘은 쪼개고 쪼개면 같은 물질일 뿐 아닌가 하는 생각에 집착했습니다.

그렇다면 나는 왜 사람이며, 초록 페인트를 입은 나무 책상에 금을 긋고 칼로 이름을 새길 수 있는 존재일까. 생물과 무생물의 차이, 의식을 가진 존재와 그렇지 못한 존재에 대해 골몰했습니다.

신이 이 세상을 창조하였다면, 그 신은 누가 창조한 것일까. 우주가 신이라면 우주는 의식이 있는 존재일까, 물질의 결합일 뿐일까.

우주가 다만 물질의 결합이라면 나도 그러한가.

그렇다면 내가 나임을 인지하고 예지하는 나의 의식은 어디에서 온 것인가.

나는 그 무렵부터 인간의 뇌파와 염력, 기억과 의식, 우주와 의식의 관계에 몰두하였습니다. 인근 도서관에 틀어박혀 나의 질문에 답할 수 있는 모든 책을 섭렵하였습니다. 부모님이 계실 때도 그러했지만, 돌아가신 후에는 상태가 더욱 나빠졌습니다. 학교에서는 전학을 권하였습니다.

측정 불가로 기록되는 지능 검사 기록서를 받아 들고 나의 후견인은 이곳저곳에 연락을 취했습니다. 두세 번 더 검사를 받았습니다. 지능 검사는 받을 때마다 시간이 길어졌고, 마지막에는 비행기를 타고 미국으로 건너가서 검사를 받았습니다. 한국에서는 맡아 본 적이 없던 클로락스 냄새, 섬유 유연제 냄새를 맡으며 건물 내부로 들어갔습니다. 헬멧 같은 커다란 모자를 쓰고 띠띠띠 울리는 전자음을 들으면서 온몸에 개미가 기어 다니는 듯한 환영을 참으며, 나는 모든 검사를 마쳤습니다.

나는 그날부터 미국 특수학교에 다니게 되었습니다. 나는 즐거워했고, 나의 두뇌는 단 한 번도 비를 맞아보지 못한 바싹 마른 땅이 물을 먹듯, 온갖 지식을 빨아들였습니다. 그 속도가 너무 빨라서, 학교에서 혹은 더 높은 곳의 기관 관계자까지 당황스러워했다는 사실은 알 수 없었습니다.

나는 스무 살이 되지 않아 공학대학의 과정을 수료하였습니다. 분야는 정보 통신이었습니다. 박사학위를 받으면, 나는 정해진 프로젝트에서 일을 하기로 결정되었습니다. 진학, 등록금, 생활비 등으로 내게 투자된 돈은 일반 직장에서 일을 하여서는 갚을 수 없을 만큼 큰 금액이었습니다. 박사과정 중에 참여하였던 프로젝트는 나와 몹시 맞지 않았습니다. 수겹의 암호와 홍채 스크린을 통해 들어가던 연구실에서 나는 조금씩 붕괴되어 갔습니다. 나는 프로젝트에서 통신 관련 연구자인 동시에, 뇌파에 대한 피실험체이기도 했습니다. 날이 갈수록 꿈은 너무 선명하여 현실과 구분이 되지 않았고, 신경은 바늘 끝처럼 날카로워져, 마치 몸의 가시를 온통 제 내부로 뒤집은 고슴도치처럼 나는 움직일 때마다, 뇌신경을 사용하는 매 순간마다 고통스러웠습니다.

고국에서 반 년, 나는 요양 휴가를 받았습니다. 휴가가 결정될 즈음, 나의 꿈은 지극히 선명하고 또 아름다웠습니다. 한 남자가 보였습니다. 나는 남자의 검정색 코트를 껴입고 남자는 나의 목도리를 두르고 품이 큰 봄버 점퍼를 입었습니다. 나는 남자의 얼굴 반은 가릴 듯한 굵은 뿔테 안경을 벗겨 내 가방에 넣었습니다. 손을 잡고 나를 따라오라 하였습니다. 몰려든 사람들, 콜록거리는 심한 기침에도 나는 남자의 손을 놓지 않습니다. 사람들이 가까운 건물로 황급히 몰려가지만 나는 반대 방향으로 걸어갑니다.

나무 그늘 아래로 돌층계를 오르고 올라 한 면만 뚫려 있는 어둑선한 1층을 통해 건물로 들어갑니다. 도서관입니다. 나는 다시 계단을 올라 열람실 안에 남자를 앉히고 가방 속에서 책을 한 권 꺼내어 펼쳤습니다. 어리둥절해하는 남자에게 엎드리라 말합니다. 뿔테 안경을 책상 옆에 두고 남자는 양손을 이마에 대고 엎드려 눈을 감았습니다. 나는 열람실 계단을 빠르게 뛰어 내려갑니다.

남자와 나는 햇살 좋은 여름날 공원에서 높이 떠올린 비눗방울 같은 무지갯빛 방울 속에 휩싸여 있었습니다. 내 꿈에서 또 다른 나는 비눗방울을 잡으려 손을 뻗었습니다. 그러다가 그 방울은, 내가 만든 나의 감정임을 깨닫습니다. 설원의 눈처럼 많은 비눗방울이 내가 웃을 때마다, 내가 그 남자를 바라볼 때마다 호로록 호로록 소리를 내며 늘어갑니다. 마침내 나는 빙글빙글 거대한 무지갯빛 세계를 완성합니다.

십수 년 만에 돌아온 고국의 하늘은 청명한 푸른빛이었습니다. 사람들은 고국이 놀랄 만큼 빠른 속도로 성취한 경제성장을 '한강의 기적'이라 불렀습니다. 한강의 기적은 다른 면의 시름의 깊이와 같은 높이로 우뚝 섰습니다.

"우리의 처지를 약진의 발판으로 삼아, 조국과 민족의 무궁한 영광을 위하여……."

곳곳에서, 자신의 처지를 약진의 발판으로 삼은 젊음들이 개인의 영위를 위해 이를 악물고 매진하였습니다. 그런가 하면, 또 다른 젊은 피가 들끓는 캠퍼스에서 나는 순수와 정의, 이상과 열망, 두려움 없는 희생과 숭고한 붉은 피를 보았습니다.

'서울의 봄'은 짧고 가혹하였습니다. 봄을 위해서 일어섰던 사람들이 무참하게 짓밟혔습니다. 나날이 더해가는 흉포함 속에서, 옳다고 믿는 절대 가치, 민주와 자유를 위해…….

민주와 자유.

십여 년을 보냈던 그곳에서는 공기만큼 자연스러웠던 민주와 자유, 물처럼 광활하게 흐르던 민주와 자유, 그 한 줌의 공기와 한 바가지의 물을 위해 뜨거운 젊음이 소리 없이 스러지던 시절이었습니다.

대학교에 간 첫 날이었습니다. 진리는 나의 빛, VERI TAS LUX MEA(베리 타스 룩스 미아), 소리 내어 학교의 상징을 읽었습니다.

'진리는 나의 빛, 나의 빛.'

그 말이 까닭 없이 가슴을 파고들어 나는 오스스 소름이 돋았습니다. 버스를 타고 커다란 교문을 지나, 본부 건물 앞 정류장에서 내렸습니다. 주변을 기웃거리며 지물을 익히고, 공학관을 찾으려 건물 앞에 붙어 있는 캠퍼스 지도를 들여다보았습니다. 갑자기 와아, 하는 소리가 들렸습니다. 곳곳에 삼삼오오 흩어져 있던 학생들이 일시에 내가 서 있는 곳으로 모여들었습니다. 나는 어안이 벙벙하여 학생들의 시선이 일제히 향하는 곳을 쳐다보았습니다. 학생들은 하늘을 향해 얼굴을 들고 있었습니다. 갑자기 약속이나 한 듯이 학생들의 입에서 구호가 울려 퍼졌습니다. 저 멀리서 달려오는 학생도, 건물 옥상 위의 학생도, 하나둘 열린 건물 창에서 빼곡히 몸을 내민 학생들도 한목소리로 구호하였습니다.

독재타도! 민주쟁취!

독재타도! 민주쟁취!

독재타도! 민주쟁취!

아, 내 머리 바로 위 하늘에서 누군가가 허리에 줄을 매고 내려옵니다. 그를 매단 줄은, 옥상에서 학생들의 힘으로 지탱되고 있습니다. 학생들은 줄을 붙잡고 목이 터져라 독재타도 민주쟁취를 하늘을 향해 외쳤습니다. 공중에 매달린 남자는 확성기를 들고 선언

문을 읽습니다. 목소리가 쩌렁쩌렁 땅과 하늘을 흔듭니다.

신군부파쇼 정부는,
국민들의 신음 소리가 들리지 않는가!
대한민국은, 민주공화국이다.
국민은 자신의 정부를 선택할 권리가 있다.

국가의 존엄이 짓밟히고,
인권이 유린되고 자유가 억압되는
작금의 상황을 더 이상 좌시할 수 없기에
우리 학생들은 한뜻으로 나아가고자 한다.

민주투쟁의 길에 앞장서서,
조국에 자유와 민주를 뿌리내릴 것이다.

우리는! 우리는!
우리 학생들은!

자유민주주의 체제를 위해서라면, 결코 침묵하지 않을 것이다.

투쟁, 투쟁, 투쟁!
독재타도, 민주쟁취!

호루라기 소리가 요란하게 들리고 어디선가 제복을 입거나 사복을 입은 젊은 남자들이 우르르 곤봉을 휘두르며 달려왔습니다. 남자를 묶은 줄이 주르륵 길어지며 남자는 빠르게 지상으로 내려왔습니다. 남자는 내 코앞에 떨어졌습니다.

이어 누군가가 학생들의 대열 속으로 최루탄을 던졌습니다. 눈을 뜰 수 없을 만큼 매운 공기가 신경 기관을 마비시켰습니다. 기침 소리, 비명 소리, 함성 소리가 뒤섞이는 혼란 속에 주변의 학생들이 남자의 몸에 묶인 줄을 정신없이 풀었습니다. 남자는 입고 있던 겉옷을 벗습니다. 잠시 두리번거립니다. 옷을 바꿔 입어줄 동료와 어긋났는지도 모릅니다. 아직 쌀쌀한 3월이었습니다. 학교를 안고 있는 관악산에서 불어오는 찬바람이 매서웠습니다. 남방 차림으로 다니는 사람은 눈에 띄기 쉽습니다. 나는 내 몸 두 개는 들어가도 족할 봄버 점퍼를 입고 있었습니다. 패션에 관심이 없던 나는 최대한 몸을 구속하지 않아 편하게 움직일 수 있는 남자용 웃옷을 즐겨 입었습니다. 상황을 따지는 판단을 내리기도 전에 빠르게 점퍼를 벗어, 남자에게 내밀었습니다. 나는 기침을 하며 남자의 코트에 팔을 꿰어 넣었습니다.

남자를 보호하기 위해 십수 겹으로 둘러싼 학생들의 스크럼이 무너지며 비명 소리가 쏟아졌습니다. 최루액으로 눈을 뜨지 못하는 남자에게서 안경과 모자를 벗겼습니다. 모자는 바닥에 버리고, 안경만 가방에 넣었습니다. 나는 남자의 목에 내 목도리를 둘러주었습니다. 한쪽 팔을 들어 소매로 코를 막고서 남자의 손을 잡고 대열을 헤쳐 반대 방향으로 빠져나갔습니다. 경찰 제복을 입은 남자 둘이 우리 두 사람을 흘끗 쳐다보았지만, 이내 다른 방향으로 학생들의 스크럼을 뚫으며 전진하였습니다.

남자를 열람실에 두고 내려오던 길이었습니다. 도서관 앞에서 신분증과 학생증을 요구하는 남자 셋에 둘러싸였습니다. 나는 미국 여권 복사본과 포닥 과정 교환학생임을 나타내는 학교 출입증을 보였습니다. 남자들은 처음부터 내겐 별다른 관심이 없었던 듯 서둘러 다른 학생에게 같은 요구를 하였습니다.

소매 끝이 닳아버린 낡은 코트에서 오랜 시절 기억 속에 묻어두었던 익숙함과 포근함을 느낍니다. 나는 코트 깃을 세워 코를 묻었습니다.

남자의 이름은 K입니다. 내게 무지갯빛 방울 왕국을 짓게 했던 사람입니다. 내게, 환상처럼 아름다운 꿈을 선물했던 사람입니다. 짐작하셨겠지만, 나는 K와 사랑에 빠졌습니다. 사랑이라는 단어는 지워도 좋겠습니다. 나는 K에게 빠졌습니다.

확성기를 들고 공중에 매달려 선언문을 외치던 K는 철인처럼 강해 보일 수도 있겠지만 그렇지 않습니다. K는 시를 사랑하고 음악을 좋아하는 감성적인 사람이었습니다. 평소의 그의 얼굴에는 조금씩 수줍은 듯한 미소가, 나의 적극적인 구애에 난처해하는 표정이 어리곤 했습니다. 나는 K와 눈을 곧바로 맞추기를 좋아했습니다. 그의 얼굴에 떠오르는 미약한 설렘이 주는 파장을 좋아했습니다.

K와 나를 연결 짓는 사람은 없었습니다. K는 언제나 빠른 걸음으로 움직였습니다. 며칠간 흔적을 찾을 수 없도록 사라지기도 하였습니다. K가 속한 모임에는 다른 학생의 소개로 초대받았습니다. 열 명도 채 되지 않는 소규모 모임이었습니다. 그곳에서 K는 나를 무표정하게 바라보며 눈인사만 건넸습니다. 마치 처음 보는 타인처럼 굴었습니다.

검은 종이를 씌운 알전구 아래서 머리를 맞대고, 숨을 죽이고서 K가 적은 초고를 돌려 읽었습니다. K의 글은 아름답고 강인합니다. 시정이 넘치고, 순수한 영혼이 호수의 물결처럼 잔잔히 흔들리는 글입니다. 수면 아래의 뜨겁고 단단한 진실이 뭉근하게 가슴을 덥힙니다. 마지막 순간, 수천 도의 온도에서 수천 번을 담금질한 칼의 울음처럼 그의 목소리가 울립니다. 움츠렸던 기상을, 비굴하게 접었던 기개를, 눈감아버린 양심을, 내 마음에 살아 있는 정의를 뒤흔듭니다.

Luciditas(루키디타스).

K의 필명입니다. 언젠가 칠흑 같은 밤은 끝나고 새벽빛이 올 것이다. 광명의 세계로 나아갈 것이다. K의 믿음을 담아 자그맣게 썼던 광명이라는 라틴어가 어느새 K의 필명이 되었습니다.

나를 소개한 학생이 말하였습니다.

"한국 언론은 지금 다 막혀 있어요. 우리의 목소리를 외국 언론사에 직접 알릴 수만 있다면 정권에 대한 외부 압박이 커질 겁니다. 여기, 진 박사님이 도와주실 수 있습니다."

루키디타스, K의 글을 영어로 번역하여 외국 통신원에게 전달하는 것이 나의 역할이었습니다. 학생들의 모임에 도움을 주는 한국의 의식 있는 젊은 기자들과 간간이 접촉하여 그들이 싣지 못하는 기사를 번역하여 미국 프레스로 넘기기도 하였습니다.

나는 정해진 날짜에 미국으로 돌아가지 않았습니다. 학교와 기관, 후견인과 연락을 끊었습니다. 포닥 활동은 거의 없기도 했지만, 더 이상 대학 연구실에 나가지도 않았습니다. 나는 서류 속에서 종적을 감춘 사람이 되었습니다. 불법체류 무소속 상태로 캠퍼스를 유령처럼 떠돌았습니다. 줄곧 머릿속으로는 인간의 뇌파나 염력과 정보 통신이 공유하는 연결점을 고민하였습니다. (나는 여러 가지 분야를 섭렵하였으나 학위는 정보 통신 분야로 받았습니다.) 인간의 의식과 정신을 구성하는 물질에 대해 고민하다 보면 자연스레 양자역학의 끝없는 물음들이 떠올랐습니다.

대학교 캠퍼스는 산과 이어져 있었습니다. 흙냄새와 숲 냄새를 맡으며 산길을 따라 올랐습니다. 이마에 땀이 맺힐 즈음 자그마한 암자가 나왔습니다. 비구 스님 서너 분이 조용히 기도를 올리고 등을 밝히시는 곳입니다. 나는 그곳에서 청소를 도와드리고 밥을 지으며 지냈습니다. 불교 철학에 심취하여 구할 수 있는 대로 서책과 경을 읽고 궁금한 것은 주지 스님께 여쭈어보았습니다. 그래도 해결되지 않는 의문은 도심의 다른 절에 심부름을 다니며 스님들께 여쭈었습니다.

때로는 불경을 영어로 번역하는 일을 하며 하루를 보내기도 하였습니다. 나의 사고와 시각이 혁명적으로 변화한 시기입니다. 대천대통, 두뇌가 확장하고 의식이 넓고 높아졌습니다.

밤이면 하늘 너머 우주를 응시하며, 시간의 흐름과 존재와 시공의 인연을 생각하였습니다. 거대한 의식일 수밖에 없는 우주와 교감하였습니다. 가끔 달을 바라보면, 달을 손가락질하는 아인슈타인이 떠올랐습니다.

쥐 한 마리가 달을 관찰한다고 없던 달이 생긴단 말이오.

파인먼은 양자역학이 자연을 비상식적이고 터무니없는 방식으로 설명하고 있지만, 그 모든 것은 실험 결과와 일치하므로, 원래부터 자연이 터무니없는 존재였음을 인정하라 하였습니다. 나부터 터무니없는 존재였나 봅니다. 나는 K가 관찰하고 의식함으로 인해 비로소 완전해지는 존재였습니다. K가 관찰하지 않은 나는 불완전한 세계 속 내가 아닌 진명주일 뿐이라 믿었습니다.

암자 근처에서 우리는 개울물 소리를 들으며 이야기를 나누었습니다. K는 나를 진 박, 이라고 불렀습니다. K가 나보다 나이는 많았지만, 우리는 서로 높임말을 썼습니다. 나는 K의 섬세하고 약한 열 개의 손가락마다 입 맞추기를 좋아했습니다. K의 전공은 물리학입니다. K는 나의 눈에 우주가 담겨 있다고 속삭였습니다. 내 눈에 입을 맞추며, 수십 억 년을 날아온 빛의 화석이 되어버린 별에 대해 말하였습니다.

아무도 모르는 곳에서 우리는 자궁 속 쌍둥이처럼 서로의 목에 얼굴을 묻었습니다. 오로지, 우주에 우리 둘만 존재하는 듯이 더없이 가까워지고자 하였습니다. K에 결합되고서야, 나는 비로소 완전하다고 믿었습니다. 선명한 꿈에 잠을 이루지 못하는 날이면, K는 나지막한 목소리로 시를 암송하였습니다. 그가 암송하던 뮐러의 「보리수」를 기억합니다. 나는 K에게서 안식을 구하였습니다. K가 없는 밤이 훨씬 더 많았지만 나는 늘 K의 보리수 아래 잠들었습니다.

K가 언젠가, 첨단 과학을 연구하는 공학자로서 미래에 대한 나의 의견을 구하였습니다.

"세계는 곧 정보통신혁명이 일어날 겁니다."

"통신이라면, 전화나 전보 같은 거 아니오?"

세계를 연결하는 눈에 보이지 않는 거대 정보망에 대한 나의 설명을 듣고 K는 몹시 경이로워했습니다.

"그렇다면, 전단지를 살포할 필요는 없겠군요."

나는 정보혁명이 가져올 정보의 평등, 정보의 권력, 정보 통신이 여론 형성에 미칠 영향, 은폐와 의혹에 대한 견제와 같은 미래를 보여주었습니다.

"물론, 정보통신혁명이 다 긍정적이지만은 않을 겁니다. 부작용도 있겠지요."

K는 조용히 웃었습니다.

"생각만 해도, 벅찬 세상 아닌가요. 통신망으로 민주화를 이룰수 있는 세상이지 않습니까. 정보 통신 기술 앞에서 누구나 평등하게 자원을 접할 수 있는 세상이라니."

언제나처럼 부드러운 표정 너머 단단하고 뜨거운 열정을 품고서,
K는 말하였습니다.

"진 박사, 돌아가세요."

"네?"

"가서 그런 세상을 조금 더 빨리 만들어주세요."

나는 손을 뻗어 K의 입술을 매만졌습니다.

"나는 여기에서 정치 시스템을 변혁할 테니 진 박은 정보 통신
시스템을 바꾸면 되지 않습니까."

K는 내 손을 잡아 다독였습니다.

"나도 마법처럼 멋진 그 세상에서 살아보고 싶습니다. 세계가 하
나로 연결되는 정보 통신망 아래에서 자원에 평등하게 접근하고,
누구나 제 목소리를 공표할 수 있는 세상에서 한번 살아보고 싶습
니다."

나는 K의 말을 듣지 않았습니다. 조금만 조금만 더, 고집을 부리
고 매번 가라, 돌아가라 말하는 K에게 집착하였습니다.

그 무렵, 미국 주요 일간지 칼럼에서 루키디타스를 언급하였습
니다. 아름다운 그의 문장을 번역한 나의 글의 일부를 인용하며,
진흙 속에 피어나는 연꽃처럼 독재 속에 피어난 시심, 이라고 표현
하였습니다. 어둠을 견디는 촛불이 되어, 새벽을 맞으리라는 독려
가 있었습니다.

정보국이 루키디타스를 잡기 위해 총력전을 펼쳤습니다. 루키디

타스는 개인인지 단체인지, 학생인지 일반인인지 그 어떤 점도 확인되지 않았습니다. 루키디타스를 기다리는 대중이 늘어났습니다. 나는 K를 만날 수 없었습니다. 배포되는 루키디타스의 문장으로 K를 읽을 수만 있었습니다.

처음 K가 속한 모임에 나를 데리고 갔던 학생이 경고하였습니다. "더 이상 루키디타스의 글을 번역하지 말아요."

그 사람은 전기전자제어 공학부 석사과정에 재학 중이며, K와 형제처럼 지낸 친구였습니다. 인상이 반듯하고 행동거지에 나무람이 없고 언제나 단정한 차림이었습니다. 성실하고 침착했으며 온화한 성품이었습니다.

네, 그렇습니다. 그 친구는 공영수, 바라의 아버지입니다.

K와 나의 만남을 알고 있는 유일한 사람이었습니다. 나는 공영수를 통해 K의 소식을 전해 들었습니다. K는 서울을 떠나 지방 어딘가로 기나긴 도피 생활 중이었습니다. 공영수도 K가 머무는 장소를 알지는 못하였습니다.

그는 두 주에 한 번, 발신인이 없는 편지를 부쳤습니다. 학과 사무실이기도 하고, 학보사이기도 했습니다. 공영수가 마지막으로 권하였습니다. K의 체포에 혈안이 된 상황이 불안하여 유학 시기를 앞당겼다며, 나도 미국으로 같이 들어가자고 하였습니다.

나는 공영수의 제안을 거부했습니다. 공영수의 불안을 알고 있었습니다. 나의 꿈은 온통 하얗고 창이 없는 방을 보여주었습니다. 나는 여전히 미국 시민권자였고, 나의 후견인은 정보부 소속 공무원이었으니 나는 창이 없는 그 방을 그다지 두려워하지 않았습니다. 누군가가 들어가야 할 일이라면, 내가 해내는 것이 옳다고 믿었습니다.

루키디타스의 글이 나에게로 전달되었습니다. 번역한 글을 가방에 넣고, 외국 특파원과 만나기로 약속한 장소로 부지런히 달려갔습니다. 명동의 허름하고 낡은 찻집에서는 스키터 데이비스의 〈The end of the world〉가 흐르고 있었습니다. 나를 기다리고 있었던 사람은 특파원이 아니었습니다.

나는 두 명의 남자에게 양팔이 잡혀 끌려갔습니다. 찻집 문 앞에는 두 명의 남자가 더 대기하고 있었습니다. 나는 얼굴에 검은 두건을 뒤집어쓴 채로 차로 이동하였습니다. 그리고 군청색 거대한 철문 앞에 섰습니다. 철문이 열리는 소리는 기괴할 만큼 음침하였습니다. 내부는 서늘하고 축축하였습니다. 나는 나선형의 계단을 돌아서 끝없이 올라갔습니다.

해가 뜨고 지는 것을 알 수 없었습니다. 내 몸속의 시계가 망가졌습니다. 내 영혼이 으스러졌습니다. 나는, 루키디타스가 누구인지 말할 필요도 없었습니다. 그들은, 오로지 K의 행방만을 물었습니다. 알 수 없으니 답할 수 없었습니다.

차가운 베드를 기억합니다. 얼굴 위에 덮인 천 조각과 그 위로 조르륵 조르륵 떨어지던 물소리를 기억합니다. 그들은 처음부터 미 시민권자인 나의 존재를 상부에 보고하지 않았던 모양입니다.

힘주지 않고도 부서뜨려버릴 수도 있는 여자 하나쯤, 겁을 주고 K의 소재만 파악한 후 적당히 풀어줄 생각이었겠지요.

지성과 이성, 감성과 감각이 모두 잔혹하게 짓밟히고 훼손되고 붕괴되었습니다. 오로지 남은 것은 선연한 육체의 고통뿐이었습니다. 예상보다 길어진 시간에 형사들이 더욱 당황하였습니다. 가물거리는 의식 너머 이만 풀어주자는 의견과 조금 더 돌려보자는 의견이 팽팽히 대립하는 소리가 들렸습니다.

구겨진 내 육체를 구석으로 끌고 갔습니다. 무릎을 꿇리고 뒷머리를 붙잡습니다. 얼굴을 물속으로 밀어 넣습니다. 얼음처럼 차가운 물이 호흡기를 막습니다. 목을 짓누르는 욕조의 턱이 목뼈를 부러뜨릴 것만 같습니다. 숨을 쉴 수 없다는 공포감, 극한의 고통이 뇌신경을 쇠망치로 내려칩니다. 누군가가 밖에서 문을 두드렸습니다.

"그만해."

나는 물 밖으로 끌려 나와 바닥에 얼굴을 박고 짐승처럼 엎어졌습니다. 형사들의 기분 좋은 웃음소리가 방을 떠돕니다.

"K가 제 발로 걸어왔어. 혹시 저년이 K 여자였나."

나는 그 건물에 끌려와서 처음으로, 아니 태어나서 처음으로 발작적인 비명을 질렀습니다. 남자 셋이 붙잡아도 휘청일 만큼 거센 힘으로, 격렬하게 반항하였습니다. 내부 어딘가에서 모두 죽여버리겠어, 모두 부셔버리겠어, 하는 무시무시한 광기가 솟아올랐습니다. 광기는 나를 먼저 파괴하였습니다. 핏줄이 터지고, 관절이 빠지고, 뇌가 붕괴됩니다. 나는 오로지 소리만 남아, 밀폐된 공간을 찢습니다.

다음의 기억은 드문드문 이가 빠진 구름다리처럼 위태롭고 불완전합니다. 나는 병원에서 눈을 떴습니다. 나의 격분과 돌발 행동에 결국 상부로 보고가 들어갔고, 나의 후견인과 미국의 기관에 차례로 보고되었습니다.

일주일 가까이 지속되었던 고문은 철저하게 계산되어 내 몸에 최소한의 외상만 남겼지만, 격렬한 몸싸움 중에 나는 성한 곳 없이 부러졌습니다. 기억은 허물어져, 뒤죽박죽 엉켰습니다. 나는 외상 후 스트레스 증후군이라는 병명을 얻었지만, 일반인은 처음부터 가지고 있지 않았을 복잡하고 정교한 뇌 회로가 망가졌습니다. 나와 관련된 사건은 극비로 관리되었습니다.

K는, 살아서 그곳을 나오지 못했습니다.

아니, 죽기 직전에 버려졌습니다.

부검조차 없이, K는 구치소에서 돌연사한 20대 남성의 시체로 분류되어 화장되었습니다.

그들은 내가 입 맞추던 K의 섬약한 손가락 관절 하나하나를 부러뜨렸을까요.

공포스런 물소리가 출렁대는 욕조 턱에 그의 목울대도 짓눌렸겠지요.

발가벗겨져 차가운 베드 위에 눕혀졌겠지요.

거대한 촉수 같은 젖은 천이 존재를 삼키는 두려움을 견뎌야 했겠지요.

전류가 흐를 때마다 세상을 버리고 싶을 만큼 가혹한 고통과 충격을 감내해야 했겠지요.

그가 끝까지 말하지 않은 사람들, 그들은 지금 어디에서 무엇을 하며 살고 있을까요. 그가 그렇게 갈망했던 한 모금의 자유와, 민주는 물처럼 공기처럼 누려지고 있을 텐데, K만이 재가 되어 진흙 속에 묻혔습니다.

그는 연꽃으로도 피어나지 못했습니다.

미국으로 보내진 나는 오랜 기간 치료를 받아야 했습니다. 치료의 과정은 평화롭고 안전하였습니다. 나는 망가진 회로를 빠르게 재생시켰고, 무너진 영혼을 말끔히 치유하였습니다. 그들이 나를 살린 치료법은, 기억의 조작과 삽입이었습니다. 교묘하고 정교한 실험이었습니다. K는 내 기억에서 완전히 지워졌습니다. 한국에서의 생활은 드물게 기억이 났지만, 완전하지 않았습니다. 외상 후 스트레스 증후군으로 인한 기억 실조라 설명되었습니다. 생활에 큰 불편은 없었습니다.

2년 가까운 공백을 지우기라도 할 듯이, 나는 연구에 매달렸습니다. 프로젝트는 처음과 달리 끝없이 지적 자극을 주었고, 나는 신경 흥분제를 복용하는 사람처럼 일종의 과잉 상태였습니다. 프로젝트에 투입되고 얼마 지나지 않아, 나는 공영수를 우연히 모교 캠퍼스에서 만났습니다. 얼굴과 이름은 알겠지만, 세세한 기억은 거친 덩어리로만 떠올랐습니다. 분명한 사실은, 공영수를 본 순간 심장이 세차게 뛰었다는 점입니다. 나는 공영수를 붙잡고서 한국에서의 나를 물었습니다. 기억을 잃었노라 말하였습니다.

공영수는 쓸쓸한 표정으로 나를 보았습니다. 암자를 기억하냐고 물었습니다. 개울물 소리와, 화석이 된 별과, 우주 너머 우주를 말하였습니다. 추운 겨울 코트 속에 품고 왔던 군고구마와 풀빵의 맛을 기억하냐고 하였습니다. 갑자기 무의식 속에서 제멋대로 부유하던 퍼즐 조각들이 흐릿하게 떠올랐습니다. 기억 너머로 애틋함과 절실함, 내 몸을 뜨겁게 데웠던 열정이 생생하였습니다. 잃어버린 기억 속에서 나는 사랑을 했습니다. 눈앞에 앉은 남자를 찬찬히 바라보았습니다. 남자의 눈이 붉어졌습니다. 혼자서만이라도 영원히 사랑할 것이라고, 남자는 고백하였습니다.

프로젝트를 진행하면서, 조금씩 버거워졌던 부분은 예지몽이었습니다. 망가진 기억 회로를 재생한 이후부터 현실의 기억과 예지몽이 미묘하게 어긋나며, 난 현실과 꿈을 분간하는 데 점점 더 많은 에너지를 소비해야 했습니다. 정기적으로 뇌파 치료를 받았습니다. 그러던 중, 공영수와 나는 결혼하였습니다.

잠을 이루지 못하는 밤, 나는 문득 「보리수」 시를 암송해 달라 하였습니다. 불쑥 튀어나온 기억에 나도 그도 당황하였습니다. 흐릿하게 남자의 영상이 눈앞을 가렸다 사라졌습니다. 나는 가슴을 문지르며 눈물을 흘렸습니다. 심장박동이 비정상적으로 빨라지고,

호흡이 짧아졌습니다. 의식을 잃고 깨어난 후 며칠을 더 병원에 머물렀습니다. 내게 새로운 처방이 내려졌습니다. 집에서 잠이 들기 전, 〈보리수〉 가곡을 듣는 것입니다. 입원 중에 내가 바라를 임신하고 있다는 놀라운 사실을 알게 되었습니다. 경이로움 속에 나는 좀 더 기운을 내어 생활에 임했습니다.

공영수와 나는 이상적인 가정을 이루었습니다. 후견인은 내가 따뜻한 가정을 이루고 아름답게 살아가는 모습을 흡족해했습니다. 미국 출장 때면 꼭 우리 집을 들러 나와 공영수를 챙기고 갔습니다. 바라가 태어났을 때, 후견인은 나의 친오빠가 쏟을 법한 정성으로 선물과 축하를 보냈습니다. 바라를 안아주고, 마당에 있는 그네를 밀어주던 그의 모습이 떠오릅니다. 내가 미국 기관에서 하는 모든 일은 극비 사항이었지만, 후견인은 대략적인 내용을 알고 있었습니다. 내가 사고를 당하고, 회복을 하는 동안 여러 가지 절차적 문제가 있었기 때문입니다. 그는 가끔씩 나를 염려하였습니다.
"명주야, 일이 어렵지는 않니, 얼굴이 상했구나."
그는 나의 육체와 정신이 건강한지 업무가 과하지 않은지 세심히 살폈습니다. 외부 일에서 오는 어려움이나 가정 내부에서 생기는 소소한 갈등이 약간은 있었겠지만, 모든 것들이 조금 떨어져서 보면, 다 좋았다고 만족스러운 미소를 지을 만큼 우리는 행복했습니다.
하지만 프로젝트는 난항이었습니다. 꿈을 통해 과거로 접속하는 다소 터무니없는 시도는 천문학적 비용에 비해 실현성이 거의 없었고, 설사 성공한다 하더라도 실용성조차 논란의 대상이었습니다. 결국 미 정부는 공식적으로 프로젝트를 폐기하였습니다. 사실, 나는 조금만 더 기다려주었다면 더 이상 대규모 자본의 추가 투자 없이 성과를 보일 수 있다고 믿었습니다. 실제로 최근 실험에서 미약하지만 긍정적인 결과를 도출하였기 때문입니다. 팀원은 반발하였지만 정치 논리는 모든 과학적 논리에 우선하는 법입니다. 자원과 인력 대부분이 양자컴퓨터 개발로 전환되었습니다. 나도 그중 한 사람이었습니다.

공영수는 박사과정을 마쳤고, 연구 산출물을 가지고 실리콘밸리에서 벤처 사업을 시작하였습니다. IT 붐이 시작되면서 사업 규모가 조금씩 커지고 한국에 지사를 설립하였습니다. 공영수가 한국에서 머무르는 날이 늘었습니다. 내가 휴가를 얻어 바라를 데리고 한국으로 같이 가기도 하였습니다.

바라와 둘이서 지하철을 타고 서울 이곳저곳을 다녔습니다. 명동 거리에서 기다란 감자튀김을 사 먹고, 노상에서 머리핀을 골라 바라와 나눠 꽂고 거울을 보았습니다. 머리핀 장수는 카세트 플레이어에 오래된 팝송을 틀어놓고 흥얼거리며 노래를 따라 불렀습니다. 왜 태양은 빛나나요. 〈The end of the world〉가 흐릅니다. 나는 알 수 없이 불안해져서 빠르게 계산을 마치고 걸음을 재촉하였습니다. 내부에서 확인할 수 없는 공포가, 누군가를 위한 절실함과 뒤섞여 내 창자를 휘저었습니다.

앞에서 한 무리의 대학생들이 걸어옵니다. 나는 갑자기 얼은 듯이 움직일 수가 없었습니다. 학생 한 명이 툭, 내 어깨에 부딪혔습니다.

"죄송합니다."

학생이 인사하는 동안에도 나는 학생의 스웨트 셔츠 가운데에 붙은 학교 문양에서 눈을 떼지 못하였습니다.

Veritas Lux Mea(진리는 나의 빛).

머릿속에서 쾅쾅 폭죽이 터졌습니다.

남자가 하늘에서 내려옵니다. 이제는 얼굴이 선명하게 보입니다. 예민한 콧날과 부드러운 입술이, 웃을 때면 주름이 잡히는 눈가가, 역사의 사명 앞에선 바위처럼 견고했던 의지를 담은 눈빛이 보입니다. 남자의 목소리가 우렁우렁 귓가를 찢습니다.

Luciditas(루키디타스).

남자의 우아한 필체가 보입니다. 쌍둥이처럼 서로에게 파묻었던 목덜미가 떠오릅니다. 나는 눈물을 흘렸습니다. 바라가 엄마, 왜 그래요? 하며 손을 뻗어 눈물을 닦아줍니다.

나는 끝없이 내 기억을 의심하기 시작했습니다. 공영수에게 가벼운 어조로 마치 저녁 식사 메뉴는 뭐가 좋을까 하는 질문처럼 물었습니다.

"혹시 루키디타스를 알아?"

공영수는 잠시 문서를 작성하던 동작을 멈추었습니다. 키보드 소리가 끊어진 사이로 정적이 흐릅니다.

"무슨 뜻이지?"

공영수가 되물었습니다.

"문득 생각난 단어야. 광명이라는 라틴어."

공영수는 고개를 끄덕이고 다시 문서 작업을 합니다. 키보드 소리가 규칙적으로 울립니다. 나는 공영수의 뒤통수를 오랫동안 응시하였습니다. 의문과 의심을 품은 끈질긴 눈으로 말입니다.

공영수가 서울로 출장을 떠나고 없는 날이었습니다. 나는 잠이 들기 위해 〈보리수〉 MP3를 찾았습니다. 늘 두던 자리에 없었습니다. 수선스러운 움직임을 알아챘는지 바라가 머뭇거리며 침실로 왔습니다.

"미안해요, 엄마. 노래를 듣다가 실수로 망가뜨린 것 같아요."

〈보리수〉 파일을 재생했지만, 조각조각 해체된 악보처럼 낯선 음계였습니다. 나는 고개를 갸웃했습니다. 파일이 엿가락처럼 늘어난다 하더라도, 부분 소실이 된다 하더라도 결코 〈보리수〉 파일이라고 상상할 수 없는 소음이었습니다. 파일에 수면을 유도하는 음파를 삽입하였다고 했습니다. 삽입한 음파의 흔적일까, 나는 문득 「보리수」 시를 낭송하던 남자의 목소리를 떠올렸습니다.

정말 수면을 유도하는 음파였을까.

경계심과 의심으로 나는 매일 밤 들었던 〈보리수〉를 두려워합니다. 바라가 큰 눈에 근심과 미안함을 담고서 당황스러워하는 나를 보고 있었습니다.

"괜찮아. 다시 만들어달라고 하면 돼."

"오늘은 제가 불러드릴게요."

나는 웃으며 침대 옆자리를 툭툭 두드렸습니다. 2차 성징이 막 시작되는 예쁜 소녀가 된 바라가 아기처럼 내 옆으로 쏙 들어옵니다. 어린애처럼 팔베개를 하고서 노래를 흥얼거렸습니다.

나는 눈을 감았습니다. 곧이어 꿈은 화산처럼 맹렬한 기운으로 폭발하였습니다. 기억과, 예지와, 현실과, 진실이 끓어오르는 용암처럼 나를 덮쳤습니다. 나는 이미 꿈의 타격을 준비하고 있었습니다. 바라가 나를 끌어안았습니다.

"괜찮아."

식은땀을 흘리고, 과호흡을 하면서도 꿈에 취한 채로 나는 바라를 안심시킵니다. 바라가 땀을 닦아주고 어깨를 다독입니다. 〈보리수〉 노래를 흥얼거립니다.

"내 곁에서 편히 쉬어라."

바라가 내 눈두덩에 입을 맞춥니다.

"엄마, 엄마."

나는 기침을 하며, 하나의 꿈에서 깨어납니다.

또 다른 꿈에서 처참하게 망가진 K가 보입니다. K의 비명이 대바늘처럼 귀를 뚫고 K의 찢어진 몸이 내 눈을 찌릅니다.

개처럼 묶여 바닥을 기어 다니는 K가 끝내 입을 열지 않습니다.

"바보야, 왜 왔어. 왜 왔어!"

나는 사지를 버둥대며 발악합니다. 나무의 진액 같은 눈물이 흐릅니다. 내 의식 깊은 곳에서 무시되고 억압되었던 갈망과 열망이, 분노와 미움이 광기가 되어 이글거립니다. 모조리 파괴하고 남김없이 무너뜨리고 싶은 광적인 충동에 휩싸이자 내 꿈은 불바다가 됩니다. 시뻘건 마그마가 흰 방을 뒤덮습니다. 남김없이 집어삼킵니다.

시공 속을 떠돌다 인연으로 닿은 한 점도 되지 않을 생에, 미련한 기억을 붙잡기 위해 남은 생을 걸었다고 비웃으시렵니까. K와의 보잘것없는 사랑에 가족을 버렸다고 비난하시렵니까.

〈보리수〉 파일에 숨은 코드는 그들이 조작하고 봉인한 내 기억을 억압하는 장치였습니다. 나는 실성한 사람처럼 과거로 접속하는 기계 개발에 매달렸습니다. 낮이고 밤이고 연구에 골몰하던 나를 비난하며 공영수는 바라를 데리고 서울로 갔습니다. 한국에서 시장이 폭발적으로 성장한 이유도 있었고, 바라가 한국에서 학교를 다녀보고 싶다고 원하기도 하였습니다.

공영수를 증오합니다. 하지만 증오심이 이는 동시에 동정심도 솟습니다. 나는 공영수를 가엾어합니다. 사랑하진 않더라도 연민합니다. 그 연민이 변하지 않을 것임을 믿었습니다. 내가 가고 싶었던 그날은, 공영수가 날 찾아온 날입니다. 더 이상 루키디타스가 쓴 글을 번역하지 말라는 그의 경고를 따르고 싶습니다. 공영수와 함께 짐을 꾸려 한국을 떠나고 싶습니다. K에게 집착하던 나를 설득하여 K를 마음에 묻고, K의 미래를 빌어주며 떠나게 하고 싶습니다.

나는 미국에서 새로이 공영수를 마음에 담게 될 것입니다. 거짓된 기억 없이, 같이 겪는 새로운 시간만으로도 나는 그와 가정을 꾸릴 수도 있습니다. 기적 같은 아이, 바라를 낳고 공영수와 나는 완전한 가족으로 의심과 죄책감 없는 무결한 감정으로 서로를 마주할 수 있을 것입니다.

공영수는 나의 바람을 인정하지 못합니다. 회한과 배신감, 두려움으로 공영수의 눈에 낯선 광채가 떠돕니다. 바라를, 지울 수 있냐고 소리칩니다. 고작 1년도 안 된 시간에 17년을 살아온 가족을 소멸시킬 수 있냐고 분노합니다.

나는 다만, 나로 인해 바스라진 K의 인생을 돌려주고 싶을 뿐입니다. K는 선량한 아버지가 되어, 독재가 물러간 이 나라에서, 갈망했던 민주와 자유의 가치 속에서 살아가야 합니다.

추운 겨울이 지나가고 가혹한 봄을 지나 찾아온 눈부신 여름을 맛보아야 합니다.

긴 밤 지나 찾아온 새벽의 광명 아래, 어두움 속에서 촛불이 되었던 루키디타스는 부활하여야 합니다.

나도 마법처럼 멋진 그 세상에서 살아보고 싶습니다. 세계가 하나로 연결되는 정보 통신망 아래에서 자원에 평등하게 접근하고, 누구나 제 목소리를 공표할 수 있는 세상에서 한번 살아보고 싶습니다.

K를 그 세상에서 살게 하고 싶습니다.

신들의 주사위 놀이

……나는 멈추지 않았다. 내 삶은 반복되었고 내 꿈은 계속되었다. 시간의 영속성이란 얼마나 하찮은 것인가. 뉴턴의 이상처럼 우주는 신이 잘 감아둔 태엽이 매끄럽게 돌아가듯이 조화로이 움직이지 않는다. 사물도 인간도 십세 속에서 경계가 허물어지고 존재가 낱낱이 흩어진다. 이 세계에 존재하는 나는 어쩌면 껍데기일 뿐이다. 혹은, 이 세계에서 감당하기 버겁도록 겹쳐진 중첩물일지도 모른다.

바라, 공바라.

내 아름다운 소녀.

다가갈 수 없어 가질 수 없는

내 안식, 내 평안, 내 영원.

산사의 삶을 거친 후 나는 나의 소녀 바라가 내게 온 의미를 깨우쳤다.

진명주의 편지를 읽고 나서 나는 탈진한 사람처럼 바닥에 쓰러졌다. 바라가 늘 앉던 자리에 앉아 창밖을 바라보던 진명주가, 노을빛을 등지고 눈물을 흘리던 진명주가 꿈처럼 불쑥 떠오르다 사라졌다.

어느 생의 어느 기억이었나.

나는 까무룩 잠이 들면서 진명주의 눈동자를 응시하였다. 슬픔을 증언하는 눈동자다.

경계를 파괴하고 시공간의 제약을 탈출하고서도 끝내 성취하지 못한 염원, 피할 수 없었던 운명.

진명주는 마지막 유언을 나에게 남겼다.

이토록, 무력한 나에게.

당신의 딸, 나의 소녀, 바라조차 구하지 못하는 나에게.

눈을 떴을 때, 바라를 구하지 못했구나 하는 안타까움보다 바라를 구하러 가지 않아서 다행이다, 다시 장현도 원장이 될 수 있어 다행이다, 라고 안도했었다. 나는 이처럼 한없이 나약하고 치졸한 인간이다. 경계를 벗지 못하고 경계에 구속당하는 인간이다.

차가운 바닥에 뺨을 대고 엎드리며 나는 어깨를 떨었다. 눈물이 바닥을 흥건하게 적신다. 부옇게 흐려진 시야가 진명주의 눈을 서서히 지운다.

요란한 벨 소리, 쾅쾅 문을 두드리는 소리, 귀를 찌르고 머리를 흔들고, 일어나! 일어나! 너는 용감한 안내자야, 무의식 너머로 나를 깨우는 소리.

바닥에 손바닥을 짚고 무릎을 세우고 천천히 몸을 일으킨다. 잠시 끊어졌던 벨 소리가 다시 시작되었다. 현관문 밖에 천식이 서 있었다. 문을 열자 벌겋게 충혈된 눈으로 나를 뚫어져라 쳐다보았다. 와락 들어와서는 손을 뻗어 내 왼뺨을 만졌다.

"……행님요."

천식이 고개를 떨어뜨리고 숨을 몰아쉬었다. 나는 천식의 어깨를 두드렸다.

"지금 몇 시야?"

"8시 좀 넘었을 깁니더. 행님요, 인제…… 말 하시네예."

"그럼."

아이고, 천식이 어깨를 들먹였다.

"아침은 먹었어?"

"아침은 무신, 깨자마자 왔심더. 어제는 너무 억장이 무너져서.

행님 보러 산사에 갔는데 스님이 행님 기도한다고 안 불러주셨습
니더."

"응. 그랬어."

천식이 팔뚝으로 눈을 훔쳤다.

"오늘 아침에 눈 뜨자마자 다시 찾아가야지 했는데, 아침에 눈
뜨니까 행님이 산사가 아니라 다시 이 아파트에 있다는 기억이 났
심더. 제가 여 아파트 앞에 와서 벨 누르면서도 행님 안 나오면 우
짜나, 아직도 산사에 있나, 아님 더 무슨 일이 생겼나, 내 기억이
맞나, 머리를 쥐어뜯었다 아입미까. 일어나자마자 심장이 벌렁거려
서 얼마나 급하게 뛰어왔는지."

천식이 이마에 맺힌 땀을 닦았다.

"아침도 안 먹고서. 배 안고파?"

나는 냉장고에서 생수를 꺼내며 물었다.

"아니라예, 지는 원래 아침밥 안 먹어예. 행님 병원 가보셔야 하
니까 지는 이만……."

"밥 먹자. 난 배고파."

천식이 생수를 벌컥벌컥 마시다 말고 고개를 크게 끄덕였다.

"요 밑에 해장국집 있던데, 거기로 갈까요?"

"그래, 그러자. 옷 갈아입고 나올게."

나는 천식과 나란히 집을 나섰다. 해장국집에서, 원래 아침을 안
먹는다는 천식은 국물 추가에 공깃밥 두 그릇을 말끔히 비웠다.

"절에 있을 때는 다 좋은데 고기를 못 먹어서 그거 하나 진짜 갑갑했어예."

"몰래 먹었잖아."

천식이 엄지로 검지 손마디 하나를 짚으며 말했다.

"요맨큼 그거 먹어가 간에 기별이나 갑니꺼. 스님들을 그래 자시고 어찌 기도하고 절하고 수행하고 재 모시고 다 하시는가 모르겠어예. 밤늦게까지 경전 공부도 하시고."

나는 웃으며 이마를 만지작거렸다. 피로감에 미간이 저려왔다. 밀도 높은 액체 속을 헤엄치는 것처럼 아직도 일상생활이 자연스럽지 않다. 다행히 오늘 오전엔 수술 스케줄이 없다. 오후 수술 일정을 다른 원장에게 넘길 수 있을까.

"형님은 절에서도 진짜 공부 많이 하셨잖아예. 경전도 많이 보고. 지는 한 개도 몰르겠고 기냥 절만 했심다."

"천식아, 너 바라밀의 뜻은 알아?"

"아뇨."

"산사에서 1년을 공부했으면서."

밀어준 내 밥그릇에서 천식이 밥을 한 숟갈 크게 푸면서 시큰둥하게 답했다.

"지는 행님이 시켜주는 중딩 공부만 했심더. 불교는 넘나, 뭔 뜬구름을 잡아도 글케 진지하게 잡는지. 근데 바라밀이 무슨 뜻이라예? 마하반야바라밀은 맨날 외었는데."

"바라밀다는 저 언덕에 이른다는 뜻이야."

"언덕요?"

"고통의 바다, 고해를 건너 피안(彼岸)의 세계로."

천식이 고개를 갸웃했다.

"피안이 무슨 뜻이더라. 그건 검정고시 책에도 문제 나왔는데."

천식이 머리를 긁적이다 말고 핸드폰을 받았다.

"변호사님, 네, 네. 지금 만나고 있습니다. 그라믄예. 울 형님, 장현도 원장, 멀쩡합니다. 얼굴도 잘생기고, 말도 잘하고. 행님 전화기? 네? 아."

천식이 나를 보며 "핸드폰 아직 안 켰어예?" 하고 확인하였다. 나는 호주머니를 뒤져 핸드폰을 꺼냈다. 전원을 켜자 최 형사님, 김 변호사님으로부터 부재중 전화가 여러 통이다.

"아, 잠시만예. 최 형사님 전화 들어옵니더. 통화하고 또 전화드릴게예."

"최 형사니임! 닥터 장, 장현도 원장. 네 맞심더. 저 지금 형님 보러 왔어예. 같이 아침 먹고 있심더. 행님 더 잘생기고, 그라믄요. 행님 목소리 좋심더. 성악가 같아예. 예, 예. 지 말이 그 말 아입미까. 지는 마 심장이 쫄깃거리가 눈 뜨자마자 튀어왔심미더."

천식의 수다를 들으며 나는 잠시 벽에 머리를 기대고 눈을 감았다.

"불교에서 말하는 깨달음의 언덕, 피안에 도달한다는 바라밀의 바라일 수도 있고, 히브리어로 창조하다의 바라일 수도 있대요."

큰스님께 또박또박 말하던 바라가 못 견디게 보고 싶다.

바라는, 내가 가질 수 없는 소녀이자 다다를 수 없는 저 언덕이다. 바라는 내 속에 무덤을 만들었지만, 바라는 곧 나의 무덤이다.

내 안식, 내 평안, 내 영원.
바라밀다, 바라밀다, 바라밀다.
나는 기꺼이 고해를 헤치고 헤쳐 너만을 향하리라.
결코 멈추지 않으리라.

주말에 급히 지방으로 일을 나간 천식은 없이 김 변호사, 최 형
사 그리고 나, 셋만 모인 자리였다. 보드에 사건 발생 날짜나 시간
여행으로 바뀌었던 크고 작은 사실들, 여전히 남은 의문과 추측이
빼곡하게 적혀 있다. 탁자 위에는 바라와 진명주의 사건 기록, 그리
고 K에 대한 파일들이 다소 무질서한 형태로 쌓여 있었다.

"그러니까, 러시아 정보국 출신 G, 미 정보국 출신 F. 두 사람이
오래된 밀월 관계라는 거잖아. 진명주가 활동할 때 한창 실무 쪽으
로 요직이었고 진명주와 최고위층 사이에 다리가 되던 사람들."

최 형사가 프린트에 줄을 북북 그으며 내게 확인하였다.

"그렇죠. 진명주의 오래된 벗의 이야기에 따르면요."

진명주의 편지를 확인한 날, 나는 이메일 발송인에게 연락을 취
했다. 그녀의 답신은 짤막했다.

'동경에 출장 중입니다.'

즉시 동경행 비행기를 타고 날아가, 그녀를 마주하였다. 십수 년을 건너 받은 이메일 한 통에 달려온 나를 보며 그녀는 빙그레 웃었다.

"바라의 친구인가요?"

"네."

"신기한 일이군요. 이메일을 보내면서 아마도 확인조차 하지 않으리라 추측했어요. 아무리 명주라도 십수 년 후의 일이라니, 어림도 없다고 생각했는데……. 그 이메일은 내 친구 명주에 대한 나의 오랜 사랑과 우정을 증명하는 것이었죠. 하긴, 명주는 늘 옳았으니까요. 틀리는 법이 없었죠."

지금은 MIT 대학의 교수이면서 중력파 관측연구소인 LIGO에서 협업 연구를 하고 있다는 리사는 매직 스피어의 완성은 모르고 있었다. 다만 진명주가 죽기 직전까지 은밀하게 접촉하던 사람들에 대한 정보를 들려주었다. 마지막 몇 년 동안 자신이 알던 명주가 아닌 것처럼 무언가에 쫓기듯이 무리한 줄타기를 했다고, 보는 이조차 아슬아슬할 만큼 위험했다고 안타까워하는 마음을 비췄다.

"하지만, 나는 명주를 믿어요. 그 눈은 마지막까지 세속적인 욕망에 물들지 않았어요. 명주의 영혼은 여전히 아름다운 우주와 맞닿아 있었죠."

리사는 지금 LIGO 연구소 일이 몹시 바쁘게 진행되어서 잔뜩 긴장한 상태라고 하였다.

"가을이나 겨울쯤, 바쁜 일이 좀 지나면 명주에 대해 궁금한 점을 조금 더 도와줄게요."

리사가 서둘러 자리에서 일어나며 인사하였다.

리사와의 만남을 잠시 떠올리던 나에게 최 형사가 랩톱 화면을 내밀었다.

"국정원에 다니는 친구 찔러서 사진은 받아냈어. 혹시나 해서 말야. 미 정보국 쪽, 러시아 정보국 쪽에 있는 리사라는 그 친구가 말했다는 사람들과 관련된 사람들 몇 명."

나는 화면을 차례로 넘기면서 하단에 적힌 이름을 확인하였다.

"눈을 가리고서 칼을 휘두르는 느낌이야. 그 칼에 고이 맞아줄 범인은 아냐. 현도 네가 과거로 간다고 해도 이 사람들을 어떻게 찾아."

최 형사는 과거로의 접속에 몹시 부정적이었다. 나는 김 변을 향해 물었다.

"공영수의 변호사 접견 기록은 구할 수 없습니까?"

"당시 변호사를 찾아봤는데 1차 재판 끝나고 선임 변호사를 바꿨어. 그런데, 그 변호사도 지금은 도움이 안 돼."

김 변이 설명을 덧붙였다.

"길성재 변호사. 당시 공영수가 선임한 국선변호인인데, 공영수 재판 관련 기록을 뒤지다가 찾았거든. 내가 좀 아는 분이었어. 연세도 있는 분이고 지병도 있었다는데, 오래전에 사망했어. 만취 상태로 사우나에 갔다가 쓰러졌다고 들었는데, 사람이 없는 시간이라 너무 늦게 발견했다고."

"그 죽음까지 연관시킬 수도 있겠군요."

나는 깊이 한숨을 쉬었다. 대적할 수 있는 급이 아니었다. 유일한 무기는 매직 스피어뿐이다. 아군이 더 필요하다. 핸드폰을 만지작거리다가 슬머시 운을 뗐다.

"정 대표가 연락을 해왔습니다."

"정철우?"

"네. 일전에 만났을 때, 바라의 동창이라는 이유로 한 번 더 보고 싶다 하셨는데, 개인 폰으로 연락해 왔더군요. 아직 내가 바라와 관계가 있다는 이야기도 털어놓지 않았습니다."

"만날 생각이야?"

"그러려고요. 헌데, 어디까지 알려야 할지는 모르겠습니다."

나는 이마를 주먹으로 문질렀다.

"시간이 얼마 없습니다. 범인은 나를 쫓을 겁니다. 나를 곧 기억해 내겠지요."

"범인이 누구든, 아직 네가 바라와 얽혀 있다는 사실을 모르니까 조용히 웅크려 있다가 결정적인 증거를 잡으면 돼."

"아니요, 곧 저를 찾아낼 겁니다."

나는 검지로 정수리를 두드렸다.

"잠재의식 속에 남아 있습니다. 제가 아무리 과거를 바꿔도 제 존재에 대한 각인은 범인의 무의식 영역으로 침잠했을 뿐입니다. 이미 수차례 본인의 과거 여행으로 잠재의식의 발현을 경험했던 사람이라면 아마도 무의식의 영역을 감지하고 특정 정보를 끌어올릴 수 있을 겁니다."

지난 생, 그보다 더 지난 생에서, 나를 조소하던 살인마의 얼굴이 어른거렸다. 이어폰과 화면으로 전달되던 끔찍한 소리와 영상이 떠오르자 몸이 떨리기 시작했다.

"다 필요 없어요. 그 살인마, 누구든 상관없이 내가 먼저 제거해 버리면. 다시 접속해서 바라를 죽이기 전에 내가 먼저……."

살의가 살처럼 몸속을 들쑤시며 돌아다녔다. 지나는 곳마다 뜨겁게 달구었다. 내 잇새로 새어 나오는 말은 내 것이 아닌 듯 이질적이었다.

시간 여행을 거듭할수록 미묘하게 어긋나는 느낌이 있다. 꼭 맞물려지지 않는 어금니처럼, 꽉 쥐어지지 않는 주먹처럼, 나만이 내 변화를 눈치챌 수 있었다. 겉모습이나 사회적 지위의 변화가 아닌 본질적인 변화였다. 자아가 조금씩 변질되었다. 감정의 진폭이 달라지고 언행의 반응이 미묘하게 어긋났다. 켜켜이 쌓인 세월들이 뜨거운 압축기로 눌러져 내 몸속 어딘가에 박혀 있었다. 무겁고 단단한 세월의 찌꺼기들이 피를 타고 돌며 심장을 압박하였다. 사나운 감정들 때문에 때론 팔이 떨리고 눈이 시렸다.

"닥터 장, 섣불리 움직이다간 죄수복 입고 평생을 살아야 해. 범인은 지금 실체조차 없는데."

최 형사가 지나가는 말처럼 경고하고는, 흩어진 자료 중에 한 장을 집어 들었다. K의 사진이었다.

흐린 흑백 사진 한 장으로 남은 K는 잔혹한 독재 권력에 맨몸으로 맞서 버텼으리라 짐작되지 않을 만큼 선이 고운 사람이었다. 평범하고 여린, 그리고 어린 청년이었다. 보송한 이마와 여물지 않은 턱 선이 아름다운 청년이었다. 그는 부드러운 눈매로 나를 지그시 쳐다보았다.

확성기를 들고 공중에 매달려 선언문을 외치던 K는 철인처럼 강해 보일 수도 있겠지만 그렇지 않습니다. K는 시를 사랑하고 음악을 좋아하는 감성적인 사람이었습니다. 평소의 얼굴에는 조금씩 수줍은 듯한 미소가, 나의 적극적인 구애에 난처해하는 표정이 어리곤 했습니다.

선량한 아버지가 되어 이 땅에 살고 있어야 할 사람이라 했던 K. 진명주의 편지를 떠올리며 나는 K의 눈을 차마 똑바로 바라보지 못했다. 이 땅에서 누군가의 완벽한 희생을 밟고 서서, 누군가에 대한 핏빛 염원을 외면하고 오로지 나의 원에만 집중하는 이기심이 부끄러웠다. 최 형사가 K의 사진을 탁자 위에 내려놓으며 가라앉은 목소리로 말했다.

"나는 루키디타스를 알아. 전설로 남은 사람이었어. 손으로 써서 뿌려졌던 그의 글은, 남은 것이 거의 없어 볼 수 없었지만, 선배들에게 전해지던 글귀들은 있었어."

김 변호사가 다가와 K의 사진에 손을 올렸다.

"저도 기억합니다. 세상에, 루키디타스가 이렇게 어렸구나. 서른

도 안 된 어린 청년이……. 끝까지 얼굴도 이름도 없는 사람이었는
데, 이렇게 허무하게 죽어버렸는지 몰랐습니다."

"진명주 박사는……."

최 형사가 K의 사진을 물끄러미 바라다보며 입을 열었다.

"K를 만났을까."

나는 한 손으로 이마를 감싸 쥐었다.

진 박사, 나는 당신의 염원을 이루지 못해. 미래를 읽고 과거로
접속할 수 있던, 당신 같은 천재가 이루지 못한 일을 왜, 나에게.

이토록 나약하고 평범하고 아둔한 나에게.

사진 속, K의 끈질긴 시선을 외면하며 나는 진명주의 편지를 만
지작거렸다.

"진 박사는 왜, 매직 스피어를 사용하지 않았을까요. 개발하자
마자 사용했더라면……."

"딸 때문에."

"네?"

김 변호사가 긴 숨을 쉬며 말하였다. 엄마잖아.

"과거를 바꾸면, 만에 하나 바라가 사라질 수도 있으니까. 혹시
나 딸을 못 보게 될까 봐 두려웠겠지. 과거로 접속하기 전에 바라
를 만나고 싶지 않았겠어?"

진명주의 편지를 손가락으로 짚어가며 나는 진명주가 바라에
대해 언급한 부분을 다시 읽었다. 입가에 냉소가 걸렸다.

"바라가 숨어 살 곳을 만들고, 바라에게 매직 스피어 목걸이를

전달하면서 잘 살아봐라……. 미래를 보고 과거를 바꿀 수 있는 사람이, 할 수 있는 일이 고작 그뿐이었다니."

나는 진명주의 편지를 한 손에 쥐고 흔들었다. 종이들이 팔락팔락 소리를 내며 흔들렸다.

"미래를 보는 사람?"

최 형사가 갑자기 눈을 빛내며 내 손에서 편지를 낚아챘다.

"맞아. 그래. 그랬어. 예지몽. 과거로의 타임 워프에 집중하느라 진명주가 읽는 미래를 놓쳤어."

"무슨 뜻입니까?"

"진명주는 우리에게 알려줬어. 지금 이 상황까지 추리해 낸 거야."

"네?"

"매직 스피어를 사용하는 네가, 범인과 맞서야 하는 상황까지."

최 형사가 편지를 김 변호사에게 건네고 파일을 뒤져 진명주 사건의 사진을 펼쳤다.

"봐, 이거."

"물컵?"

"물을 마신다고 편지에 언급할 이유가 없지."

"아, 바셀린."

"아토피 때문에 발랐던 바셀린이 물컵에는 있고 술잔에는 없었다는 거?"

김 변호사가 황급히 편지를 읽었다.

"목이 마르군요. 나는 차가운 물을 한 컵 마시고, 물 알갱이들이 내 소화기관을 거쳐 내 피와 살이 되는 과정을 상상합니다.' 최 형사님, 이 부분 말씀이죠? 이건 우연의 일치는 아닐까요?"

"아니, 진명주의 치밀한 유서예요. 암호가 더 있어요, 분명히."

최 형사가 편지를 들고 다급하게 훑어 내렸다. 눈썹을 찡그린 채 담배를 입에 물고, 눈에는 뜨거운 불을 담고서 15년 전 진명주가 던진 암호를 찾으려 하였다.

마지막 타임 수술을 마치고 퇴근하는 길이었다. 지하 주차장에서 불쑥 누군가 앞을 막아섰다. 말쑥한 검은 정장 차림을 한 남자가 정중하게 머리를 숙여 인사했다. 남자의 뒤에는 비슷한 차림의 남자들 셋이 더 서 있었다.

"장현도 원장님."

"무슨 일이시죠?"

"잠시만 이쪽으로."

남자가 비스듬히 비켜서자 주차되어 있던 대형 세단이 눈에 들어왔다. 새까만 선팅이 된 창이 천천히 열렸다.

"장현도 원장, 잘 지냈습니까?"

인자한 웃음을 띠우고서 정철우 의원이 창밖으로 인사를 건넸다.

"대표님."

나는 고개를 숙였다.

"병원장님 보러 오시는 길입니까? 말씀 못 들었습니다."

정철우는 차 속에 앉은 채로 답하였다.

"아니, 장 원장 보러 왔어요. 지나던 길에 마침 시간이 잠시 나길래."

"아, 그러십니까?"

나는 정철우를 향해 발걸음을 떼었다. 한 발, 두 발, 세 발…….
코앞까지 가서 상체를 낮추고 시선을 맞추었다.

"일전에 연락을 주셨는데 답을 못 드려 죄송합니다."

"아니, 아니에요. 바쁜 사람이니까."

정철우가 손을 저었다. 눈가에 인자한 주름이 잡힌다.

"수술 스케줄이 제일 많은 의사라 하더라고요. 신 병원장의 칭
찬이 대단하더군요."

"병원장님은 늘 과찬을 하는 편이라서……."

"장 원장이 몇 살이죠? 바라와 같으니 이제 서른 둘. 수련의를
막 마쳤을 텐데 칭찬받는 수술 실력이라니."

정철우가 나의 눈을 똑바로 쳐다보았다. 주차장 불빛 아래에서
눈동자가 반지르르 윤이 돌았다.

"놀랍군요. 놀라운 실력이에요."

나는 다만 목례로 예를 표하였다.

"퇴근하시는 길 같은데, 잠시 이야기를 나누고 싶군요."

정철우가 느릿하고 부드러운 어투로 제안하였다.

"네, 좋습니다."

"일전에 집에 초대한다고 했었지요?"

"네."

"오늘 어떻습니까. 집에서 저녁 식사를 대접할까 하는데. 내 집이 바로 이 근처예요."

"선약이 있어서 식사는 다음에 하겠습니다. 약속 시간까지 여유가 있으니 초대에는 응할 수 있습니다."

정철우의 눈짓에 따라 양복 입은 남자가 차 문을 열었다.

"타세요."

"제 차로 가겠습니다."

정철우가 나를 빤히 보더니 고개를 끄덕였다.

"사소한 일만 터져도 기자들이 상주하다시피 해서…… 국회란 늘 시끄러운 곳이니까요. 오늘도 몇몇은 문 앞을 지키고 있을 겁니다. 누가 동행하나 싶어 플래시가 터질지도 모르겠군요."

최근 들어 터진 스캔들 때문이다. 전직 검사장, 벤처기업인, 정철우의 최측근 국회의원이 얽힌 대규모 비자금 사건이 초유의 관심사였다. 정철우는 결백을 주장하며 당대표직을 걸었다.

"기자가 실망하겠네요. 그래도 제가 언제 또 플래시를 받아볼까 싶긴 합니다."

정철우가 짤막하게 웃었다. 정철우가 손짓을 하자 양복이 차 문을 닫았다.

"따라오시면 됩니다."

검은 양복이 예의를 갖추어 말하였다. 끈질긴 시선들이 등 뒤로 따라붙었다.

병원에서 정철우 집까지는 시간이 얼마 소요되지 않았다. 소담하고 정갈한 정원을 지나 현관에 들어서기 전, 나는 걸음을 멈추었다.

"나무가 좋습니다."

정철우가 내 시선 끝을 좇았다.

"선친이 어렸을 때부터 있던 나무들이 대부분일세."

"소나무가 특히 아름답습니다."

"내가 기억할 때부터 저 모습 그대로였어. 선친은 늘 내게 만고풍상에도 쉬이 변하지 않고 꺾이지 않는 소나무의 기개를 닮으라 하셨지."

"솔아, 샛바람에 흔들리지 마라."

정철우가 시선을 돌렸다. 의미를 읽으려는 눈동자가 내 입술을 핥듯이 스쳐 지난다.

"아, 샛바람에 떨지 마라*, 던가요? 저는 잘 몰라서."

정철우가 빙그레 웃었다. 내 어깨를 쓰다듬으며 귀에 입을 붙였다. 낮은 소리가 귓속을 파고들었다.

"……떨지 마라."

눈이 마주치자 정철우가 인자한 얼굴로 내 어깨를 두드렸다.

"좋은 시절에 태어나 좋은 것만 보고 자랐지. 그런 노래 가사를 어떻게 기억하겠어? 암울하고 어리석은 시대였지."

기분이 좋은 듯한 웃음소리를 내며 정철우가 먼저 집 안으로 들

---

*〈솔아 솔아 푸르른 솔아〉 가사 일부. 원작 박영근, 작사 작곡 안치환.

어섰다. 기다리고 있었던 듯 사모님과 집안일을 하는 고용인이 현관 앞으로 나와 있었다. 차분한 환대를 받으며 나는 정철우를 따라 안으로 들어섰다.

"조용히 이야기를 나누고 싶어 그러니 차만 한 잔 부탁해요."

정철우가 부드러운 목소리로 말하자 사모님이 안 그래도 미리 준비해 두었다는 답을 하였다. 식사 대접을 하지 못해 미안하다는 인사는 안타까워하는 진심을 담고 있었다. 적절한 눈맞춤과 온화한 표정, 상대의 마음을 얻는 따스한 말투까지 십수 년간 주목받는 정치인의 아내로 완벽한 내조를 해왔다는 평은 과장됨이 없었다. 정철우 대표의 부인은 몸에 자연스레 배어 있는 기품 있는 태도로 나를 1층 안쪽에 자리 잡은 서재로 안내하였다. 고용인이 들고 온 다기를 받아 정갈하게 세팅하고는 다정한 인사를 한 번 더 건네고 서재를 나갔다.

책상에 앉으며 정철우는 맞은편 의자를 내게 권했다.

"초대해 주셔서 감사합니다."

나는 깍듯한 인사를 하고 의자에 앉았다. 정철우는 지체 없이 본론으로 들어갔다.

"닥터 장, 바라 이야기를 내게 해주십시오."

"바라는 말수가 적었습니다."

"명주도 그랬지."

나를 관찰하는 눈. 얼마간의 침묵. 계산된 포즈(pause)다.

속지 않아.

"명주는 누구입니까."

"아, 미안하네. 설명이 빠졌어."

나는 느리게 책장으로 향하는 노인의 걸음걸이를 지켜본다. 두 층을 터서 만든 서가에, 성인 키의 세 배는 족히 넘을 높고 큰 책장이 한 면을 차지하고 있다. 정철우의 아들과 딸, 그들이 이룬 가족 사진들, 손녀와 손주들의 사진이 들어 있는 즐비한 액자들 사이에서 정철우는 액자 하나를 집어내어 내게 불쑥 내민다.

왈칵 솟아오르는 뜨거운 감정을 나는 혀를 씹어 감춘다. 정원 앞 그네에 어린 바라가 있다. 그리고 앳된 모습의 진명주가 있다.

내게 단 한 장의 사진도 남기지 않은 바라.

나는 떨리는 손을 들키지 않기 위해 사진을 책상 위로 올린다.

카메라를 뚫어지게 바라보는 바라, 똑같은 눈으로 렌즈를 응시하는 진명주.

"바라의 엄마는 내겐 조카딸이나 어린 사촌 누이 같은 아이였어. 진명주."

"아, 천재 공학박사, 진명주 박사. ······그랬군요."

나는 타이밍을 맞춰 감탄사를 나지막하게 뱉었다. 정철우는 안경을 벗고 잠시 눈을 문질렀다.

"명주가 미국에서 가장 행복하게 살 시절이야. 출장에서 돌아오는 날, 내가 찍어준 사진을 액자에 넣어 명주가 내게 선물을 했지. 꼭 서재 방에 두고 매일매일 보겠노라 약속을 했어. 요즘도 매일 그 약속을 홀로 지킨다네."

"진 박사님이 바라를 닮았습니다."

정철우가 빙긋 웃었다.

"바라가 명주를 닮아 예뻤지."

"네, 그렇군요."

"혹시 바라 소식을 가장 최근에 들은 건 언제인가?"

"고등학교 이후론 없습니다. 바라와 언제부터 연락이 되지 않으십니까?"

나는 태연하게, 바라에 대해 묻는다.

"고등학교 때 바라가 연락한 적이 없습니까? 종종 학교를 안 왔는데 들리는 말로는 서울에 있는 병원에 정기적으로 간다고도 했던 것 같기도 하고."

"아니, 바라 엄마가 그렇게 된 이후 바라를 본 적이 없어. 명주 장례조차 나 혼자 치렀으니⋯⋯."

정철우의 입술이 실룩였다.

"공영수, 처음부터 명주에게 어울리지 않는 상대였어."

공영수에 대한 뿌리 깊은 적의가 꿈틀거렸다.

"바라가 왜 대표님을 찾지 않았을까요."

정 의원은 안타까운 한숨을 쉬었다.

"바라의 아버지가 사채 빚을 끌어다 썼는데, 폭력배들에게 시달린 모양이야. 서울에서 강원도로 급히 피했나 본데 내가 바라를 찾았을 때, 바라는 이미 학교에서도 종적을 감춘 후였어."

"바라가 수능 이후에는 학교를 나오지 않았던 걸로 기억합니다."

"맞아."

길고 짙은 한숨이 흘렀다.

"장현도 원장, 비극과 안타까운 일의 차이가 무엇이라 생각하나."

"절대적 슬픔과 상대적 슬픔이 아닐까요."

"절대적 슬픔이라."

나는 사진을 쓰다듬는 늙고 주름진 손가락을 본다. 그러다 불쑥 질문을 던진다.

"진명주의 죽음이나 바라의 실종에 최선을 다하지 않으셨습니까."

"물론, 그렇네."

"최선이 위안이 되지 않았습니까."

정철우는 눈을 감으며 고개를 저었다.

"비극은 돌이켜 생각할 때마다 사무쳐, 더 깊고 생생해지는 슬픔입니다. 안타까움은 돌이켜 생각할수록 합리화가 진행되는 일입니다. 진명주의 죽음과 바라의 실종이 대표님께 비극인가 봅니다."

바라와 진명주의 사진을 세워두고 정철우는 양손으로 이마를 감쌌다. 사진 액자의 뒷면에 적힌 자그마한 글씨가 이제야 눈에 들어왔다.

'mon tonton에게, 1988. 5.'

진명주의 글씨다.

"몽 통통?"

나는 바싹 마른 입술을 혀로 적셨다. 정철우가 고개를 들고 천천히 미소 지었다.

"명주가 나를 삼촌이라 불렀지. 미국에 가서 제2 외국어로 불어를 배우더니 삼촌이라 부르기에는 내가 너무 젊다며 통통이란 애칭을 지어줬어. 성인이 되어서는 그리 부르지 않았는데 액자에 장난처럼 써뒀더군."

진명주의 마지막 퍼즐이다.

나는 미끼를 물고 숨어들 누군가를 기다리고 있습니다. 누군가가 누군지 알 수는 없습니다. 통통 발소리도 없이 가면을 쓴 채로 숨어들 것이기 때문입니다. 하지만 나는 가면 뒤의 얼굴을 확인할 수 없습니다. 내 망설임과 두려움 때문입니다.

나는 책상 아래로 내린 주먹을 꽉 쥐었다. 손톱이 살갗을 파고들었다.

"이제 바라가 살아 있다는 희망을 버렸네. 명주 납골당 옆자리에 바라 자리를 만들까 해."

회한 서린 눈빛으로, 그 눈 너머 일렁이는 욕망과 불안이 존재를 압도한다.

"납골당에 넣을 수 있도록 바라가 지녔던 물건이라도 하나 구하고 싶은데, 그것조차 어려우니."

"안타깝습니다. 제가 친했다면 좀 더 도와드릴 일이 있었을 텐데……."

"바라가 특히 친했던 친구나 몰래 사귀었던 남자가 있지 않았나?"

탐색하는 눈이 느릿느릿 나를 훑는다. 끈기를 가지고 노인은 나의 입술을 바라본다.

"글쎄요. 그것까지는 모르겠습니다. 그럼 약속 시간이 급해서 저는 이만 가보겠습니다."

나는 인사를 하고 나가려다가, 영화처럼, 적절한 시점에 돌아본다. 상대가 방심하는 시점이다.

"이제야 기억이 났는데, 바라가 특이한 모양의 목걸이를 하고 다니다가 선도부에게 빼앗긴 적은 있습니다."

들짐승 같은 눈, 맹수의 욕망, 송곳니.

결국, 당신이었습니까.

그 얼굴로 진명주를, 공영수를, 바라를 죽였습니까.

나를 죽일 겁니까.

"장 원장."

정철우가 뒤돌아서는 나를 불러 세웠다.

"네."

나는 편안한 얼굴로 정 대표를 향했다.

"만나서 반가웠네."

"저야말로 영광입니다. 그래서 말인데, 아까 대문을 들어설 때 기자들이 사진을 찍었거든요. 잘 나온 사진으로 한 장 달라고 해야겠습니다."

"응?"

"영광스런 순간을 기념하려 합니다. 정 대표님 초대니까요. 오는 길에 SNS에 텍스팅했는데 가는 길엔 사진까지 올려야죠. 아이돌과 찍은 사진보다 홍보 효과가 좋을 겁니다. 지금 전국의 시선과 언론의 예민한 촉은 모두 정 대표님에게 있지 않습니까."

시건방진 자식, 나를 고작 SNS 따위로 협박하나 지금? 정철우의 눈빛에 비치던 분노는 빠르게 타올랐다가 파르스름한 꼬리만 남기고 사라졌다.

태연한 걸음으로 내 차에 올랐다. 운전대를 잡았을 때 심장이 쿵쿵 소리 내며 뛰었다. 귓속까지 울리는 심장 소리 때문에 손으로 가볍게 양 귓가를 눌렀다가 떼어냈다.

예상한 바야. 당황할 일이 없어.

입가에 차가운 웃음이 떠돌았다. 나는 힘주어 핸들을 잡으며 사흘 전, 최 형사와 김 변호사와 함께 나누었던 대화를 떠올렸다.

김 변호사와 최 형사가 실체 없이 전설로만 남은 루키디타스에 대해 이야기를 나누는 동안 나는 K의 사진을 물끄러미 응시했다. 외면하던 시선을 들어 K를 마주하는 데는 용기가 필요했다. 사진 속 K는 안경 너머 깊은 눈매로 나를 넘어다보고 있었다. 부드럽게 다물린 입술은 금방이라도 말을 걸어올 것만 같았다. K는 진명주의 말대로 예술가의 얼굴을 하고 있었다. 단정하고 순수한 소년 같은 외모 뒤로 뜨거운 열정이 어른거렸다.

그 입술을 열고 나를 바라보며 무슨 말을 할까.

두서없이 이런저런 생각을 하던 중에 떠오른 의심을 두 사람에게 말하였다.

"운동권 학생들조차 여태 누가 루키디타스인지 몰랐다면, 정보부에서는 그토록 알려지지 않았던 존재 루키디타스를 어떻게 알았을까요? 진명주는 그들이 루키디타스가 누구인지가 아니라 오로지 K의 행방만을 물었다고 했습니다. 'K, 루키디타스, 진명주의 남자.' 이 세 개의 고리를 묶었던 사람은 누구일까요? 그 고리를 흔들어 이득을 얻었을 사람은 누구일까요."

"진명주의 남자, K, 루키디타스를 연결 짓는 고리를 아는 공영수?"

나는 최 형사의 말을 여지없이 부정했다.

"아니요. 공영수가 아닙니다. 공영수는 진명주를 그런 식으로 망가뜨릴 수 있는 사람이 아니에요."

"진명주에게 집착하고 K를 증오하고 루키디타스로 개인적 영예를 얻을 수 있는 사람, 운동권 배신자 중 진명주에 집착하는 사람이라면……."

……나의 기억과 나의 꿈이 거짓이라면, 나 혹은 나의 미약한 능력에 대한 그들의 가엾은 집착과 하찮은 욕심으로 조작된 것이라면, 나는 이미 어느 우주에서도 구원받지 못하고 죽은 상태입니다.

나 혹은 나의 미약한 능력에 대한 '그들의' 가엾은 집착과 하찮은 욕심.

진명주 혹은 진명주의 능력에 집착하고 K를 증오하고 루키디타스로 개인적 영예를 얻을 수 있는 사람, 죽어 사라진 루키디타스의 명예조차 K의 것으로 남게 하고 싶지 않았던 권력자.

나는 문득 떠오른 얼굴에 머리를 강타당한 듯 뒤통수가 얼얼했다.

"이상하죠? 왜 진명주는, 공영수는, 그리고 바라는 정 대표에게 도움을 요청하지 않았을까요? 저도 도움을 요청할까 하고 그를 떠올리는데, 왜 그들은……."

김 변호사와 최 형사의 설마, 하는 눈빛은 이내 의심으로 바뀌어갔다.

"하아, 처음부터 우리가 왜, 정철우를 놓쳤을까요."

허탈한 탄식이 새어 나왔다.

"너무 단정적으로 생각하진 마."

"모든 조건에 맞아떨어지지 않습니까. 진명주의 일을 상세히 알고 있는 사람, 정보를 통제할 수 있는 사람, 사건과 살인을 조작할 수 있는 권력자."

"그렇게 따지면 미 정보국이나 러시아 정보국이 더 가능성이 있지."

나는 단호하게 고개를 저었다.

"정철우 의원, 정치 입문부터 지금까지 패착이 없어요. 늘 이기는 수만 둡니다. 그게 어떻게 가능합니까. 어려운 벤처 돕겠다며 투자한 것조차 이른바 대박이었어요. 정철우의 본가는 원래도 기업하는 부유한 집안이었지만, 실패 없이 기회마다 성장했습니다."

"현도야, 그래도……."

김 변호사의 저지하는 말을 끊으며 나는 격앙된 목소리로 물었다.

"아니라면! 정철우가 범인이 아니라면, 그토록 바라를 찾았다면서, 왜 못 찾습니까? 일개 강력계 형사도 며칠 작정하고 뒤지면 나오는 것을, 그 정보력과 권력과 재력을 가지고 왜 못 찾습니까?"

나는 떨리는 손으로 K의 사진을 들었다.

"K. K. K. 역사에 이름 한 자 못 남긴 루키디타스. 진명주와 루키디타스 사이를 몰랐을까요? 진명주가 연락을 끊었다고 그녀를 찾을 수 없었을까요. 진명주가 대공분실에 잡혀간 사실을 몰랐을까요. 정철우의 외삼촌은 정보국 이인자였습니다."

감정을 억누르려 쥐었던 주먹이 잘게 떨렸다. 아드레날린이 과부하된 몸이 경련하듯 움찔거렸다.

"진명주가, 공영수가, 그리고 바라가! 정철우를 믿었다면, 바라가 왜 그 사람 눈을 피해 강원도에 있는 학교에 다니면서 신분을 감추고 없는 사람이 되어 숨어 있었겠습니까? 도움을 청했어야죠!"

나는 분노를 삭이지 못하고 일어섰다.

"인간도 아니야. 어떻게 이럴 수가."

나는 주먹을 쥔 채 거실 바닥을 서성였다. 최 형사가 일그러진 표정으로 내 어깨를 안았다.

"앉아, 일단 좀 앉아."

최 형사가 억지로 나를 소파에 털썩 눌러 앉혔다. 나는 얼굴을 세차게 문질렀다.

"정철우가 사주했다는 증거가 어디에도 없어. 현도 너의 막연한 심증뿐이야. 이런 식으로 사건에 접근해 봤자 해결은커녕 다치기만 해."

나는 냉소를 지었다.

"미끼를 던질 겁니다."

"현도야."

"아니, 제가 미끼가 될 겁니다."

"말도 안 돼. 만약 정철우가 살인 사건의 중심에 있다면, 인마, 이건 달걀로 바위치기야."

김 변호사와 최 형사는 반 시간 넘게 나를 설득했다.

"달걀로 바위치기. 아니, 그보다 더 해. 달걀은 껍데기 조각이나 있겠지. 너는 산산이 부서져서 아무것도 못 추려."

나는 손바닥을 펼쳐 보였다. 어차피 빈손이다. 아무렴 어떠랴.

"난 쥘 것도 쥐고 싶은 것도 없습니다. 정철우가 아니라면 빨리 다른 방향으로 선회해야죠."

나는 핸드폰 화면을 켜서 그들 앞으로 내밀었다. 정철우가 개인 폰으로 직접 문자와 전화를 한 기록을 보였다.

"그쪽도 움직입니다. 이미 저에 대해 간과할 수 없는 느낌을 감지했다는 이야기죠. 아니라면, 이렇게 바쁜 시기에 저에게 수차례 직접 연락할 이유가 없죠."

김 변호사가 핏기 가신 얼굴로 물었다.

"어떡하죠, 최 형사님. 정말 정철우 대표가 꾸민 일이라면……."

최 형사의 눈빛이 매섭게 빛났다.

"그쪽이 여전히 작동 가능한 매직 스피어가 하나 더 있다는 사실을 알아챘을까?"

"모르죠. 그걸 확인할 길이 없습니다."

"모른다면 시간을 좀 더 벌 수 있어. 진명주 사건이든 공바라 사건이든 사건을 파고들면, 뭐라도 하나 걸리겠지. 소문을 퍼뜨려 여론을 흔들고 언론에 흘려보자. 야당 쪽이랑 선이 닿으면 좋고. 선거 전에 불이 붙으면 의외로 잘 해결될 수도 있어. 그런데, 만약 매직 스피어가 하나 더 있다는 사실을 알고 있다면……."

김 변이 다급히 말을 끊었다.

"최 형사님, 그럼 현도가 매직 스피어를 가지고 있다고 의심하고서 현도한테 연락을 취한단 말씀인가요?"

"아닐 수도 있겠죠. 단순히 경계해야 할 대상으로 인식한 무의식의 작용일 수도."

최 형사가 설득하는 투로 나에게 말했다.

"아니면, 바라 소식에 대해 지푸라기라도 잡고 싶은 심정일 수도 있잖아."

나는 양손을 맞부딪치며 자리에서 일어섰다.

"알아오겠습니다, 제가."

김 변호사가 급히 따라 일어섰다.

"현도야!"

"미끼를 슬쩍 던질 겁니다. 두 분은 편히 앉아서 낚시찌만 보시면 됩니다."

"안 돼, 안 된다. 안 돼."

김 변호사가 고개를 저으며 내 손을 붙잡았다.

"현도야, 안 된다. 아이고, 나는 네가 제대로, 이렇게 의사 가운 입고 사는 모습 볼란다. 이제 너 망가진 꼴……, 다시 못 봐."

나는 입술을 떨며 나를 붙잡는 김 변호사를 팔을 벌려 안았다.

"더 보여드릴게요. 가운 입은 모습."

못 미더워하는 김 변과 눈을 맞추며 웃었다.

"약속합니다."

"조심해야 해."

"설마, 저를 어떻게 하겠습니까, 여당 대표가."

"그래도 말이야."

"정철우가 범인이라 해도 매직 스피어가 두 개라는 사실을 모르고 있을 가능성도 많습니다."

"아니."

최 형사가 고개를 저었다.

"아니야. 다시 생각해 보니 정철우가 범인이라면 매직 스피어가 두 개라는 사실도 알고 있을 확률이 더 높아. 네가 사고 장소에 맥락 없이 나타났었다는 기억을 무의식에서 건져냈다면, 바로 매직 스피어를 의심할 테지. 그렇다면 모든 걸 잃을 수도 있다는 위기감 때문에 무슨 일을 벌일지 몰라."

"그래도, 저는 가야겠습니다. 정철우가 기어이 저를 만나려 할 것입니다. 연락을 피한다면 더욱 의심을 받을 테고, 정철우의 무의식 영역이 구체화되는 속도가 빨라지겠죠. 만나서 미끼를 던지고 확인한 후에 과거로 다시 접속할 겁니다."

"네가 미끼를 무는 것이라면?"

나는 갑자기 웃음을 터뜨렸다. 쿡쿡 터지는 웃음을 멈출 수가 없었다. 손을 들어 뫼비우스 띠를 허공에 그렸다.

"그렇군요. 미끼가 던진 미끼를 무는 것일지도요. 그럼 누가 잡히는 걸까요. 누가 먹히는 거죠?"

미끼가 미끼를 서로 물었다. 정철우의 집에서 나는 그가 진명주를 직접 살해했다는 확신을 가지게 되었고, 정철우는 내가 바라의 매직 스피어를 가지고 있다고 확신하게 되었다. 내게 시간이 얼마나 남았는지 알 수가 없다. 얼마를 더 버텨야 하는지도. 나는 정철우의 집 골목을 벗어나며 액셀러레이터를 밟았다.

시간을 얼마나 벌 수 있을까.

알려야 할 메시지는 단 하나였다. 단 하나를 위해 다섯 통 넘게 페이크 전화를 걸어야 했다. 내 통신 기록에서 단서를 찾지 못하게 하기 위해서다.

강남 고깃집, 호텔 라운지 바, 병원 데스크, 아파트 아래 세탁소와 집 아래에 있는 해장국밥집까지 전화를 닥치는 대로 걸었다. 예약자 성명이나 인원수를 확인하고, 수술 스케줄을 묻고, 세탁물을 당장 찾으러 갈 테니 준비해 달라는 말도 하였다.

"장현도입니다. 다음 주 수요일 저녁 7시, 예약 인원수가 12명, 맞습니까? 네. 네."

"장현도입니다. 내일 수술 스케줄 확인 부탁합니다. 9시와 10시 사이에 환자 성함이 어떻게 되죠?"

"장현도입니다. 세탁물을 지금 찾으러 갈 테니 준비해 주십시오. 꼭 필요한 옷입니다. 푸른색 와이셔츠와 검은색 양복 한 벌. 네, 네. 맞습니다. 푸른색 맞습니다."

"장현도입니다. 국밥 하나 배달해 주십시오. 장소는 늘 먹던 곳. 지금 바로 당장. 몹시 배가 고픕니다."

전화를 끊고서 핸드폰 초기화 버튼을 눌렀다. 어차피 소용없는 일이겠지만 그들이 데이터를 복구하게끔 만들어서라도 나는 시간을 벌어야 한다. 오늘 하루, 넉넉잡아 며칠 동안만이라도. 지금은 내가 더 빨리 움직일 수 있다. 매직 스피어가 내게 있는 한 칼자루는 내가 쥐고 있다.

아파트 지상 주차장에 도착했을 때는 그리 늦은 시간은 아니었다. 게다가 주차장은 지척에 경비들이 있고 주민들이 오가는 오픈된 장소였다. 검은 그림자가 내 앞을 불쑥 가렸다. 가로등 불빛을 등진 남자는 모르는 얼굴이었다. 남자의 뒤에는 어깨 둘이 더 있었다. 사람들이 간간이 오가는 주차장에서 그들은 대담하고 침착하였다. 조금 떨어진 곳에 서 있던 세단에서 한 사내가 내렸다. 왼뺨

광대에 있는 희미한 칼자국 흉터가 아니라면 성공한 사업가라 해도 좋을 만큼 세련된 차림의 사내가 내게로 다가왔다.

"초면에 실례가 많습니다."

흉터가 양복 주머니에서 스마트폰을 꺼내어 동영상을 재생시켰다. 어깨 중 하나가 폰을 받아 들어 내 눈앞에 들이밀었다. 스쳐 지나려는 나를 가로막으며 어깨는 스마트폰 화면을 내 눈앞에 가져다 댔다. 소리를 죽인 동영상 속엔 남자가 처참한 비명을 지르고 있다. 누군가 남자의 머리채를 움켜쥐고 얼굴 정면을 카메라로 향하게 한다. 이미 붓고 터진 눈으로 남자는 나를 쳐다본다. 찢어진 입술로 씨익 웃는다. 나는 남자의 입 모양을 읽는다.

"괜찮……심더. 까딱……없어예."

다시 이어지는 무자비한 폭력 앞에 남자는 무릎을 꿇고 피를 토한다. 나는 이를 악물었다. 아무리 이를 악물어도 입술이 떨렸다.

"당신, 누가 보냈어."

"쉿."

뺨에 흉터가 있는 남자가 검지를 들어 입술에 가져다 댔다. 그리고 내 옆으로 다가와 어깨동무를 하고, 다정하게 말하였다.

"협조해 주셔야 저 자식 성하게 걸어 나가지. 우리 다정하게 대화합시다. 당신은 궁금한 거 묻고 난 답해 주고. 아, 누가 보냈냐고? 시간이 촉박하니 내가 묻지 않은 질문까지 답해 줄게요. 오케이?"

남자가 픽 한쪽 입 끝만 올리며 웃었다. 광대의 흉터가 꿈틀거렸다.

"나야 우리 회장님이 보냈고. 저 덜떨어진 자식은 우리 영역에서 아가씨 하나를 빼갔다나."

나랑 가까운 사람 중 정철우 본인이 개입한 흔적을 남기지 않고 가장 손쉽게 접근할 수 있었던 사람이 천식이었다. 사고가 있어도 조직폭력배의 세력 다툼일 뿐이니.

"대체 왜 이렇게까지 심각하게 구는지는 나도 모르겠어. 장 원장은 아시겠지, 뭐."

흉터가 피식 웃었다.

"원하는 게 뭐야."

"장 원장을 데려오랍니다. 십 분씩 늦을 때마다 저 자식 한 군데씩 성치 못하게 될 거라고. 정 여의치 않으면 성치 못한 상태로 장 원장을 데려갈 수도 있고. 선택은 자유."

"갈 테니, 천식이 먼저 풀어줘."

"오케이. 원장님, 생긴 건 기집애처럼 곱상한데 성격 화끈하시네. 사나이답게, 우리 실시간으로 동시 진행합시다. 원장님 가시고, 저 자식은 걸어 나가고."

창이 없는 새하얀 방, 나는 묶여 있다. 놀랍지 않다.

기대한 바야, 정철우.

바라처럼 혼절하고, 어디로 끌려가는지도 모르고 왔겠지. 이제 육신의 고통 외에 무엇으로 겁박할 텐가. 바라는 이미 네가 으스러 뜨려버렸는데.

바라의 무엇부터 썩었을까. 불로초 같은 눈이 먼저였을까, 총명한 두뇌였을까, 파르스름할 만큼 흰 피부부터였을까.

나는 정신이 까무룩하다. 약물의 고통이 심장을 짓누른다. 얼마나 견딜 수 있을까. 환상처럼 며칠인지 몇 시간인지도 모를 시간이 뒤죽박죽 머릿속을 지나간다.

처음 눈을 떴을 때, 제일 먼저 맞은편에 앉은 정철우가 보였다. 뿜어내는 숨이 희게 보일 정도로 차가운 공간이다. 무어라 떠드는 그의 말소리가 마치 눈밭 속처럼 둔중하게 울렸다. 흰 눈이 발목까지 쌓이던 강원도의 눈밭이 떠올랐다. 새벽 운동장에 발자국을 길게 만들며 와하하 웃던 바라가 보였다.

"상황에 어울리지 않는 미소군. 무슨 생각을 하는 중이지?"

"강원도의 눈, 바라의 발자국."

정철우가 천천히 일어서며 썩은 입술을 벌려 빈정거렸다.

"아하, 너의 소녀를 회상하는 거로군."

나는 그의 유리알 같은 눈을 바라보며 말했다.

"눈밭에, 떨어지는 웃음소리."

요괴가 될 만큼 늙어빠진 뱀이 배를 밀고 오듯이 스스슥 발을 끌며 늙은 남자가 한 걸음씩 다가왔다.

"젖은 양말, 한 손에 잡히던 차갑고 작은 발."

역겹게 주름진 얼굴이 웃음으로 일그러졌다. 계속 해보라는 듯 손을 들어 까닥였다.

"입 맞추고 싶었던 흰 발등."

정철우는 느리게 걸어와 내게 바싹 붙어 서서 내 턱을 받쳐 들었다.

"맞아. 독특하게 예뻤지. 명주처럼……. 너네들이 아등바등 살아가는 이 세상일에 관심 없다는 그 눈동자가 품은 신비로운 또 다른 세상을 들여다보노라면 가슴이 뛰었어."

정철우는 파충류의 차고 축축한 시선으로 나를 훑어 내리며 흡족한 웃음을 지었다.

"육감은 틀리지 않아. 너를 처음 봤을 때 나는 알아봤지. 단정한 이목구비 속에 숨겨진 비밀들, 사람을 매혹시키는 눈동자, 완고하고 은밀하게 들끓는 열정, 이율배반적인 서정성. 명주가 K에게 빠졌듯 바라도 너를 사랑했겠지."

정철우의 시선이 뱀의 혓바닥처럼 날름거렸다. 나는 고개를 비틀었다. 정철우가 천천히 자리로 돌아가 앉으며 물었다.

"비극과 안타까운 일의 차이를 아나? 아, 대답했었군. 절대적 슬픔과 상대적 슬픔이랬나."

정철우가 고개를 저으며 비웃었다.

"시인의 답으론 옳겠으나, 정치인의 답은 달라. 선택과 결정에 있어 정치 하수는 얻을 이익을 고민하고, 정치 고수는 잃을 위험에 집중하지. 이익을 얻을 수 없으면 안타까운 일이지만, 하나를 잃으면 모든 것을 잃을 때가 있어. 그건 완벽한 비극이야."

"그래서?"

"네가 가진 위험한 물건은 얻을 이익이 아니라 잃을 위험이니까 내가 집중할 선택이었지."

정철우가 사방을 휘휘 둘러보았다. 목소리가 우렁우렁 공간을 메아리치며 울렸다.

"어떤가, 방이 마음에 드나? 사람은 말야, 구조에 약한 동물이지. 낮밤을 구분할 수 없는 곳, 높이를 알 수 없는 천장, 차가운 온도에 오줌을 지리기 시작해. 네가 몇 번의 인생을 살았는지 몰라도, 나는 너보다 수배는 더 살았어."

"굳이 설명하지 않아도, 너의 그 늙고 주름진 피부가 말해 주고 있어. 썩는 내가 진동하기 직전의 시체, 억지로 얼려둔 육신, 곰팡이로 뒤덮인 너의 영혼. 너는 나를 죽이고 싶겠지. 죽여봐. 진명주처럼, 공영수처럼, 그리고 바라처럼."

"진명주, 어리석은 녀석. 공영수, 처음부터 멍청한 자식. 공바라, 앙큼한 계집애."

나는 피식 웃었다.

"정철우, 형체도 없는 괴물 따위가."

촤악, 내 얼굴이 세차게 옆으로 돌아갔다. 혀로 터진 입술에 솟아오른 피를 핥았다. 시간을 벌어야 한다. 얼마나, 걸릴까. 얼마나 버틸 수 있을까.

"예전엔 말이야, 무식하게도 벗기고 묶고 물을 붓고 전류를 흘리고, 욕조에 머리를 담그고, 표시 나지 않게 관절을 망가뜨렸어. 어리석은 대중이 민주를 만났을 때만큼 비극은 없어."

정철우는 가면 같은 웃음을 지었다.

"민주? 민주? 누가 주인이야? 이 나라가? 부화뇌동밖에는 할 줄 모르는 멍청한 떼거지들에게? 민주는 현명한 리더만이 만들 수 있어. 우매한 대중이 아니라 나같이, 연륜이 높은 사람이."

정철우는 갑자기 키득키득 허리를 접고 웃었다.

"연륜, 지겹도록 쌓았어. 매번 과거로 돌아갈 때마다 어리석은 대중의 박수를 받을 때마다 웃음이 터져 나와서 밤마다 이불을 세 겹이나 덮고 웃었지."

"너 같은 인간이 박수 받으라고 만든 물건이 아니야. 진명주의 혼이 담겨 있어."

"진명주의 혼이라."

정철우가 쯧쯧 혀를 차며 고개를 저었다.

"과거와 미래를 한 손에 쥐었던, 선택받은 인간인 진명주가 왜 죽었는지 알아?"

"K와의 사랑을, 비웃고 싶어?"

"사랑, 사랑, 사랑. 그놈의 사랑."

정철우가 고개를 젖히며 웃었다.

"K. K. K! 빌어먹을 K! 고작 그 덜떨어지고 유약한 선동주의자에게 빠져 십수 년을 뒷바라지한 나를 배신했어. 덕분에 미 정보국과 한국 정보부에서 내가 하루아침에 버림받을 처지였지. 손바닥만 한 땅덩어리 어디에 숨었든, 얼마든지 잡아낼 수 있었어. 하지만 기회는 극적인 순간에 최대의 효과를 거두며 사용해야지. 사랑놀음을 지켜보는 동안 재미도 쏠쏠했고."

나는 이를 악물고 말을 밀어냈다.

"그래서 기억을 조작했나?"

정철우가 오호, 하는 입 모양을 만들더니 눈을 찡그렸다.

"공영수는 말이야, 굴러들어온 카드였어. 뒤집어보니 조커였지. 멍청한 그 자식이 어울리지도 않게 명주 남편이랍시고 있는 꼴을 볼 때마다 어떻게나 속이 뒤틀리던지. 그 자식이 끼어들어 일을 훨씬 더 복잡하게 만들었어. 몇 배는 더 귀찮은 과정을 거쳐야 했지. 멍청한 채로 아무것도 가지려 하지 않고 알아내려 하지 않았다면 목숨은 더 부지할 수 있었을 텐데……. 하지만 죽는 마지막 순간까지 공영수는 조커 카드 역할을 했으니, 기특하다고 해야 하나."

욕심으로 타락한 영혼이 생을 거듭하며 악심의 화신이 되어버렸다. 그가 뿜어내는 사악하고 어두운 기운에 목이 졸릴 것만 같아 나는 기침을 뱉어냈다. 내가 이를 악물며 정철우를 올려다보았을 때 그는 인자한 웃음을 보였다.

"특별히, 의사 선생이니 익숙한 도구로 해주지."

정철우가 눈짓을 하자 양복을 입은 사내가 주사기를 준비하였다.

"진명주에게도 정맥으로 넣었군."

"아, 명주는 내가 아끼던 아이였으니 아무런 고통 없이 가게 해 줬지. 물론 괘씸하게도 마지막 순간 나를 속였지만. tonton, 불안해 요. 꼭 맡아주셨으면 하는 물건이 있어요. 지금 와주실 수 있나요? 얼마나 달콤한 목소리던지."

정철우는 자그마하게 휘파람을 불었다.

"명주, 명주, 진명주. 지독하게 영특하고 무섭도록 의지가 강하지. 얼마나 대단한 사람이야. 미국 정부가 손든 걸 해냈어. 물론 러시 아 연구진의 도움은 있었지만."

정철우가 얼굴을 바싹 붙였다. 손을 들어 내 뺨을 부드럽게 쓸어 내렸다.

"고마움도 모르고, 마지막에 발악을 했지. 주사기 바늘을 부서 뜨리고 내 가슴을 할퀴었지. 상처에서 핏방울이 맺히는데 묘하게 흥분이 되었어. 잠시 고민했어. 이대로 죽이면 아깝지 않을까. 다 만, 시간이 부족했어."

주삿바늘 끝에 자그마한 방울이 매달렸다.

"하나로 시작하지."

정맥을 찌르는 감각 이후 끔찍한 고통이 핏줄을 타고 신경 전체 로 번져 나갔다. 대기하고 있던 사내가 내 입을 벌리고 마우스피스 를 채웠다.

"종종 혀를 깨물더라고."

나는 서서히 수면 아래로 가라앉았다.

며칠만 버티면, 이틀? 넉넉잡아 사흘만, 사흘만.

환영은 시시각각 모습을 달리하며 나를 잠식했다. 온몸 구석구석의 신경세포가 뒤틀렸다. 나는 혼절했다 깨기를 반복하였다. 이성이 서서히 무너졌다.

고통과 환각 속에 무엇이 내가 지키려는 것인지 알 수가 없다. 나는 고개를 처박고 웅얼웅얼거린다.

"매직 스피어."

"예쁜 이름을 지었군."

"바라, 바라가."

"오호, 바라의 솜씨로군."

나는 고개를 끄덕인다.

"그래, 현도, 착하지. 바라가 준 그 물건 지금 어디 있어?"

나는 후욱 숨을 내쉬기만 한다. 귓가에 대고 정철우가 속삭인다.

"쉽게 해줄게. 말해 봐."

"기억이 잘……."

나는 눈을 감았다. 온몸이 찢어지는 듯한 통증으로 몸부림을 친다.

"말할 거야?"

고개를 끄덕였다.

"금고에……, 아니야, 옮겼는데……."

"어디, 어디로?"

"줬어."

정철우가 흥분하여 숨을 씨근덕거리는 소리가 들렸다.

"줬어? 누구에게!"

"형……사."

뭐? 누구? 찰싹찰싹, 내 뺨을 두드리는 소리가 들린다. 이미 피부의 감각은 그 정도 통각에는 마비된 지 오래다. 나는 고개를 떨어뜨리고 다시 환영에 사로잡힌다. 얼음물이 머리부터 쏟아진다.

"누구, 어디 형사."

차가운 물이 줄줄 눈 위로 흘러내렸다. 나는 억지로 눈을 떴다.

"어디에 있는 형사야?"

"……J시."

정철우의 눈짓 속에 수선스런 연락이 오간다.

"목걸이는, 어디?"

정철우가 노인답지 않은 아귀힘으로 내 뒷머리를 잡아챈다. 나는 목이 꺾인 채 괴물을 마주한다.

"몰라."

정철우의 입에서 믿을 수 없는 욕설이 쏟아졌다.

자극은 끝없이 새로이 한계점을 넘어섰다. 통각의 범위를 넘어서는 통각이, 정신을 망가뜨리는 환각이 반복적으로 몸을 휘감았다. 내 눈과 귀와 입이, 모든 감각기관이 뿔뿔이 해체된 것만 같다. 내 입에서 하얀 입김이 쏟아진다. 무엇을 말하는 걸까.

"……목걸이는."

"그래, 그렇지."

정철우가 코끝이 닿을 듯이 바싹 붙었다. 지옥불 같은 눈이다.

"그 목걸이는, 달라. 네가 가진 것과 달라."

"그래서, 더 더 특별한 기능이 있겠지!"

흥분으로 바들바들 떠는 정철우가 콧구멍까지 벌름거리며 재촉하였다.

"어디? 어디에? 누가?"

"목걸이는……, 바라를 지키는 진명주의 영혼이야. 그걸 손에 넣는 순간 넌 파괴되겠지."

정철우가 실성한 이처럼 웃기 시작했다.

"누가 바라를 지켜? 이미 죽은 진명주가, 이미 죽은 바라를?"

"아니, 지금도 있어. 이 공간에 두 사람은 머무르고 있지. 시공간에 구속받지 않는 빛의 입자가 되어 너를, 지켜보면서. 너의 파괴를 기다리며. 무력하고 하잘것없는 나를 응원하며……."

"좋아! 해보라고."

지금까지와 다른 정철우의 무자비한 폭력이 시작되었다. 이마가 찢어지고 입술이 터진다. 코뼈가 내려앉고 우드득 소리를 내며 관절이 어긋난다. 내 비명 소리는 내 귀를 찢는다. 섬광처럼 명주가 떠오른다.

현도.

부르는 목소리는 명주인지 바라인지 알 수가 없다. 나를 바라보는 불로초를 닮은 눈동자도.

누군가가 문을 열고 들어와 정철우에게 보고를 한다.

최인원 형사…… 집…… 잠을 자고 있었다 합니다…… 여기 사진을…….

드문드문 들리는 단어에 나는 절망한다.

"풀세트야."

정철우가 낄낄거린다. 기괴한 웃음소리가 공간을 흔든다. 보고를 마친 남자가 묻는다.

"어떻게 할까요. 여기로 데리고 오는 중입니다."

"필요없어. 즉시 처리하라고 해."

남자의 시선이 묻는 듯이 나를 향했다. 정철우가 내게 한 걸음 다가온다.

"음주 운전 사고사로 아까운 의사가 한 명 죽었군."

주사기 바늘이 정맥을 찔렀다.

"명주처럼, 그리고 바라처럼 죽어. 그래서 실컷 떠돌아보시게. 마음껏 이 공간을."

약물은 빠르게 정맥으로 퍼져 나간다. 나는 답을 할 수 없다. 눈을 감는다. 이제 쉬고 싶다.

바라가 손짓한다. 뒤뚱뒤뚱 오리걸음을 흉내 내며 내게 다가온다.

"플랑크의 세계에선 이렇게 울퉁불퉁해."

나는 바라의 모습이 너무 귀여워 크게 웃는다.

"내가 흑판 앞에서 장현도 군 앞까지 이렇게 걸어왔어. 내가 걸어
온 길이 보여?"

"응."

"무한대의 방법이 합쳐진 경로의 합이야. 난 우주 끝까지 빙 둘러
왔을 수도 있어."

바라를 만나러 가는 길의 합은 무엇일까.

잠이 든다. 잠이 든 채로 떠나고 싶다. 갑자기 함성 소리가 들린
다. 나는 고개를 비튼다. 누군가가 목을 간지럽힌다. 나는 반사적으
로 손을 들었다. 손이 움직인다. 고개를 들어보니, 익숙한 방이다.

"해피 버스 데이 투유! 해피 버스 데이 투유!"

최 형사, 김 변호사, 천식이 케이크를 들이민다. 햇살에 눈이 부
시다.

"생일 축하한다."

꿈인지 약물 때문에 보이는 환영인지 구분되지 않았다. 나는 다

시 눈을 감았다.

"타이밍 죽이게 오늘이 생일입니더. 행님, 일어나이소."

천식이 내 귀에 대고 큰 소리를 내었다. 환영이……, 아니다. 그럼 성공인가……, 우리의 작전이?

"형님, 괜찮습니까?"

나는 미간을 찌푸렸다. 몸이 무겁다. 머리가 빙빙 돌았다. 아직 기억들이 정리되지 않았다.

흉터가 있는 사내가 나를 정철우에게 끌고 가기 전, 세탁소에 전화를 했었다. 그보다 사흘 전에 최 형사와 정한 암호였다. 진명주의 편지를 보면서 그녀가 남긴 단서를 발견한 사람은 최 형사였다.

"맞아. 이거야. 진명주의 암호, 찾았어."

최 형사가 진명주가 남긴 편지에서 한 단락을 손가락으로 가리켰다.

처음으로 길러본 손톱이 톡톡 키보드에 부딪히는 소리가 낯섭니다. 글을 쓰는 이 순간에도 마음이 바빠집니다. 나는 미끼를 물고 숨어들 누군가를 기다리고 있습니다. 누군가가 누군지 알 수는 없습니다. 통통 발소리도 없이 가면을 쓴 채로 숨어들 것이기 때문입니다. 하지만 나는 가면 뒤의 얼굴을 확인할 수 없습니다. 내 망설임과 두려움 때문입니다.

"혹시 손톱?"

김 변호사와 나는 동시에 반문했다.

"맞아, 손톱이야. 진명주는 마지막 순간에 범인을 할퀼 작정이야. 그녀의 손톱 밑에 혈흔이나 세포 조각이 결정적인 증거로 남겠지."

"그렇다면, 과거로 접속해서 손톱 밑 증거를 채취하면 되겠군요!"

김 변호사가 반색을 하였지만 나는 부정적이었다.

"킬러의 세포 조직은 있거나 없거나 마찬가지입니다. 공영수가 사주했다고 조작하면 그만이죠."

"흠."

나는 진명주의 편지를 다시 읽었다. 뭔가 짚이는 부분이 있었다.

"진명주가 범인을 유인할 계획이네요."

나는 최 형사가 골라냈던 단락에 하이라이트를 하며 말했다.

"진명주가 본인의 망설임과 두려움 때문에 범인의 실체를 확인하지 못하고 있다고 적었습니다. 가면을 쓴 자, 통통 발걸음 소리도 없이 다가오는 자, 미끼를 문 자, 모두 킬러가 아니라 범인을 지칭하고 있어요. 그날 진명주가 기다리는 사람이 정철우인지 확인하면 됩니다."

"그러면 일단 손톱 밑 증거를 채취해 봐야 하나? 네가 과거로 접속해서 나한테 요청할 수 있겠어?"

나는 마른 입술을 물로 축이고 긴 숨을 밀어냈다. 과거로의 접속이 나 하나의 인생에 영향을 미치는 건 두렵지 않았다. 하지만, 이번은 최 형사님, 형사님의 가족의 미래까지 걸린 문제였다.

"기회는 한 번입니다. 만약 증거물 채취가 어긋나거나 증거물에서 범인을 특정하지 못하면 저는 물론 최 형사님까지 완전히 노출되어 목숨을 부지하기가 어려울 겁니다."

"하긴."

"맞아요. 신중해야 해요."

김 변과 최 형사 모두 확신 없이 접속하는 일의 위험성에 동의하였다.

"정철우를 만나 그날 진명주가 지칭한 범인이 정철우인지 확인해 보겠습니다. 미끼가 미끼를 던진다고 하셨지요? 정철우가 범인이라면 우리 둘은 서로를 의심하는 중이겠지요. 저도 곤경에 빠질지 모르겠습니다. 만약 제 신변에 문제가 생기면 형사님이 바로 과거에 접속해야 합니다."

"응? 내가? 어떻게?"

"매직 스피어로 접속하십시오."

"아냐, 싫어. 아우, 부담스러워. 난 못 해."

최 형사는 적극적으로 양손을 저었다. 그는 머리까지 흔들면서 그것만은 싫다 하였다.

"접속은 네가 해. 내가 증거 채취하고 수사하는 일은 목숨 걸고 할 수 있어."

"제가 할 수 있다면 하겠습니다. 하지만, 제가 피치 못할 사정으로, 예를 들어 정철우에게 잡혔다거나 이미 죽었다거나."

"장현도! 무슨 그런 재수 없는 소릴."

김 변호사가 무섭게 소리쳤다. 나는 부드럽게 웃었다.

"이를테면 말입니다. 아무튼 그런 상황이 생기기 직전에 어떻게든 틈을 내어 연락을 취하겠습니다. 바로 연락을 취하면 도청이나 해킹의 위험이 있으니 그들이 최 형사님을 알아챌 수 없도록 해야 하는데⋯⋯. 혹시 이런 방식은 어떨까요?"

나는 메모지에 '성실세탁소' 이름을 쓰고 전화번호를 적었다.

"이야, 이름 좋다."

"이름대로예요. 삼대가 같이하는 세탁소인데 주인 할아버지가 무척 정확하신 분입니다. 그 할아버지가 모든 전화를 다 받습니다. 푸른색 와이셔츠는 정철우가 직접 진명주를 살해했다는 확신이 있을 때 남기겠습니다. 양복은 지금 바로 과거에 접속하라는 뜻입니다. 양복만 남긴다면, 정철우가 직접 살해하지 않았다 하더라도 지금 반드시 과거로 접속하라는 의미예요."

최 형사는 인상을 우그러뜨리며 손을 저었다.

"이러지 마. 첩보 영화도 아니고."

"기억하십시오. 푸른 와이셔츠, 양복 한 벌."

"그거야 기억은 하겠지만⋯⋯."

"실제로 옷은 세탁소에 맡겨놓을 거지?"

김 변호사가 갸우뚱하며 물었다.

"그럼요. 의심을 사면 안 되니까요."

"그럼 세탁소에서 직접 최 형사에게 옷을 가져다줄 순 없고 어떻게 할 생각이야?"

"세탁소에서 장현도가 맡긴 푸른 와이셔츠와 양복이 준비되었으니 찾으러 오라고 형사님께 전화를 걸도록 하겠습니다."

최 형사가 자리에서 벌떡 일어섰다.

"아, 난 못 해. 너 잡히지 마. 죽지 마! 알았어? 난 못 해. 매직 스피어 그거 내가 하면 바라가 화낼 거야. 막 내 심장 터지고 머리 터지고 그럴 수도 있어."

난 최 형사와 눈을 맞추었다.

"최 형사님."

"왜."

"바라, 형사님 좋아해요. 바라가 형사님 꿈에도 찾아갔었잖아요. 그리고 또 형사님은 바라 유언을 들어주셨잖아요. 그 목걸이 형사님이 안 주셨으면 매직 스피어도 쓸모없었어요."

"아우, 그건 그렇지만……."

"그래, 그 목걸이 최 형사 아니었음 벌써 정철우가 가지고 있지. 일등공신이네, 일등공신. 내친김에 공 한번 더 세워. 내가 일등공신상 상패도 만들어 줄게요."

김 변호사가 짐짓 너스레를 떨며 최 형사를 도로 자리에 앉혔다.

"혹시나, 세탁소에서 전화가 안 가도 제가 반나절 이상 연락이 되지 않으면, 무조건 장현도가 맡긴 양복 한 벌을 찾으세요. 양복 속에 매직 스피어를 숨긴 장소에 대해 정보를 남겨놓겠습니다."

최 형사가 머리를 쥐어뜯듯 헝클었다.

"야아! 너 그냥 정철우 만나지 마. 가지 말라고!"

"제가 가지 않아도 그가 찾아올 겁니다."

"아, 미치겠네."

"도와주세요, 형사님."

최 형사가 불이 없는 담배를 입에 물었다 빼어냈다 하였다. 나는 웃으며 담배에 불을 붙였다. 최 형사가 담배 연기를 깊이 빨아들였다.

"한 번만 더 금연 규칙 위반하자."

"네."

"그래, 푸른 셔츠라면 말야, 접속해서 내가 손톱 밑 증거를 채취하고, 그걸 국과수에 넘긴다 이 말인데 문제가 좀 있어. 국과수 DNA 기술은 2000년대 들어서 발전했지 그땐 아니야. 더군다나 미량 DNA 분석은 한참 더 뒤야."

"맞습니다."

"어떡하지, 그럼?"

김 변호사가 안경을 고쳐 쓰며 진지하게 말했다.

"미량이 아니라 해도 진명주 살해 당시는 위험해요. 당시까지 정철우가 정보부 소속입니다. 경찰에서도 매수된 자가 있을 수 있고, 혹시 국과수까지 매수해서 DNA가 오염되었다고 손써버리면 증거만 잃어요. 섣불리 넘겼다가는 최 형사가 도리어 위험해지니까."

"아무리 생각해도 살해 사건 당시는 너무 위험합니다."

나는 김 변호사의 말에 적극적으로 동의하였다.

"형사님, 증거만 채취하세요. 잘 보관하면 100년도 문제없습니다. 서두르지 말고 기회를 봐서 분석 기술이 충분히 발전했을 때 의뢰하면 됩니다. 무엇보다 정철우가 정보부에서 나온 이후, 정계에서 세력이 약했을 시기를 노려야 합니다. 문제는 정철우가 매직 스피어에 접속할 틈을 주지 않고 구속해야 하는데……."

"정철우가 세력이 약했던 적이 있어?"

최 형사의 물음에 나는 고개를 끄덕였다.

"정철우가 권력에서 버림받고 수세에 몰린 시기가 있습니다. 나중에 그 일로 더 대중적 인기를 끌긴 했지만. 제 기억으로는 정철우가 가장 곤경에 빠졌던 시기가 아마 뇌물 공여 혐의로 당에서 축출당했을 때였을 겁니다. 아, 혹시 그때 구속 수사도 진행되었나요?"

"맞아. 5년 전 즈음이었지. 혁신당 해체 건과 L대표 영입을 놓고 힘겨루기를 하다가 정철우가 밀려났어. 뇌물은 결국 누명이라 밝혀지긴 했지만, 당시에는 천하에 죽일 놈으로 몰아가는 분위기였어."

김 변호사가 스마트폰으로 빠르게 기사 검색을 하여 최 형사에게 내밀었다.

"여기, 기사 봐요. 2010년 9월 말부터 논란이 시작, 10월에 잠시 구속되었어! 구속 당시를 노리면 매직 스피어로 접속하지 못해."

2010년이라. 최 형사가 기사를 훑어보더니 착잡한 표정을 지었다.

"그러면 현도야. 바라는 못 구하잖아. 내가 미량이든 뭐든 증거만 채취되면 바로 국과수 넘겨볼게. 미국이나 일본으로도 보내보고. 아, 까짓것 미친놈처럼 덤벼보지 뭐. 한 번 죽지 두 번 죽나.”

“아니요, 바라는 제가 구합니다. 채취 증거로 정철우를 넣을 수 있는 기회는 한 번이에요.”

“하긴, 내가 죽거나 그러면 너도 혹시 잘못될 수도 있고, 네가 가진 매직 스피어도 그 사람들 손에 넘어갈 수 있으니.”

“아니, 아닙니다. 그런 말이 아니에요. 최 형사님은 안전하게 제발 다치지 말고…….”

최 형사는 한결같이 선량하고, 속정이 깊고, 정의로운 분이었다. 그런 은인을 내가 위험에 끌어들인다는 생각에 잠시 말을 이을 수 없었다. 나는 입술을 질끈 깨물었다가 겨우 입을 열었다.

“형사님, ……죄송합니다. 제가 형사님을 이런 위험한 일에 끌어들여서.”

“무슨 소리야?”

최 형사가 정색을 했다.

“나, 최인원, 대한민국 강력계 형사야. 내가 뛰어든 범죄 사건이야. 네가 수사를 하라 마라 그런다고 하고 말고 그러겠어? 내가!”

널찍한 가슴을 텅텅 두드리며 최 형사가 말을 이었다.

“내가, 말은 못 했지만, 그때 바라가 오피스텔에서 죽었을 때도 병신같이 속아서 진범 못 잡아넣고, 너 교통사고 내어서 죽이려 한 인간들도 못 잡고. 내가 너랑 바라한테 빚이 너무 많아서…….”

“형사님, 아닙니다. 형사님이 얼마나…….”

나는 말을 잇지 못하고 고개를 숙였다. 바라가 납치되었던 날,

조서를 작성하다가 몇 번이나 한숨을 쉬던 모습이, 금융 사기를 당해 넋이 빠져 있던 모자에게 청심원을 내밀며 무뚝뚝하게 위로하던 모습이 차례로 떠올랐다. 최 형사는 내가 오더리 장현도이거나 장현도 원장이거나, 산사에서 장애를 입고 살아갈 때나 언제나 한결같은 모습이었다. 말을 잇지 못하고 고개만 숙이고 있자, 최 형사가 거친 목소리로 내 이름을 불렀다.

"……현도야."

최 형사가 손을 내밀었다. 그리고 내 손을 꾹 힘주어 쥐면서 말하였다.

"내가 잘할게. 나, 믿어도 좋아."

나, 믿어도 좋아.

하얀 방에서, 최 형사님의 마지막 한마디를 동아줄 삼아 매달렸다. 나, 믿어도 좋아. 그 눈빛을 떠올리며 버티고 또 버텨냈다.

최 형사님은 성공했다. 고문으로 망가졌던 나는 눈을 떠보니, 다시 익숙한 내 침대 위에 누워 있었다. 평화로운 주말 아침이다. 김 변호사, 최 형사, 천식이 불러주는 생일 축하 노래를 들으며 기억들을 수습하였다.

"행님, 아직 잠 안 깼심꺼? 해가 중천이라예. 어제 늦게까지 수술 스케줄이 있었다더만 잠 못 잤심니꺼."

어제 나는, 하얀 방에서 고초를 겪는 대신 여섯 시간이 넘는 수술을 하였다. 까다로운 수술 때문에 예민해진 신경을 달래느라 잠을 설쳤다. 나는 여전히 잠에 취해 웅얼거렸다.

"으응. 새벽에 잠들었어."

천식이 인터넷 사이트를 열어 랩톱 컴퓨터를 눈앞에 가져다 대었다. 난 누운 채로 일어나지 못하였다. 눈만 깜박이자 천식이 랩톱 컴퓨터를 들고는 사투리 억양으로 열심히 기사를 읽어댔다.

"2010년, 10월 7일 조간신문입니다. 현재 뇌물 수수 혐의로 구속 수사 중에 있던 정철우 의원이 살인 사건 용의자로 검찰에 의해 기소되었다. 최인원 형사는 10년 전 피해자 진명주의 손톱에서 DNA를 채취하였지만, 미미한 양이라 당시 기술로는 분석이 불가능하다고 하여 보류하였던 DNA 검사를 최근 국과수에 의뢰하여 진명주의 후견인이었던 정철우 의원이 유력한 살해 용의자임을 밝혀냈다. 살해 동기는 진명주의 재산으로 알려졌으나……."

나는 천식이 읽는 기사를 들으면서 자리에서 일어나 침대 헤드에 기대어 앉았다. 정철우가 포승줄에 묶여 있던 장면이 떠오른다. 정철우의 집과 사무실 전체에 대해 압수 수색 중에 최 형사가 획득한 정철우의 매직 스피어는 한강물 속에 던져졌다. 바라와 공영수의 살해 혐의는 끝내 밝혀내지 못했다. 언론이 진명주의 가족을 추적했지만 공식적으로 바라는 미국에서 신고된 영어식 이름으로만 존재했다. 누구도 J시의 공바라와 미국에서 신분을 노출하지 않고 살고 있으리라 믿는 진명주의 딸을 연결 짓지 못했다.

"이제 기억납니까?"

"응, 기억나. 전부 다."

최 형사가 내 어깨를 두드렸다.

"현도야, 잡혀가서 어떻게……, 많이 힘들었지? 고생했다."

"고생은, 형사님이 하셨죠. 천식이도 고생 많았어."

나는 막 잠에서 깨어나 거칠한 목소리로 인사했다.

"지야 뭐. 금방 풀려났습니더. 형님이랑 형사님이 고생이셨죠."

"나야, 뭐. 별거 없었어."

최 형사가 손을 저었다.

"형사님도 붙잡히셨죠?"

나는 최 형사의 얼굴을 살피며 물었다.

"응. 자다가."

"다 실패로 끝났다고 생각했는데, 어떻게 된 거죠?"

"그게 손톱 밑 증거를 채취하는 데 시간이 좀 걸렸어. 내 관할도 아니고 해서 꼬시고 어르고 했는데 안 되더라고. 결국에 숨어서 기다리다가 기회를 봐서 접근하려는 참에 두들겨 맞고 잠에서 깼다고. 입은 벌써 막혀 소리도 못 지르고 말야."

"카아, 최 형사님, 그때 진짜 오싹했겠습니다. 저라면 아예 벌써 심장마비 왔을지도 모릅니다."

김 변호사가 고개를 흔들었다.

"어떻게나 치밀한 인간들인지 와이프랑 애들은 나 끌려가는 소리도 못 듣고 자고 있었어. 난 두건 뒤집어쓴 채 차로 끌려갔어. 그 자식들이 주사기로 팔뚝을 찌르더라. 매직 스피어는 다 뺏기고 손톱 밑 증거 채취는 아직 꿈에서 못했으니 이제 죽었구나, 싶었는데……. 잠시 기절했다 눈을 떠보니 헤드라이트 불빛만 보였어. 비명을 지르며 눈을 감았는데 다시 눈을 뜨니 내 방이야."

"그런데, 꿈을 꾸다가 깼다믄서요? 근데 그기 우찌 가능합니까? 아까부터 들어도 잘 이해가 안 되예."

천식이 나와 최 형사를 번갈아 보며 물었다.

"숨어서 기다린 과정까지는 자각몽으로 움직인 거고, 이후는 최 형사님 평소의 수사 태도대로 행동하셨겠지. 자각몽이 끝난 순간, 이런 증거 채취 같은 일을 위험을 감수하고서 할 필요성이 없다고 느낀다면 그 즉시 그만두고 돌아갔겠지만, 최 형사님은 미래로부터 접속이 끊어진 상태에서도 해야만 한다는 형사적 본능과 책임감으로 움직이셨을 테니까."

"게다가 증거를 채취하고도 2010년까지 10년이나 기다려야 하는 일이라서……. 최 형사님, 진짜 대단하십니다!"

김 변호사가 엄지를 척 올리자 최 형사가 쑥스러운 듯이 뒷목을 긁었다.

"근데, 또 하나 더 모르는 게 있심더. 형사님이 우찌 알고 매직스피어로 접속한 깁니꺼? 제가 붙잡혀 있을 때 그때 형님이 바로 납치되었잖습니까. 그 전에 형사님한테 연락을 한 깁니까? 뭔 세탁소가 어쩌고 저쩌고 암호로 접속했다는데 뭔 말씀인지 들어도 몰겠어예."

내가 피식 웃으며 최 형사를 바라보았다. 그렇게 무섭고 싫다던 첩보 영화 장면을 기어이 하고 말았다.

"형사님, 세탁소의 연락은 잘 받으셨군요."

"응. 장현도가 맡긴 푸른색 와이셔츠와 양복 한 벌이 준비됐으니 찾으러 오라더라고. J시에서 바로 달려갔는데도 그날은 늦었지. 차에서 꼬박 밤새우고 아침에 세탁소 문 열 때 받았어. 양복 속에 들어 있더라던 보관함 열쇠도 같이. 냅다 S역으로 뛰었어."

"그니까, 그 푸른색 와이셔츠가 정철우가 범인이고, 진명주를 직접 살인했다는 메시지였지예? 양복 한 벌은 범인 확인은 못했지만 어떻든 과거로 접속해서 증거를, 그니까 손톱 밑에 있는 증거를 채취하라는 거고."

천식이 흥분한 목소리로 끼어들었다.

"맞아. 기회는 한 번이었어. 정철우가 직접 살인했다는 증거를 잡지 않으면 도저히 승산이 없는 게임이었어."

김 변호사가 손을 맞부딪치며 박수를 짝짝 쳤다.

"무서워서 매직 스피어 못 쓰신다고 하더니만, 영화배우처럼 멋지게 해내셨군요."

최 형사는 본인 뒷머리를 마구 헝클어뜨리며 말했다.

"매직 스피어 접속이 낮잠도 되는지 고민했어. 낮잠은 안 되더라. 깊이 잘 수가 없으니. 사실은 밤에도 무서워서 잠이 안 왔어."

"잠이 안 오다니. 세상에, 형사님, 현도랑 형사님이랑 같이 죽을 뻔했습니다. 수면제 꽉꽉 먹으면 되지!"

김 변호사가 최 형사의 등을 딱, 소리가 나도록 때렸다. 최 형사가 "아욱, 손 매워" 하고 인상을 쓰면서 손을 뒤로 돌려 등을 문질렀다.

"근데, 매직 스피어 그거 진짜 신기하던데. 아무튼 난 무서워서 하루도 못 가지고 있겠다. 그리고 말야, 김 변은 예전이나 지금이나 어쩜 노안인 얼굴까지 하나도 변함이 없어. 정철우 체포까지 백방으로 같이 뛰어줬어. 그나저나 현도 너는 어떻게 납치되어서 어디에 있다가 온 거야?"

"그냥, 그렇습니다."

"야아, 비밀이야? 어서 말해 봐. 첩보 영화보다 더 짜릿할 텐데."

김 변호사가 싱글거리며 농담을 건네었다.

"행님 이야기는 좀 이따 들어예."

천식이 언제 방에서 나갔다 들어왔는지 생수 한 병을 들고 왔다.

"아이고, 안 봐도 비디오지. 얼마나 고생했겠심꺼. 죽도록 고생한 형님 물도 한 잔 못 마셨는데, 형사님, 변호사님, 인자 말 그만 시키이소. 형님은 여 시원한 물부터 한 잔 드시라예."

나는 천식이 가져다준 물을 마시고, 말없이 세 사람을 오랫동안 바라보았다.

"매직 스피어는 지금 네가 가지고 있지?"

"네. 이번 생에서는 제가 형사님께 드린 적이 없으니까. 어제까지 바라가 남긴, 작동하지 않는 구식 핸드폰이라 생각하고 있었죠. 오늘부터는 작동될 겁니다."

다들 짐작하는 바 있는 듯 짧은 한숨을 내쉬었다.

"행님, 또 갈낍니까?"

"응."

"언제예?"

"오늘. 이제 날짜가 얼마 남지 않았어."

"아이고."

천식이 입을 열었다 다물었다 하기를 몇 번 하더니 내 손을 붙잡았다.

"진짜로, 단디 하이소. 정철우가 못 건드리게 단디 하이소. 정철우가 또 행님 해코지하면 우짭니까."

"생각한 바가 있어."

"어떤 거예?"

"스타가 될 거야."

"스타? 스타 의사 그런 거요?"

"아니, 아이돌."

"네에?"

천식의 눈이 둥그레졌다.

"뭐? 뭐가 돼? 현도 네가 아이돌?"

최 형사도 입을 떡 벌렸다.

"왜요? 현도 잘생겼잖아요. 나는 너 아이돌도 할 수 있다고 믿는다. 함 해봐. 야아, 너 춤추고 노래하는 거 무진장 보고 싶네."

김 변호사가 다정하게 격려해 주었다.

"얼굴은 그렇다 치고, 춤이랑 노래야 배운다 치고, 앤 성격이 아이돌은 너무 아니지 않아? 좀 까칠해야지."

최 형사가 퉁명스레 말했다.

"저 기획사 명함도 많이 받았습니다."

"너 정말 할 작정이야? 진심이야?"

"구름처럼 사생팬을 몰고 다니고, 어디서나 주목받고, 보디가드 부대도 끌고 다니면, 나를 납치할 순 없을 테니까."

천식이 낄낄거렸다.

"마, 그거 생각만 해도 신나네예. 행님, 아이돌 꼭 되이소. 그라고, 행님 신분 위조 같은 거 필요하면 언제든 절 찾으이소. 지는 마, 국제적으로 다 됩니더. 그, 여자분 거도 할 수 있심더. 살리서 델고 오이소."

나는 천식의 어깨를 두드렸다. 퉁퉁한 뺨이 씰룩거린다. 이 자식은 매번 눈물이 너무 많다.

그 시간, 그 공간으로

장현도의 이야기는 사실상 끝이 났다. 프린트된 활자로 남겨진 이야기는 그것이 전부였다. 하지만, 장현도는 마지막 순간까지 첨부 여부를 고민한 글을 따로 남겼다. 프린트된 활자가 아닌 손글씨였다.

나의 인생의 시계를 기억하나.

2015년 9월 14일. 여러 번의 삶을 살아도 그것만은 변하지 않았다. 진명주가 자신의 기억과 K를 포기 못 했듯이 존재의 본질을 묶어줄 기억조차 혼란스러운 나는 여전히 바라를 원한다.

남은 친구들이 진명주의 소원을 들어줄 것이다. 내 자산의 일부는 재단 형식으로 출연하여 K를 재조명하고 이름 없이 사라져간 그 시절의 뜨거운 젊음을 되살리는 데 사용할 계획이다. 진명주의 소원대로 루키디타스는 이 세상에 영원히 죽지 않을 빛으로 부활할 것이다.

하지만, 당신이 알듯이, 나의 이번 여행도 실패로 끝났다. 이번 생이 아닌 다른 생에서 단 한 번, 바라가 내 눈앞에서 으스러진 채로 피 흘리며 죽어갔다. 바라의 더운 피가 내 몸을 흠뻑 적셨다. 생기는 빠르게 공간으로 흩어졌다. 내 입술에 바라의 뜨거운 피가, 바라의 입술에 내 뜨거운 눈물이 뒤섞여 들던 순간을 나는 기억한다. 바라의 마지막 호흡을 내 심장에 담았다.

나를…… 네 생에서 지우라, 했잖아.

바라의 유언은 지키지 못한다. 바라를 지울 수도 구할 수도 없다. 시간은 조금씩 달라져, 정확하게 구조할 수 없었다. 나를 죽이려는 시도에서는 가까스로 벗어났다.

언급하지 않은 어느 생은 아이돌로만 살았다. 나는 정철우의 잠재의식 속에 강력한 거부반응을 불러일으켰다. 미래로부터 온 경고로, 바라의 사고를 신고하지 못하고 나는 도망을 쳤지만, 시신을 껴안고 울던 사람을 CCTV가 희미하게 잡았다. 정철우의 잠재의식은 나를 의심하였다. 나 역시 바라의 죽음에 대해 정신적 깊은 상흔을 입었을 뿐 아니라, 언론에 비치는 정철우에 대해 막연한 분노와 공포감을 느끼곤 하였다. 권력은 연예인 하나 죽일 수는 없다 해도 바라의 죽음을 목격한 이후 우울증을 앓고 있던 나를 향정신성의약품 관리 위반 범죄, 약쟁이로 몰아 사회적으로 매장을 시키는 일쯤이야 쉽게 할 수 있었다.

정철우가 나에 대한 자각을 완전히 하기 전, 정철우를 체포해야만 하는 일은 타임 루프 속에서 위험하고 복잡하였다. 나는 바라를 구하러 가는 여행을 멈추어야 했다. 이런저런 생을 전전하였지만 공바라가 살해당하던 날, 나는 고작 열아홉, 스물일 뿐이었다. 내 목숨을 부지하기에도 버거웠다.

생을 거듭할수록 나의 일면은 점점 더 완벽한 어둠으로 침잠했다. 정철우의 눈동자를 기억한다. 저주받은 영원을 허락받은 흡혈귀처럼, 지독한 음기로 가득 찼던 유리알 같은 눈동자……. 나의 눈에서 나는 괴물을 마주한다.

이번 생은 꼬여버린 타임 루프를 풀기 위해 스무 살의 내가 바라를 구하러 가지 않도록 하였다. 다만 정철우의 위협에서 피할 목적으로 세속적이고 현실적인 기준을 더욱 높였다. 아이돌과 천재 의사라는 타이틀의 매치는 완벽하였다. 내가 입은 옷 중 가장 화려한 옷이다.

눈부신 껍데기와 상관없이 나는, 매일 유리알 같은 눈을 닦으며 사나운 음기와 맞서 싸워야 했다. 한 점에 자연스런 인연으로 모여 이루어진 존재가 아니라 내 경계가 감당할 수 없는 존재가 중첩되어 있기 때문이다.

생을 반복하는 동안 나는 매직 스피어의 수명은 왜 2015년 9월 14일일까, 그 이유에 계속 집착하였다. 겹쳐진 기억들을 걷어내고 바라가 약속하던 순간을 선명히 떠올리려 애를 썼다.

진명주의 친구 리사가 그 해답에 실마리를 주었다.

"꿈이 현실이 되는 거죠. 아인슈타인의 말이 이제야 증명이 될 겁니다. 시공간이 휘어지는 중력파가 관측될 거예요. 당연한 말이지만, 명주는 중력파가 흔드는 시공간에 대해 관심이 많았어요. 살아 있었다면, 아니 지금도 어쩌면 하늘에서 같이 기대에 부풀어 있겠죠."

LIGO 연구소의 중력파 예측 시점은 9월 14일.

우주의 파동함수, 티끌 속의 우주, 결계가 깨어지는 지점, 그곳이다.

우주 저편 강력한 블랙홀의 충돌이 만들어냈을 중력장의 물결, 중력파가 지구에 닿는 시간이다. 거품처럼 떠도는 수없이 많은 웜홀이 일시적으로 벌어지는 그 시간, 진명주와 공바라의 영혼을 담은 목걸이는 매직 스피어와 결합하여 폭파되도록 설계되어 있다.

웜홀은 이 우주와 다른 우주를 연결하는 통로가 된다. 미세한 구멍인 웜홀을 벌릴 수 있는 힘은 매직 스피어와 목걸이의 폭발로 얻을 수 있다. 두 개가 만들어내는 물질이 척력을 만들 것이다. 음의 에너지로 벌어진 웜홀을 나는 원자가 되어 통과할 것이다. 믿어지지 않는가?

나도 믿을 수 없다. 나는 다만, 가장 긍정적인 시나리오를 예상할 뿐이다. 불가능이라 증명되지 않은 모든 것은 가능하다는 양자 이론을 믿고서 무한대의 가능성 중 하나의 가능성에 몸을 던진다.

매직 스피어는 바라가 죽던 그날의 세상에 주파수가 맞춰진 채로 폭파된다. 웜홀은 폭발이 만들어낸 척력으로 벌어지고 나는 산산이 부서지거나, 혹은 그대로인 채로 웜홀을 통해 바라의 시간으로 떨어질 것이다.

무한대 분의 1의 확률이다. 하지만, 불가능이라 증명된 바 없으니 분명 하나의 가능성은 존재한다. 2015년 9월 14일, 바라와 약속한 시간, 중력파가 지구에 닿는 시간, 웜홀이 벌어지는 그 시간에 나는 엠파이어스테이트 빌딩 위에 우뚝 서려 한다. 세찬 바람에도 흔들림 없이 서서 세상을 온통 다 가진 이처럼 크게 웃을 테다.

풍송차경신수지(諷誦此經信受持)

초발심시변정각(初發心時便正覺)

안좌여시국토해(安坐如是國土海)

시명비로자나불(是名毘盧遮那佛)

이 경을 읽고 외어 믿어 지니면,

첫 마음 낼 때가 곧 깨친 때이니

이와 같은 국토 바다에 편히 앉으면

이 이름이 비로자나 부처님이네.

일미진중함시방(一微塵中含十方)

일체진중역여시(一切塵中亦如是)

한 알의 티끌이 우주이고
우주가 곧 티끌이다.

우주의 본체, 비로자나불의 가피(加被)를 입고서 우주의 파동 함수, 법성계의 중심에 서서 하나의 가능성 '1'을 믿으며 나는 무한한 우주로 비행한다.

실패하여 우주 속에서 폭파하면 또 어떤가, 바라를 우주 속에서 재회할 테니.

성공하면 어떤가. 나는 으스러진 바라를 치료할 것이다. 누구보다 빠른 수술 솜씨로, 바라를 완벽하게 살려낼 것이다. 되살아난 바라는 새로운 스무 살 인생을 얻어야 한다. 정철우의 감시망을 피하기 위함이다.

예전 생의 내가 그랬듯이 바라는 잠시 세상에서 죽은 이가 되고 다른 신분을 얻어 정철우에게서, 그리고 한국에서 탈출할 것이다. 진명주가 믿는 사람, 진명주의 오랜 벗, LIGO 연구원과 교수를 겸임하고 있는 리사에게 바라를 부탁할 계획이다.

나는 새로운 신분으로 세상의 끝에 숨을 것이다. 아프리카도 좋고, 동남아시아도 좋다. 이름 없는 의사가 되어 아이들을 돌보며, 2015년 9월 14일을 다시 기다릴 테다. 바라와 약속했던 그날, 나는 엠파이어스테이트 빌딩의 꼭대기로 올라갈 것이다.

바라는, 내가 좋은 의사가 되리라 하였다.

바라를 만나서, 좋은 의사가 된 내 모습을 보여주고 싶다.

척박한 환경에서 오랜 시간 숨어 지낸 내 모습을 상상해 본다. 검게 그을리고 거칠어진 피부에 또래보다 많은 주름이 생겼을 것이다. 백발이 성성할지도 모르겠다. 나를, 바라는 알아볼 수 있을까. 열세 살이나 나이를 더 먹어 중년의 남자가 된 나를 무엇이라 부를까.

'회장', 하고 불러줬던 그 음성으로 나를 다만…… 현도, 라 불러주었으면 한다.

조용히 노래하여 본다.

무량한 겁이 곧 일념이고 일념이 곧 무량겁이다. 과거와 현재와 미래가 같이 있음이니.

꽃 속에 숨은 「화엄일승법계도」를 읽는다. 강도희는 무릎걸음으로 침대 위를 걸어 벽으로 바싹 붙었다.

흔들리는 가지가지 화려한 꽃들 위로 손을 가까이 가져갔다. 뜨거운 기가 출렁인다.

장현도, 바라를 만났나.

도희는 무릎에 얼굴을 묻고 울음을 삼켰다. 광음천의 세상처럼 장현도의 목소리가 빛이 되어 쏟아진다.

우주 속에서 폭파하면 또 어떤가, 바라를 우주 속에서 재회할 테니.

작가 후기

『매직 스피어』는 시간의 흐름 속에서 욕망의 불꽃을 사르다 갈 수밖에 없는 사람들의 운명에 관한 이야기입니다. 에너지가 불변 하듯이 죽음은 끝이 아니기에 다만 영혼이 지은 업 따라 에너지의 바다인 우주 속을 유영하리라 믿습니다.

가볍게 시작하고자 한 이야기는 고민을 거듭할수록 오랜 시간 동안 품어왔던 존재의 근원에 대한 의문으로 연결되었습니다. 여 전히 우주와 존재는 거대한 의문입니다. 책의 각주에서 밝혔던 여 러 서적과 글, 법문을 통해 미욱한 지력으로 조금이나마 의문을 깨치고자 하였습니다. 특히 미치오 카쿠의 『평행우주』를 비롯한 물리학 서적, 지광 큰스님의 깊은 법문과 저서, 월호 스님의 화엄경 약찬게의 정갈한 해석,《불교신문》에 연재된 조현학 님의 「화엄일 승법계도」에 관한 칼럼에서 도움 받아 글을 완성하게 되었습니다. 네이버와 해냄출판사, 그 외에도 글을 내기까지 도움을 주신 많은 분들께 감사드립니다.

『매직 스피어』를 읽는 분에게는 다만 몇 시간 동안 즐겁고 흥미로운 읽을거리 정도였으면 좋겠습니다. 차원이 다른 곳에서 내려다보면 무한대의 우주 속에서 시공의 인연으로 한 점에서 만나 이어지는 삶 자체가 미스터리가 아닐까 생각합니다. 이 순간, 영원으로 통할 이 순간에, 귀한 본질을 품고서 기적같이 아름다운 삶을 영위하시길 바랍니다.

글을 마치며
김언희

매직 스피어

초판 1쇄 2017년 7월 10일

지은이 | 김언희
펴낸이 | 송영석

편집장 | 이진숙 · 이혜진
기획편집 | 박신애 · 정다움 · 김단비 · 정기현 · 심슬기
디자인 | 박윤정 · 김현철
마케팅 | 이종우 · 김유종 · 한승민
관리 | 송우석 · 황규성 · 전지연 · 황지현 · 채경민

펴낸곳 | (株)해냄출판사
등록번호 | 제10-229호
등록일자 | 1988년 5월 11일(설립일자 | 1983년 6월 24일)

04042 서울시 마포구 잔다리로 30 해냄빌딩 5 · 6층
대표전화 | 326-1600 **팩스** | 326-1624
홈페이지 | www.hainaim.com

ISBN 978-89-6574-626-3

이 도서의 국립중앙도서관 출판예정도서목록(CIP)은 서지정보유통지원시스템 홈페이지
(http://seoji.nl.go.kr)와 국가자료공동목록시스템(http://www.nl.go.kr/kolisnet)에서 이용
하실 수 있습니다.(CIP제어번호:CIP2017015028)